橘子红了

琦君 著

中国出版集团 现代出版社

目录

橘子红了

1. 乡下的家

书房壁上的古老自鸣钟，有气无力地敲了四下，我抬头看，指针却指的是五点。本来就是由它高兴的。但无论如何，我起码已经读了两个钟头的书。先生吩咐我做的读书笔记已用心做了。并将上午教过的《论孟左传》统统温习一遍，自己喜欢的《吊古战场文》更是背得滚瓜烂熟。那一片“平沙无垠”“风悲日曛”的苍凉古战场，仿佛就在眼前，心头不免戚戚然。

光线有点暗，我想拉开抽屉取出蜡烛点上，却怕吵醒酣睡中的先生。他多睡一会儿我就多一会儿自由自在。我也怕抽屉里的蟑螂蚂蚁，那都是他吃剩的甜糕引来的。他说“一粥一饭，当思来处不易”，所以什么吃剩的东西，都塞在抽屉里面。

先生教书很严，大伯特地把他请来盯着我教，是担心我在乡下会变成个野姑娘。其实我跟着大妈才不会变成野姑娘呢。大妈讲话斯斯文文，心地厚道，待人和气，她忧愁起来只一声不响捂着胸口喊心气痛，高兴起来也常给我讲古典，讲她年轻未出嫁前的事儿给我听。跟着大妈真是快乐。

我还有个六叔，在城里念师范。礼拜天总回来陪我聊天，带许多新文艺小说和杂志报纸给我看，他说这样思想才跟得上时代。六叔是大家欢迎的人，大妈也喜欢同他谈天说地。他穿一身笔挺的藏青学生装，梳西发，好英俊神气。长工阿川叔说他是“读书人”，读书人就是有肚才，连下象棋的架势都跟种田人不一样。

先生这几天伤风头痛，没有精神教我。他在灰土土的四方帐里睡得打呼。我索性把窗户关起来，合上书，蹑手蹑脚地走出书房，从走廊边门一溜烟跑到橘园里。顿觉眼前一亮，一股清新的空气直透心肺，古战场凄凄惨惨的景象马上消逝了。

抬头望远处，红日衔山，天边一抹金红，把一树树的橘子都照亮了。橘子还是青的，结得很密。六叔告诉过我，要把每一枝上小的橘子摘掉，剩下大的，才会长得又大又甜。我已经偷偷地摘过好几回，大妈知道了是舍不得的，她说那样会造孽。其实摘下来的晒干了可以泡茶喝，很香。大妈心气痛起来，一喝橘茶就好。

我走进园角那间堆杂物的小屋，找出个小竹篮挽在手臂上，就开始摘橘子。把一颗颗比黄豆大不了多少的青绿橘子摘下，丢在篮子里，嘴里数着：“一双、两双、三双、四双、五双……”五双不就是十个吗？我是学着大妈，她数什么都是成双作对地数，数到单数，她一定说“多半双”，我偏说“多一只”。

我才数到十八双多一只呢，却远远听见大妈在走廊里喊：“阿娟，帮我去鸡窝里捡蛋，我等着炒呢。”

我没作声，真不愿去鸡窝捡蛋。鸡窝在猪栏边，那股气味真不好闻。但是大妈连声地喊，我只好进去了。把篮子搁在厨房四方饭桌上，却忘了把橘子藏好，就去猪栏边捡蛋。捧着回来放在灶头一个大碗里说：“今天只有两双半，小母鸡不肯生蛋。”

“五子登科。”大妈马上说，“不要乱讲小母鸡不肯生蛋，还没到时光呀！”

她又看看篮子问：“你怎么又摘下这么多青橘子？”

“这都是长不大的痨丁橘呀！”我顽皮地说。

“痨丁”是阿川叔最最爱讲的，凡是长不大的都叫痨丁。痨丁仔、痨丁鸡、痨丁鸭、痨丁橘。他说小孩子吃了痨丁东西会长不大，只有痨丁橘可以当药，清肺补气。他说大妈要多补气、要放宽心，心气痛就会好了。

大妈确实太会愁了，一年到头愁不完的事。愁大旱，愁台风，愁雨水多了谷子晒不干会长芽，愁母鸡老是孵不醒不生蛋，愁我这个宝贝侄女走路三脚跳、摔跤破了相。而顶顶愁的是在外路做官的大伯长久没寄信回来，那她就茶饭无心，心气痛起来，连痨丁橘也不管用了。因此我总是很勤快地给大伯写信，提醒他要多写信回家。

尽管大伯的信只有三言两语，回回都是那几个文言字眼，西瓜似的在纸上滚，大妈双手捧着一遍又一遍地看，嘴角笑眯眯的。大伯的信，第一句总是“贤妻妆次”。“贤妻”，大妈一定是懂的，戏台上的相公常常喊“贤妻呀”！大妈说女人家一定要做一个贤妻，成全丈夫。她常唱“肩膀一边高来一边低，家中必定无贤妻”。我问她什么道理，她说：“一个男人家连肩膀都不平整，走没走相，坐没坐相，不是浪荡子就是成了家没个贤德妻子。”我看大伯走路四平八稳，目不斜视，讲话一句算一句，确实是个君子，大妈就是贤妻。只是他很少有笑容，我很怕他。幸得他在外路做官，很少回来，我跟着慈爱的大妈，过得非常快乐自在。大妈比我亲生的娘还疼我。我爹娘在我四岁以前就先后过世了。娘在重病中把我托孤给大妈，是大妈拉扯我长大的。我一点儿也没觉得自己是个没爹没娘的孩子，撒起野来常常会害大妈心气痛，事后先生总命我跪在佛堂前认罪，还是大妈淌着眼泪一把抱我起来。阿川叔常常劝我要孝顺大妈，大妈自己没有生养，就我这个宝贝侄女儿，我再不听话，她就没有指望了。

阿川叔又悄悄地告诉我，原来大伯在外面已经讨了二房，还说是个什么“交际花”，长得真的跟一朵花似的漂亮，因此大伯就没打算接大妈出去。这件事，先生与六叔都早知道了，就只瞒着大妈，要我千万别说。我刚一听到真气得心都发抖。大伯怎么可以这样对糟糠之妻？这是欺骗，这是不忠实。但这些新式字眼，讲给阿川叔是听不懂的。他说大伯是为了子息，等生了一男半女以后，再告诉大妈，她是贤德女人，没有不肯的。我想想大妈既对我说过："女人一定要做贤妻，成全丈夫。"料她知道了也不会跟大伯闹，只是心气痛一定会加重了。

六叔明明知道这件事，却没对我讲，我心里很气。有一次我问他，他说："是有这回事，我不告诉你是怕你不开心，往后不愿多给大伯写信，或是在大妈面前不小心说漏了嘴，她知道了会伤心。"他又说："大人的事，你就少管吧！世上有很多事是叫人感到无可奈何的。"他把"无可奈何"四个字说得很重，像一记记铁锤似的敲在我心上。从那以后，我常常会想到这四个沉重的字眼，好像自己长大了不少，懂得好多，对大妈也不忍心乱发脾气了。有时觉得年少英俊的六叔，脸上也会有一副无可奈何的神情，他比我大四岁，自然比我懂事得多了。

2. 疑　团

我守在灶边看大妈把一大碗韭菜炒蛋炒好，帮她端上桌子。还有干菜煨肉、红烧黄鱼，一碗碗都香喷喷的，摆得端端正正。我奇怪俭省的大妈，怎么今天一下子烧好几样荤菜，像是要款待客人的样子，却又没见有客人来。过了一会儿，才见阿川叔带了一个陌生男人从后厢房出来，一声不响地坐在饭桌边的长凳上。我奇怪地看着他，他一对白多黑少的眼珠到处乱转，像是要把什么都看个明白。渐渐地眼神落在我身上，咧了下嘴问我："你是大小姐吗？今年几岁了？”

我真是好生气，怎么这个人这样粗里粗气的，我顶顶讨厌别人叫我大小姐，他又怎可随便问我几岁。我没理他，一转身就走出厨房，心里好纳闷，大妈怎么会请这样一个客人到家里来？阿川叔又怎么会带他来呢？我一个人坐在厅堂里生闷气，还听大妈在热络地招呼他多吃菜，多喝酒。有些话，声音放得很低，我就听不清楚了。对于大妈与阿川叔，我一直是那么亲昵的，但今天他们这样神秘兮兮的行径，真使我懊恼万分。

那个人走后，大妈把我叫到面前，和颜悦色地说：

“阿娟，代我写封信给你大伯，不用多写什么，只说园子里橘子快红了，请他回来尝新。”

我眼睛瞪着搁在一边篮子里的痨丁橘，奇怪地问：

“橘子才跟豆子似的，怎么说橘子红了呢？”

“阿娟，你大妈叫你怎样写，你就怎样写，你大伯看得懂的。”阿川叔在旁插嘴道。

“我不写，”我生气地说，“你们在打什么哑谜，一定有什么事不告诉我，你们不说明白了，我就不写。”

“没有什么事要瞒你的。你先把信写了，让阿川叔好早点送街上赶邮差来带走。晚上睡觉时我再一五一十对你讲。”然后又转脸向阿川叔，“猪栏边都打扫干净了吧？后门竹篱笆上的双喜贴好没有？”

阿川叔兴高采烈地说：“都弄好了。”

真怪！又不是过年，打扫什么猪栏，又贴什么双喜？

我嘟着嘴，把只有两句话的信写好封好，递给阿川叔，他拍拍我的肩膀，做个鬼脸，把信塞在口袋里走了。

我迫不及待地要大妈告诉我究竟是怎么回事，那个陌生男人又是谁，她为什么要那么礼貌地招待他。但是大妈洗刷完厨房以后，还一直在忙，最奇怪的是她把厨房对面的一间厢房收拾得干干净净，床上已铺好崭新的被褥和一对挑花枕头。桌子上摆了梳妆盒，水绿缎子镜盖上的麒麟送子是大妈自己绣的嫁妆。两边一对插好红蜡烛的烛台。把这些东西摆出来做什么？要招待什么客人呢？却为什么要在这偏僻的厢房里呢？为什么要点上一对红蜡烛呢？我真是越想越奇怪。

怀着种种疑团，我反倒不愿多说话，闷声不响回到楼上卧房，却见床边小几上摆着一对闪亮的铰丝金手镯，一副珍珠耳环，用红纸垫着。这些都是大妈的首饰，她从来不戴的，今天取出来做什么呢？

我呆呆地望着菜油灯，焦急地等大妈上楼来。大妈终于上来了，她看我一脸气鼓鼓的样子，就拉我在床沿上靠着她坐下，喜滋滋地说："我们家明天要进人口了。"

"进人口？"我有点儿猜到，大妈要做一件惊天动地的事了，但是我还是不明白。

"我要给你大伯讨个小——一个三房，说定了，明天就进门。"大妈一个字一个字慢慢地吐出来，一点儿也不激动，我却惊呆了。

“大妈，好奇怪，你怎么会想到做这么一件事？大伯人都不在家呀。”

“不要紧的，先接进门来，等个把月，大伯就会回来了。”

“你叫我写橘子红了，就是这回事吗？他怎么就懂呢？”

“是他写信给城里的叶伯伯，叫阿川带口信给我的，让我只要这么说就是了。”

“那么是大伯要你代他讨的啰！”我想起那个交际花，大伯怎么还要讨一个。

“哦，是他叫我代他访个清清白白的乡下姑娘，身体好的，早点给他养个儿子。”她又抿嘴笑了一下说，“我拣的人，早点给他养个儿子，我也安下了心。再说，那个交际花也威风不起来了。”

“大妈，你说什么交际花？”我又大吃一惊。

“你大伯在外面早已讨了一个二房，去年我到城里城隍庙进香，叶伯母就对我讲了，叫我别生气。我生什么气呢？自己肚子不争气嘛。但是那个二房进门两年多了，也一点动静没有。你大伯年纪一年年大了，两房就只你一个女儿，子息还是要紧的。大伯带口信托了我，我就要尽心给他办。阿川起先还当我不知道有二房的事，我告诉他我早知道了，他也说再给大伯讨一个。”

原来大妈早已经知道大伯讨了二房，她却一点不动声色，我真是奇怪她的一颗心怎么容得下那么多。我说：“那个人真是交际花，那一定很漂亮吧。”

“不会养儿子，再漂亮的花又有什么用？”

“这个姑娘是怎样的一个人呢？你见过了吗？”

“是我自己去当面相亲的。很体面的一个姑娘，人又忠厚。今天来吃晚饭的就是她哥哥，不过不是一个娘养的。她娘是填房，她爹死了，她娘就改嫁了。剩下她跟哥嫂在一起，我看她日子过得不会如意的。哥哥嫂嫂什么事都叫她做，还嫌她在家吃闲饭。又嫌她命硬，定了亲，新郎不久得痢疾死了。这样的望门寡，连做填房都没人要，只有做偏房的。我打听了她家左邻右舍都说她又勤快又规矩，就叫阿川去说媒，她哥嫂一听就愿意了，说好五百银元当礼金，以后两家就不来往了。”

“五百银元就算买断了。”我不禁叹了口气，“你问过她自己愿不愿意吗？”

“他们不是她亲哥嫂，进我们家，在我身边还会给她吃苦吗？”

想起那个来吃晚饭的男人，样子好讨厌，原来今天就是来取银子的。我又问：“她今年几岁了？”

“十八岁，比你大两岁。”

“比我只大两岁呀。”那么年轻的姑娘，就给人做小，我想想自己，专门请个先生教我读书还不肯用功呢。代她想想，心里好难过。又想到自己没有姐妹，她虽是大伯的偏房，却就跟姐妹一般，今后有了个伴，不由得又高兴起来。

“我叫她什么呢？”我问。

“叫她姨呀。”大妈说，“辈分总在那里的，你们一定会很要好的。”

“一定的。”我还没见到她，就已经喜欢她了。但一想到大伯那副严肃的神情，心里不禁又打了个战，连忙问：

“您说她跟在您身边，如果大伯要把她带出去呢？”

“不会的。那边的老二哪会容得下我给讨的人？姑娘就跟我住在乡下。你大伯一年回来住一阵子就好了。”

大妈说得眉飞色舞，好像自己在收个干女儿，或是讨个儿媳妇，一脸的喜乐，又好像一切都由她安排得顺顺当当的。我指着小几上的金手镯与耳环问，“这是给她的吧？”

“是啊！”她说，“她什么也没有，小姑娘嘛，总得让她体面点，我这些首饰也都是不戴的，看你们年轻的戴了就高兴。”

大妈的慷慨，真使我感动，我也真替这个未见面的姨庆幸。我又问：“她叫什么名字？”

“她叫秀芬，凑巧和你都有个‘秀’字。日后让大伯给她改个字眼吧！”

秀芬、秀娟，我们相差又只两岁，真像姐妹。但是她是大伯的第三个妻子，她要跟一个像她父亲一般老的男人过一生一世，却又不能经常在一起，我心中又不由得为她担起沉重的心事来。也有点怪大妈，她一厢情愿地制造这么一件古里怪气的事，安排了一个年轻女孩的命运，究竟是怜惜她，还是害了她呢？我心里七上八下的很乱，我一定要把这事对我所敬佩的六叔讲，听他有什么意见。

我又想起阿川叔打扫猪栏的事，还没来得及问呢，大妈就说：

“你不知道这孩子命多苦，算命先生说她八字太硬，做新娘一定要从猪栏边进来，对男家才会吉利。新娘衣服外面还得罩件黑布衫，跨进猪栏边门，把黑布衫脱在门外，晦气也就拦在后门外了。算命先生的话，不信也只得信，总是小心的好。”

听到这里，我越发同情这个苦命的秀芬。但愿她进入我们的家门以后，能享受家庭的温暖与幸福，永远脱去了那件象征晦气的黑布衫。

3. 新　娘

竹篱笆外的鞭炮响起时，天已经黑了，我换上一身新衣，站在门里，闻着猪栏的臭味，眼巴巴望着那乘小竹舆里走出一个黑黑的小人儿，由阿川叔扶着。走到竹篱笆边，阿川叔就帮着把她的黑罩衫脱下，丢在外面。在鞭炮的火花与摇曳的烛光中，她真像一朵艳红的鲜花，从浓密的叶子里冒出来。我上前伸手牵住她，她怯怯地望着我，马上低下头去。她是从暗暗的夜分中来的，但带给我的是绚烂与喜悦，当我与她一握手之间，我们就通了情愫，我好喜欢她。

大妈与我牵她一路走进布置好的厢房，在床沿上坐下。我呆呆地看着她，她穿一身粉红色袄裙，不太合身。乌黑的头发、梳一条粗辫子，几丝刘海儿从前额挂下来。脸颊红红的，但不是胭脂颜色，嘴唇点了一点樱桃红，饱满的脸蛋像个土瓷娃娃，逗得我只想跟她说话，我就说：

“我的名字叫秀娟，我知道你叫秀芬，但我得喊你姨。”

她有点吃惊，定定地看着我。大妈正端来莲子红枣汤叫她吃，她只喝了几匙汤。放下碗，抬眼望着一对高烧的红烛，眼神里忽然露出一分迷茫与畏缩，我马上说：

“家里只我一个女孩，很孤单，我们会是好朋友的，我大伯不久就要回来了。”

她立刻又把头低下去。羞怯中带着一丝忧郁。由于大妈已经对我讲过她的身世，我好像已经能明白她的心事，就不要与她多说，只默默地陪伴她。

照着大妈的吩咐，我就陪她睡在厢房里。第二天一早，我要去书房读书，先带她到厨房见大妈，一同吃早餐。大妈正在桌上摆开五个碟子，是带壳的花生、红枣、桂圆、柿子和梨，嘴里喃喃地念着：“利市利市，早生贵子。”点上蜡烛，笑嘻嘻地对秀芬说：“你先拜灶神，再拜祖先。往这一刻起，你就是我们家里的人了。”

秀芬听话地在地下铺好的席子上跪下拜了三拜，再拜了三拜。对于跪拜，她好像很熟练的样子。拜过以后，收了碟子，才吃早餐。我平常每顿早餐要吃一个夹豆沙的大麦饼，可是今天兴奋得吃不下。秀芬一口也不吃，只喝了一盏茶。大妈给她换了衣服，我就带她到书房。先生已经老早起床念了经，坐着闭目养神。我们进去时，他连眼皮也没抬。秀芬看见他，呆了一下，忽然喊了一声：“校长！”我吃了一惊，问她：

“你怎么会喊他校长，你认得他？”

“我在小学里读书时，他是我们校长。”她低声地说。

先生睁开眼来，看看她，点下头说：“学生太多，校长认不得学生了。”

原来先生是在乡村小学当过校长的，六叔也是他的学生。我马上对秀芬说：“我有个六叔，是乡村小学毕业的，现在在城里念师范，你们应当是同学了。”

“同学那么多，已经是好几年前的事了，不会记得。我没有毕业就休学了，你六叔叫什么名字呢？”

“他的名字叫周平。”

“周平，噢，大家都记得他，他年年是全校功课品行最好的学生。我比他低两班，但是因为他对低班同学都很和气，大家都喜欢他。”

先生听得连连点头说：“你六叔是个出色的好学生。”

先生除了教课时严厉如老虎，平时对我还是很和蔼的。大家这么一说，我顿觉与秀芬的感情又亲了一层。我真希望六叔快快回乡下来，快快见到秀芬这个老同学，一定很高兴的。

盼到星期六，六叔回来了。他又给我带来两本新文艺小说，我先藏在厨房抽屉里。大妈马上高兴地说：“阿平，我们家多了个人了，她名字叫秀芬。你现在先叫她秀芬不要紧，以后再改口好了。”

秀芬一双充满兴奋喜悦的眼神望着他。六叔有点摸不着头脑，不知说什么好。爽直的大妈开门见山地说：

“秀芬是我给你大哥讨的三房，前几天刚进门的。如今阿娟有个伴了，你大哥不久就会回来。”

这件事，对新脑筋的六叔是一个震惊。一个女孩子的婚姻大事，就这么简简单单可以决定的。他不好意思地看了一眼秀芬，却似乎并不认得她是他低班同学。大妈上楼去以后，我和六叔、秀芬就一起到厅堂里。我忍不住地说：

“六叔，秀芬姨和你是同学呢！她记得你的名字，你是全校的模范生。秀芬姨来我们家，我也不知大妈做得对不对。”

六叔好像没听见，只顾盯着秀芬看。秀芬怯怯地说：

“我是低班小萝卜头，你记不得了。但有一回，我在学校后面山上采山楂果跌下来，额角跌破了，流好多血，是你看见把我带回来，还给我贴上纱布棉花的。”

六叔想起来了，把她从头看到脚，看得秀芬不好意思起来。他说：“你长大了，一点不像那时的小——”他没说小萝卜头，又不能说小妹妹，就没有说下去。

六叔回忆起在学校当自治会会长，举办许多活动的事。有一年校庆，他和同学设计了许多游艺节目，先生还请了县长来演讲呢。秀芬也想起来了，她说她那次是扮演葡萄仙子里的小草，浑身贴满了绿绉纸条，举起双手摇来摆去的，虽然不是主角，也好开心啊。

我们谈得好高兴，连先生都特别和气起来了。六叔当天要回去，答应下星期再来，带我们爬山去。

可是六叔走后，先生又回复了严肃的神情，教完我书以后，趁秀芬不在旁边，他对我郑重其事地说：

“秀娟，玩是玩，读书是读书，你可不能因为有了秀芬这个伴儿，心就散漫了哟。”

“不会的，先生，秀芬也喜欢读书，我们一同读。”我说。

“你倒是可以教教她读点古书，看她很文静很聪明的，真可惜了，她没有你命好，可以读书。”他当然指的是秀芬只能做大伯的偏房。先生是有学问的人，怎么也相信命呢？

“她只要肯读书，在我们家，一样可以一步步读上去呀。大伯一定会很喜欢她的。”说出“喜欢”两个字，我忽然觉得有点怪怪的。大伯连一面还未见到她，怎么会喜欢她？他喜欢她，跟喜欢我这个侄女，心中的感觉有什么不同呢？秀芬现在就像是我姐姐，她见了大伯，会觉得怎样呢？我一想起心就乱，只好暂时不想了。我有点盼大伯回来，又有点希望他别那么快回来，因为他一回来，秀芬就不是我姐姐了，也不知秀芬心里是怎么个想法。

4. 盼　待

大妈已经把一对金手镯和一对耳环早给了秀芬。她没有戴，用手帕包了塞在枕头下面。白天她帮大妈在灶下添柴火，连大妈给她做的新衣服都不穿，只穿家里带来的白底蓝花旧布衫，我刚好穿的是蓝底白花的，两个人同出同进，真的跟姐妹一般。大妈疼她，也真跟疼女儿一般。

晚上，我们回到厢房里，我就把比较浅的《模范青年》拿给她念。她虽只念到四年级就退学了，但认得的字很多。她说她一直背着哥嫂偷偷看书，有一次，被嫂嫂看到，书都给她烧掉了。说起哥嫂来，她就叹气。她边说边伸手从枕头底下把手镯摸出来，抚弄了半天说：

“你大妈对我真太好了，她花了那么多钱把我要过来，还给我金首饰。她那么和气地待我，我在家里一看见她就愿意跟她，跟她一辈子。”

“你也要跟我大伯一辈子的。”我捏着她的手说。心里却怅怅地想：“你若做大伯大妈的女儿该多好呢？”

她迷茫地望着我，又有点怯怯地说：“我哪里知道他要不要我呢？”

我不知该怎么回答，只好安慰她说：“大伯是个读书人，就是有点严肃。先生说他是正人君子，正人君子总是比较严肃的。”

我心里却想起了那个漂亮的交际花姨太，正人君子怎么会等不及地娶个交际花呢？但我绝不能告诉秀芬，害她担心，我要让她对大伯有个最好的印象。

在等待大伯回来的日子里，我相信秀芬心里一定是忧喜参半。我虽比她小两岁，但因为吃过很多次喜酒，新娘的各种不同神情见过很多，但没有一个是像秀芬这样特别的。她没有坐花轿，没有在热闹的吹打里和新郎拜天地，入洞房，第一夜却是和我这个侄女同衾共枕。她是被摆布着进入一个陌生的家，却意外地享受到家的温暖。她的身份是这样的特别，我但愿她能一生一世快乐。但是她的前途茫茫然，我与她的情分也是茫茫然。还有六叔，他与她竟然凑巧是同学，如果她在一个幸福的家庭里长大，也能上中学的话，他们会不会再见面，而成了朋友呢？我不能往这样想了，这样想下去就会很难过。六叔常常喜欢说的两个字就是“怅惘”，我想那样就该叫作“怅惘”吧。

我与秀芬常在橘园里玩。橘子一天天长大了，有许多已经转黄，慢慢会红起来。我想起大妈叫我给大伯写的信，他该回来了呀。已经有一个月了，大伯迟迟不回来，一定是那个交际花已经知道了，拦住他不让他回来。大妈也露出焦急的神情，又不敢再去信催他，只托阿川叔去城里向叶伯伯打听，还没回音呢。

在橘园里，秀芬时常数橘子，一株株树数过去，她也是“一双、两双、三双”地数，我笑她这种数法，她说：“我是看看，多少株树的橘子是单数的，多少株树的橘子是双数的。”

“你在边数边暗暗地许愿心吧！”我打趣地说。

“我许什么愿心呢？什么事也由不得我啊！”

晚霞映照着她的脸颊，她是这样的青春美丽，我觉得她实在应该有幸福的一生。但她对自己没有一点期望，只是依顺着命运的安排，无怨无尤。而安排秀芬命运的究竟是谁呢？难道是好心肠的大妈吗？大妈只为要做一个贤妻，成全大伯的愿望，在我们这个地方的风俗，也完全不用考虑两个人年龄差别的问题。如果秀芬不进我们家门，她将被兄嫂逼到怎样一个地步呢？如此想来，秀芬还算幸运的吧，所以她就这么安安心心地等待着。

橘子一天比一天红了，秀芬一天比一天美丽活泼起来，我也一天比一天更爱怜她了。她并不知道我代大妈给大伯的信里是怎么写的，如果她知道的话，她一定会心焦的。因为橘子红了，他该回来的。

5. 六　叔

六叔下乡的次数比以前勤了。除了星期天，有什么纪念日放假他都回来。每回都带好多零嘴，我知道他现在不是只带给我一个人吃的了。他也总记得给大妈带供佛的大苹果与大雪梨各一个，那都是从外路来的。供了佛与祖先以后，大妈总仔细地削了皮，切开来给大家分尝。阿川叔就会边吃边批评，“这种洋水果，酸酸涩涩的，还没有我们田里的甜山薯好吃呢。”六叔虽然觉得阿川叔土，但却非常敬重他。对我说阿川叔对主人的忠心耿耿，就跟旧小说里的老家人一样，要我好好听他的话，帮他做些轻便的事。大妈更是倚他为左右手，大小事儿，都要和他商量，他决不定的，才请教先生。先生拨着念佛珠，说一句、算一句。六叔也很佩服他的判断力与威严，只有娶进秀芬给大伯这件事，大妈竟然没有跟先生商量，就和阿川叔悄悄决定了。若是和他商量的话，他一定也说“不孝有三，无后为大，应该的，应该的”吧。

这件事，只有我和六叔，心头总像有个解不开的结。但是看六叔回来次数多了，又那么兴高采烈陪我们讲故事、下棋、散步、游玩，我心里竟萌起一种奇妙的念头，却又像犯了大错似的，立刻打消。可是有一天，我所看到的情态，使我感到我那奇妙的念头，已不容打消了。

那一天，六叔陪我和秀芬在橘园的小屋里聊天。这里是我们的安全港，人迹罕至，我偷看小说总是在这里。六叔把窗户打开，让下午温煦的阳光透进来，我正在剥一个酸橘子想尝尝看，却看六叔从口袋里摸出一个苹果，一个雪梨，再摸出一把小刀说：“我来把苹果削了大家吃。”却把梨放在秀芬面前说，“这个给你。你一个人吃。”

“我不要吃一整个，也大家分来吃嘛。”秀芬说。

“不，不要分梨，你懂吗？”

他们四目相望，秀芬当然懂，我也懂了。可是我心里忽然一阵酸楚，手里正剥着的橘子也跌落地上了。

六叔又就着阳光，仔细看秀芬的鬓角，低声地说：

“那次你跌伤，额角上是不是留下一个小疤？”

“有一点点，我用刘海儿遮住了。”秀芬半低着头。

“让我看看。”他把身子靠近过去。

秀芬只是向后躲，我忍不住低喊了一声“六叔”，他微微吃了一惊，身子缩后了。我心烦意乱地说：

“我们回屋里去吧，该帮大妈做晚饭了。”

六叔的神情顿时黯淡下来，我知道是他自己心里难过，绝不是生我的气，他知道我是那么地喜欢秀芬的。这就是他常常说的一种“无可奈何”与“怅惘”啊！

我们三人默默地回到厨房里，却发现大妈和阿川叔的神色跟平时不一样。大妈已把菜烧好，端上饭桌，轻声对我和秀芬说：“让阿川叔和六叔先吃饭，六叔要搭晚班汽船回城里去的。”

六叔并没说要当天回去呀，但我不敢问了。大妈把我和秀芬叫到厨房里，从抽屉里捧出一些挑花手工，摆在桌上，柔声对秀芬说：“听说你会绣花，这种挑花你一定也会吧。空下来就在屋里做做手工，阿娟做完功课也会来陪你，教你读书认字的。说实在的，女人家少认几个字也好，像我这样的，心里头清静，什么也不想了。”

大妈的意思，明明是要秀芬尽量不要和六叔接近，但我又怎么能怪她呢。秀芬低下头，泪眼盈盈，一声不响。大妈走后，我们紧紧捏着手，两个人都哭了。

六叔往后就没再下乡来，礼拜天变成了我们最寂寞、最不快乐的日子。我带秀芬在书房里闷闷地读着书，先生把念佛珠啪嗒啪嗒拨得好响，响得我心更烦，但又不敢对先生抱怨。他那一对深湛的眼神，似已洞察一切，却闭上眼睛，有意无意地讲一些三从四德的故事给秀芬听，听得我只想大喊：“请你不要讲了，不要讲了。”但我能喊吗？回头看秀芬，她的脸平平板板的，一点也看不出来有什么心事，只是静静地听着。她原是个心甘情愿服从命运的人啊！

阿川叔还悄悄地对我讲，大妈在那天晚饭以后，只对六叔讲了一句盼大伯早点回来和秀芬成亲，免得秀芬心不定，六叔就懂了，马上说以后不常回乡下来了。阿川叔夸六叔是个“坐怀不乱”的真君子，他很敬重他。“坐怀不乱”是他从“宝卷”上学来的词儿，他记了很多词儿，用起来都很恰当。他说六叔去埠头上汽船时，告诉他师范毕业后马上去外地教书，希望我用功读书，好好待秀芬。我听着听着，眼泪一颗颗落下来。我常常看悲剧小说，边看边落泪。如今这幕悲剧没开头就结束了，秀芬往后没有再哭，我也不要再伤心了！

每个夜晚，秀芬都把菜油灯芯挑得高高亮亮的，全神贯注地挑起花来，挑的是双仙和合，给大伯的枕头。她低着头，不说一句话。有一次，她忽然停下针，笑眯眯地对我说：“我忘了告诉你，在小学读书时，我们低班同学，都喊你六叔周平大哥的，他对同学真好。”

在摇曳的灯影里，她的眉眼妩媚动人，但又似有一丝闪烁的泪光。她心里在想什么呢？难道她还是在一心一意地等待她那个未见面的丈夫——我的大伯吗？

我做完功课，还是喜欢与秀芬到橘园里，坐在矮墙头，她看一回《模范青年》故事，就抬头数橘子，又是“一双、两双、三双”地数。有一回，我忍不住说：“若是成双的，就是大伯要回来了。”

她捶了我的肩膀一拳说：“我又不是等他。”

“大妈已经托城里的叶伯伯去信催他了。他大概公事太忙，脱不了身。”我安慰似的说。

“催他做什么呢？我这样和你过日子很快乐呀。”

她说的实在是真心话。如果没有大伯夹在我们当中，我们不就是情投意合的姐妹吗？从她来以后，我就从没喊她一声姨，总是秀芬秀芬地喊她。但是大伯回来以后，就不一样了。我还能喊她名字吗？

6. 橘子红了

大伯总算回来了，真正是在橘子成熟、红透的时候。他没有失信，大妈更没有骗他。

大妈早两天就忙着布置正屋那间最好的房间。铜床的罗帐是全新的，枕头被褥都是熏过芸香的。知道大伯喜欢鲜花，叫阿川叔把两盆兰花端进去放在茶几上。茶壶茶杯烟灰缸都摆齐全了，才把贴了双喜的门帘放下，叫我不要再进去。这就是大伯和秀芬的新房，秀芬要成亲了。明天起，秀芬就不再和我睡在厢房里，我们不再像姐妹似的，同出同进，我也不能再秀芬秀芬地喊她名字了。我心里像失落了什么似的，非常不快乐。

秀芬一整天都很慌乱的样子，总是低着头，连饭也没好好吃。大妈叫她换上那套粉红色的新娘袄裙，给她辫子上插朵红花，戴上耳坠和手镯，叫她静静地坐在厢房里，不要再走来走去。我呢，像没头苍蝇似的乱飞，心里好紧张。大伯原是我最亲的长辈，他虽严肃，我仍是很盼望见到他的。但这会儿却像迎接一个生客似的，有一点好奇，又有一点陌生。

大伯到家已是掌灯时分，轿子停在大厅堂里，他慢慢地跨出来，大妈迎上去，两个人满面笑容。大伯在特别为他摆好的软椅子里坐定以后，我才上前去请安，他拉住我的手，端详我半天，笑嘻嘻地说："阿娟，你又长高了，字也越写越好了，我很高兴。"我也不知说什么好，就退在一边，心里在焦急地等待着一幕特别情景的出现。回头一看，大妈已扶着秀芬，双手捧了一个茶盘，慢慢走出来，走到大伯面前，一只手把盖碗端出放在茶几上，低声喊："老爷，喝茶。"大伯漫不经心地朝她瞄了一眼，马上把脸转开了。秀芬的头垂到胸前，一转身，快步踅回里面厢房去了。

这就是新郎新娘的见面礼了。我的心正在狂跳，仿佛一个小心捧着的瓷盘突然掉落在地上似的，既气恼又失望。气大妈为什么要秀芬出来端茶给大伯，她为什么不把他们双双送进洞房呢？

我急匆匆走进厢房，看秀芬坐在床沿上发呆，使劲儿扭着手帕。我在她身边坐下，也是呆愣愣的。秀芬忽然掩面哭起来，哭得声音很大，我赶紧把房门关上，让她痛痛快快哭一阵，才低声对她说："大伯人很和气，你不要哭了。大妈知道了会生气的。"

她泪眼婆娑地望着我，抽抽噎噎说不出话来。她左等右等，等到了大伯回来，今天是他们成亲的日子，她却这样伤心。我知道新娘子出嫁的那天都会哭，因为离开亲人，到了一个完全陌生的家中去，怎么不害怕呢？秀芬的爹娘早去世了，她一定是想起他们，不由得伤心吧！

厢房床上的被褥都已拿走，一对烛台也搬到大伯房里。从今天起，我不再陪伴秀芬了。心头空落落的，很不快乐。但我得做出喜气洋洋的样子，帮大妈端菜祭祖，帮阿川叔点燃鞭炮。大妈连声说："百子炮、百子炮，百子千孙五代荣。"

大伯同秀芬拜了祖先，他们入了洞房了。

我蜷缩在大妈身边，好久都睡不着，大妈也老在翻身，还听见她轻轻地叹气，我心里有很多话想问大妈，又不知怎么开口才好，只说："明天起，我真要喊秀芬姨了。"

大妈说："你早该喊她姨的，这是辈分。"

这个辈分，就把秀芬同我隔开了吗？不会的，我们心里仍旧是姐妹。明天，我一定找个机会同秀芬讲。

第二天一大早，我就醒了，想起厢房里还有几本给秀芬看的《模范青年》，就跑去拿，却看见秀芬已经坐在空空的床沿上发呆。我吃惊地走过去，挨着她坐下，低声喊她"秀芬"，却喊不出"秀芬姨"。我问她："你怎么跑到这里来了？"

她的脸颊红红的，眼中汪着泪水。想起她端茶给大伯的胆怯神情，昨夜却把他们关在一个房间里，他们就算是夫妻了吗？那么大伯同大妈，是不是也算夫妻呢，我真是弄不明白。我忍不住问：

"你昨夜也睡在那张铜床上吗？"问的时候，我的心不禁狂跳起来。

"没有，"她咬了下嘴唇说，"我睡在那张藤椅上。"

"啊呀，那不是要冻出毛病来吗？"

"他拿了条毛毯给我盖上，我没有觉得冷，我是和衣靠着的。"

"就这么靠了一夜吗？"我自己都不知道为什么要穷根究底地问。

"是呀，他劝我上床，我不肯。"

她连声说"他"，他就是新郎，我那严肃的大伯。他怎么会同一个只比我大两岁的女孩关在一间屋子里，还要劝她上床去睡，我真有点气他，又替秀芬叫屈。秀芬睡在藤椅上是对的。

"你不要告诉大妈，她会生气的。"她说。

"我才不说呢，但是你会一直睡在藤椅上吗？"

"我也不知道。我真怕他，他一句话也不对我讲。"

"大伯本来就不大讲话的，但是他心里很慈爱，他很疼我的。这次大妈要我写信催他回来，全是为你呀。"

她有点羞赧地低下头，喃喃地说："你大妈对我讲过，要好好侍候他，我会的。"

她说"侍候"两字，显出一副死心塌地的神情。我握着她的手说："往后，当着大伯大妈，我喊你姨，我们两个人时，我还是喊你的名字。”

她笑了起来说：“好奇怪，怎么喊我姨呢？”

“一喊你姨，我们就没这样亲了。”

“不要这样讲，我心里好难过。”

“大妈说，这是辈分。”

“什么辈分呢？我心里倒觉得，你大妈像是我的亲娘，偏偏的……”

她说不下去，我知道她心里真的很难过，但又有什么办法。大妈说是她八字注定要做年纪大的人偏房，代他生儿育女。我知道，秀芬以后会与我越离越远了，有大伯在她身边，她不会像以前一样，与我同出同进，什么心事都跟我讲了。

果然不出我所料，秀芬渐渐地有点躲开我，见了我，总是羞羞涩涩的，像要与我说话，又像想不起要说什么似的，找个理由走开了。她一天到晚忙进忙出，侍候大伯起居饮食，无微不至。虽然都是大妈事先教导她的，但她对一个原先完全陌生的男人，侍候得这般周全这般体贴入微，也真令我吃惊。

她也比较喜欢打扮了，每天把辫子梳得光光亮亮，两颊红扑扑的，小嘴唇上还抹了一点胭脂，笑起来格外逗人怜爱。看来大伯是非常喜欢她，因此，她也放了心，也喜欢起大伯来了。我实在应该替她高兴，就像大妈似的，时刻关怀地体察着这一对老少夫妻。但我心里仍有一份惴惴不安的心情，担心大伯很快会走，又担心那个交际花会知道这件事。

大妈每天叫秀芬在橘园里采下两个最最鲜红的大橘子，装在一个玻璃盘里，先供了佛，再拿给大伯吃。

大伯坐在廊前看书，秀芬就站在旁边，把橘子剥开，一瓣一瓣递给大伯，大伯心不在焉地接过来放在嘴里嚼着，我站得远远的看一会儿就走开了。

橘子红了，大伯回来了，他又有一个新爱宠了。他们现在看上去那样幸福，但我忽然想起先生教我的两句诗："从来好物不坚牢，彩云易散琉璃脆。"大伯总要再出门的，他会带秀芬去吗？如果不带她去，秀芬仍会恢复与我过姐妹一样的快乐日子吗？

有一天，大伯去城里看叶伯伯了。秀芬在打扫大伯的房间，我忍不住走进去轻轻喊了她一声姨，她正在对着镜子端详自己，听我这样喊她，回过头来很不好意思地说：

"不是说不当着他们的面，你仍旧喊我名字吗？"

"我总觉得你和以前不一样了。"

"没有啊！"她有点难为情的样子。

"你不再睡在藤椅上了吧？"我期期艾艾地问。眼睛望着那张讲究的铜床和并排摆着的一对挑花枕头。

她的脸羞得通红的，低下头去没有作声。

"你说话呀！"

她抬起头来时，却是盈眶的泪水，我吃惊地问：

"你怎么哭了？我看你蛮快乐的嘛。"

"我心里总是酸酸的，他回来以后，你好像不大要理我了。"

"哪里是我不要理你，是你没心思跟我说话了。但我很替你高兴。我问你，大伯对你很好吧？"

"他很慈爱。"

"慈爱？你说他对你是慈爱？"

"是啊！他问我家里的事，我都跟他说了。他叫我安心跟着大妈，好好过日子，她不会亏待我的。"

"他有没有说带你跟他一起去外路？"

"没有，我也不要去。"

"你喜欢我大伯吗？"我的意思是："你爱他吗？"但那样问法太新式了，我是从六叔借给我的小说上看来的。我不能那样问，问得我自己都会脸红。

"我也说不出来，白天里伺候着他，常常觉得他像是我最亲的长辈。但有时半夜醒来，觉得边上有个人对我这样亲近，这样好，我又觉得终身有了依靠。但我担心得很，担心他很快就要走了。"她眼圈儿又红了。

"他不会很快走的，走了也会常回来的。他不在家时，我们俩在一起仍旧会很快乐的。"

"那自然啰！"停了半晌，她忽然问，"阿娟，六叔怎么这一阵都不回来呢？他大哥回家，他怎么也不下乡来看看他？"

我心里一怔，她怎么还念着六叔。但我知道六叔不下乡来的原因，只好淡淡地说："他功课太忙，大伯去城里在叶伯伯家，他就会去看他的。"

我也不由得记挂起六叔来，一下子就感到无精打采的，对秀芬说：“我要回书房读书去了。”

“阿娟，”她喊了我一声，悄悄地说，“你若写信给六叔，也代我向他提一句。”

“说什么呢？”

“劝他读书不要太辛苦，礼拜天也来乡下玩玩。”

我点点头，但我没有给六叔写信，也不想要他下乡来，六叔的性格我知道，他是不会回来的。

7. 别

大伯从城里回来，才过了四天，竟然告诉大妈说要走了。算起来他回来一共不过半个多月，大妈原说是要待两个月的，大伯忽然提前走，她真感到意外又失望，我也是一样。看看秀芬，她一下子就像失魂落魄似的，双颊的红晕也没有了，辫子松松散散的也无心梳理。她从来没有正眼看大伯，总是用祈求的眼神看着大妈，仿佛只有大妈才会留得住大伯。但大妈何尝留得住他呢？他是个一向自作主张的权威男人，他说一，大妈还能说二吗？

他动身的前一天，大妈特地烧了几道好菜，又温了壶陈年老酒，要秀芬也上桌陪大伯一同吃，平常她都是站在旁边侍候的。大伯斟了一杯酒敬大妈，说：“要你劳心了。”又斟了一杯，递给秀芬说："你也喝一杯吧。"秀芬慌乱地接在手里，颤抖着送到唇边，只抿了一口，就放在桌上。头低垂到胸前，就跟第一天刚见到大伯，端茶给他时一样。也不知是哪来的勇气，我忽然捧起酒壶，给自己斟了一杯，大声地说："大伯，我敬您一杯，祝您一路顺风，快点再回来。"

秀芬站起身来说："我去端汤。"就走进厅堂后面去了。她久久不出来，我不放心就去厨房里看她。原来她站在灶边搓汤圆，锅子里水在开。她说："鸡汤里放几个汤圆，你大妈交代的。"

我知道汤圆是团圆的意思，但这一顿明明是别离前夕的晚餐。短短的半个多月，秀芬已经爱上了大伯，愿意托付终身，而大伯却是匆匆来，匆匆去，没有丝毫留恋之情。他回来只是为了娶一个小妾，圆一次房，以后的一切，似乎就交给大妈和秀芬了。大妈是如此地爱怜秀芬，如果没有那个在外路讨的交际花，大伯一定会在乡下住一段较长的日子，或是把秀芬也带出去。但现在他们却非分离不可。大伯和大妈之间，一向好像是手足之情，大妈千般万般地关心大伯，知道他娶了二房，却一点也不生气，又高高兴兴为他娶三房。她怎么不想想，大伯分身乏术呢？难道她真只要他每年橘子红时，才回来一次吗？

我看秀芬双手纯熟地搓了好多个汤圆，丢在滚开的鸡汤里，又洒上几滴酒、一撮葱花，盛在大碗里，小心翼翼地端出去，我也跟着出来。她舀了四个汤圆在饭碗里，放在大伯面前，低声说："趁热吃吧。"

大伯只吃了两个，笑吟吟地对秀芬说："这两个给你，你也趁热吃吧。"

秀芬迟疑着，大妈说："吃呀，他叫你吃你就吃，团团圆圆，一双双的汤圆是吉利的。"

我真觉得大妈那神情就像在吩咐女儿。她又说：

"厨房里我来收拾，你先侍候他早点睡，明天一早就要动身了。"

秀芬并没听她的，仍旧和我一起帮着把盘碗收进厨房，大伯顾自回房间去了。我回头看了下那贴着双喜布门帘的新房，再看看容颜微带憔悴的秀芬，仿佛觉得自己是在看一幕旖旎缠绵的戏剧，也像在背诵一首催人热泪的诗篇。我平时背古文、诗歌，除了觉得音调好听，念起来顺口以外，总是心不在焉。眼前的情景，才使我体会到"悲莫悲兮生别离，乐莫乐兮新相知"的滋味。但我究竟不是秀芬，她心头又是什么滋味呢？

8. 情　思

大伯走后，秀芬又搬回到厢房，大妈仍让我陪她同住。我们再度并枕而眠。但秀芬总不像以前那么有说有笑，时常呆呆地愣在那儿好半天，跟她说话也像没听见。我知道她是想念大伯，却又不好说出口来。她看一阵《模范青年》，又拿起手工来做，自言自语地说："这些天都没工夫挑花了。"

“你的手工很细。”我说。

“我倒是把一个从家里带来老早绣好的小荷包给你大伯了。”

“真的呀？”

“他好像很喜欢的样子，就收在口袋里了，也不知他会不会丢掉。”

“不会的，他一定会珍爱它的。”但我忽又想起那个交际花姨太，她若是看到了，可不大好呢。

“你写信给大伯的时候，代我提一笔。”

她的神情，就跟要我在写信给六叔时，代她提一笔一样。我弄不明白，在她心里，大伯与六叔都是她想念的人吗？她对六叔的印象是一位会照顾人的大哥哥，对大伯像是一位最亲的长辈，但又是她同衾共枕过的丈夫。她一定是更记挂大伯吧。

大伯给大妈的信，仍旧是简简单单几句话，最后加了“秀芬均此”四个字。大妈递给她，她总是看了又看。跟大妈一样，眼角笑眯眯的。她认得的字比大妈多，因此说：“信真短啊！”

她陪我在书房里读书，也提起笔来练字。先生说：“你就抄《心经》吧！”她摇摇头说：“《心经》太长了，我要抄唐诗。”于是她就一首首地抄起唐诗来，边念边抄，抄的都是短短的绝句，有不认得的字就问我。抄到李商隐的《夜雨寄北》：“君问归期未有期，巴山夜雨涨秋池。何当共剪西窗烛，却话巴山夜雨时。”她念了又念，问我巴山在哪里，我说“在很远的四川吧”，她说“太远了，就当它是在我们这里”。她想了一下说，“我把这首诗抄了，你寄信给大伯时，把它封在里面。”

“大伯看了一定很高兴，他知道你读过书吗？”我问。

“我跟他说过读过几年小学，兄嫂不让我再读了。他叫我再跟你读书写字，他说会寄些浅的故事书给我看。”

她一直在盼着那些故事书，但大伯一直没有寄来，她有点失望，但仍重重复复地抄那首诗。她说这首诗很好懂，先生摇头晃脑地唱起来又好听。但她一遍遍重复地抄，抄了就撕。“抄抄诗，写写字真好，什么心事都没有了。”她说完就把小嘴抿得紧紧的，再也不像以前那样有说有笑地给我讲她小时候的故事了。

我知道她的心事是什么，所以都不敢提大伯。但大妈偏偏常向她提，一来就对她说：“这是老爷爱坐的椅子，这是老爷爱吃的东西。”左一声老爷，右一声老爷的，叫我听起来很不舒服，也把我和大伯之间的亲情拉得好远。我不知道秀芬听了有什么感觉，她究竟是畏惧这位严肃的老爷呢，还是喜欢这位比她年长一大截的男人呢？我时常望着她不言不语、若有所思的神情，觉得一缕爱苗，已在她心中滋长，她开始在爱一个人了。这个人像父亲，也像情人。

她总显得有点懒洋洋的，打不起精神，大妈就连声地问：“你有什么不舒服吗？吃得下东西吗？”秀芬说：“没什么，吃得下呀。”大妈真关心她。她却暗暗对我说：“我好担心。”

“担心什么呀？”我迷惑地问。

“你不懂。”

我真有点不懂，秀芬与大伯成亲以后，已经是个大人。我们之间，似乎已隔了一层什么，有些话，她好像不大能对我讲了，难道这就是大妈说的辈分关系吗？

9. 求　梦

大伯走后，大妈好像格外注意起秀芬的神色来，也格外疼爱她了。有一天，她对秀芬说："我看你脸色不大好，我带你到街上郎中那儿把个脉，看有什么不舒服，再去庙里烧个香，在庙里住一晚，求个梦。"

一听说求梦，我就好高兴，我也好想去庙里求梦。在女眷客房睡一夜，做的什么梦，就告诉法师，法师会解说给你听，吉凶祸福，法师说来头头是道。我还从来没去庙里求过梦呢，因此也吵着要去。大妈说："你小孩子去求什么梦？我带秀芬姨去。"这下子，我越发觉得离秀芬远了。

大妈买了香烛，摘了自己园子里最新鲜的橘子，带着秀芬去庙里求梦了。求梦回来，又在街上的郎中那儿把了脉。我孤零零一个人在家，一夜睡不好。秀芬回来，我连忙问她：

"你拜了菩萨，许了愿心啦！"

她点点头说："大妈引我在观音菩萨前拜了，求了签。"

"签诗上怎么说？"

她把签诗从口袋里摸出来给我看，上面写着："书中自有黄金屋，书中自有颜如玉。功名富贵等闲事，鱼水恩情享不足。”

我看得似懂非懂，上两句是现成句，与秀芬的情形毫不相干。后面两句也不知是哪儿来的，意思倒真好，一定正合了秀芬的心意，句子也浅白易懂。秀芬苦笑了下说：“全不对，我有什么鱼水恩情呢？”

“好日子在后头哪。还有，你做了个什么样的梦？”

“一夜迷迷糊糊的，没睡好，天快亮了才做了个梦。梦见在一间空空的屋子里转，找不到一扇门，好不容易看见一扇边门，却又被一枚大钉子钉住，拉不开门闩，我一急就醒了。你想这个梦怎么会是好兆头？”

“法师怎么讲呢？”

“法师有他的讲法，我不要讲了。”

“你讲嘛，我最最喜欢听解梦了。”

“他说，门上有枚钉子是好兆头，他说——”她吞吞吐吐又不想说了。

“快讲呀。”

“他说，家门里要添丁了。”她很不好意思地转开脸。

“那就是说，你要生孩子了。”

“没有啦，他只是这样讲就是了，这只是一个梦嘛！”

她那一脸的忧愁，使我懂得了，她担心的就是不会生孩子。她到我们家来，就是要给大伯生孩子，不生孩子，大伯不会再要她，大妈也不会喜欢她了。我心中萌起对她无限的同情。我与她只差两岁，但我们的处境完全不一样，我可以无忧无虑地读书、玩乐，在大妈跟前撒娇。但她得天天像个大人，一个千依百顺的妇人，命运都系在生不生孩子上面。然而她要的是爱，她已经在爱大伯了，但大伯会爱她吗？大伯连对大妈也没有爱，也许只对那个交际花姨太有爱吧！他对小太太真的像摘橘子似的，拣个鲜红的尝尝，也许只尝一口就把它丢掉，让它烂掉。想到这里，我真是好气大伯，也不免怪大妈。如果她不把秀芬讨进来，她可能会遇到一个心爱的如意郎君，好好成家，一夫一妻，生儿育女，多么好啊！但现在说这些都没用，徒然使秀芬伤心。

我看她口袋里鼓鼓的，有一样东西，问她是佛殿里带回的水果糕饼吗？她笑笑说不是的，就快步跑回厢房，取出口袋里的一个红布小包，把它塞在枕头底下，我好奇地问："是什么呀？那么神秘。"

"晚上再给你看。"

我等不及晚上，趁秀芬在厨房帮大妈做饭时，悄悄到屋里，从枕头底下摸出那个红布包，打开一看，原来是一个粗瓷的赤膊小娃娃。胸前系着一个红肚兜，娃娃连眼睛鼻子都看不清，头顶一根冲天小辫子，胖嘟嘟的是个男娃儿。我赶紧包好塞回枕头下，走出来看看秀芬，心里只想笑，又不敢笑。我在想象着：这样一个小女人，如果也像我那些婶娘似的，怀了孕，挺起个大肚子，会像什么样子？若是生了孩子，抱着背着，又会像个什么样子？那时，她的孩子就是我的小弟弟，她才真正成了我的长辈阿姨了呢。

晚上我们回房睡觉时，我说：

“我已经看见你枕头下的娃娃了。”

“你真性急，我会给你看的呀。这娃娃是大妈求来的，她在送子观音面前，带着我点香跪拜后，从观音手中抱来的。大妈好细心啊！”

“她盼你早生贵子呀。”

“这个娃娃长得真不好看。”

“难看没有关系，只要是个男孩就好。”

“连影子都没有，你大妈真是无事忙，我又不能不听她的话。”

她说的“连影子都没有”，是指的没有孩子吧？她又叹了口气说：“你大伯回来才那么短短几天，我好像连他的脸都没看清楚，他就走了。”

“你很想念大伯吧？”

“我想他做什么，他早把我忘记了，连答应给我寄的书都不寄来。”

她眼圈儿渐渐红起来，我真替她难过。但高兴的是她又把我当个知心人，向我吐露心事了。我索性把菜油灯吹熄，两个人和衣躺下，把一层薄薄的被子拉来盖好，在黑暗里好谈心。我把身子挨得她紧紧的，靠着她耳朵边低声地问：

“你睡在那张大铜床里，也是这样靠紧大伯的吗？”

她不作声。

“你说呀，是吗？”

“小姑娘问这干什么？”

“问问有什么要紧，你说呀。”

“我起先很怕他，后来也不觉得了。”在被窝里，她好像在发抖。

“后来你就喜欢他了，是不是？”不知怎么的，我的心也狂跳起来。

“阿娟，你真好坏啊！”

“你就盼望跟他生孩子了，是不是？”

她把我一推，说：“不跟你说了。”

“不说就不说，你反正总说我不懂，我也不要懂。我还是觉得大伯不应该这么快就走掉，把你丢在乡下。”

“我不抱怨他，他是当差使的人，公事忙。我哥哥对我讲过，凡事都要忍耐，何况有大妈和你对我都这么好。比起跟他们一起，不知好多少倍了。”

她是这么一个容易满足的人，心又好，我感动得不禁紧紧抱住她，呼呼入睡了。

大妈自从庙里求梦回来以后，非常地兴奋，她把秀芬的梦告诉先生，先生也拨着佛珠连声说“好梦好梦，吉利吉利”。大妈更加高兴得好像马上有喜事来临似的。我也被传染了，像在盼望着什么。

两个多月以后，秀芬忽然一闻到厨房里煮菜的味道就要呕吐，连喝口水都吐。大妈却高兴得连声念观世音菩萨保佑，轻声细气地对秀芬说:“你一定有了。”秀芬只是不作声，我奇怪地问:“大妈说你有什么呀?”

“她说我有病了。”

“有病要看医生，怎么还高兴地说观世音菩萨保佑呢?”

“阿娟，你不要问了，你还是姑娘，不懂的。”

她又说我不懂了。我只比她小两岁，我看过很多新小说，爱情的心理我能够体会，但爱得会生病我倒不懂了。秀芬吐得一口饭都吃不下，人也越来越没力气。大妈爱怜地叫她尽管躺着别动，粗活儿都不让她做了。她尽管身体不舒服，神情反显得比以前快乐了。我忍不住问大妈秀芬有什么病，大妈只是笑。阿川叔大声地说:“秀芬要给你生个小弟弟了，她是害喜，不是病。”

我才恍然大悟，秀芬真的要生孩子了。

她不用再担心大伯会不要她，我也一块石头落了地，高高兴兴地看着秀芬害喜。因为幸福的根苗，已在她体内滋长了。

过不多天，大妈兴高采烈地对我说:

“阿娟，写封信给你大伯!——”

她还没讲下去呢，我就抢着问:“这回还是说橘子红了吗?”

大妈一时愣住了，该怎么写呢?得顾到信被那交际花姨太看见，不能明白地写出来。我想了下，顽皮地说:

“我就画两个橘子，一个小一点，一个大大胖胖的，注明一下:橘子已愈来愈胖了，大伯一定懂。”

“好，你就这样画吧!”大妈笑得嘴都合不拢。

10. 心　惊

信寄出还没几天呢！六叔忽然托小汽船带信回来，说大伯的那个交际花姨太回来了，住在叶伯伯家，是叶伯伯打电话告诉六叔，要他转告大妈，准备一下，或许她会来乡下。在信尾，六叔加了一句："阿娟，我真替秀芬担心。问问先生有什么主意。"

交际花突然一个人回来，明明是知道了大妈瞒着她讨秀芬的事，大伯竟然没一同回来，看来将会有一场大风波了。大妈也着了慌，连声问先生："你看该怎么样呢？"先生平时教我读书有条有理，令出如山。但是遇上这种事，他也没了主意，只会把佛珠拨得更响地说："她既然是见过世面的交际花，一定会识大体的。她下乡来，你就一五一十据实对她讲。人都讨进来了，又已经有了喜，她还能怎么样？"

大妈想了想说："对啦，我就照实对她讲，我倒要问她，她讨进来的时候，几时同我商量过？"

他们在堂屋里低声商量着的时候，秀芬都听见了，她脸色惨白，颤声地问我："你大妈为什么不早告诉我？我怎么办？我怎么办呢？"

"你放心吧！有大妈呢，那个人不会为难你的。"我勉强安慰她，心里却是万分焦急，也不知那姨太是怎样的一个人。如果真是知书明理的，一定会体谅大伯大妈的心意，也顾全大家的面子的，只是苦了秀芬了。

“他为什么自己不一起回来？他明明是不打算要我了。”秀芬不由得嘤嘤啜泣起来，接着又是一阵呕吐。我紧紧抱着她颤抖的肩膀说：“你不要急嘛。”

大妈走进厢房，愁容满面地对秀芬说：“秀芬，我没先对你讲是怕你害怕，心想等生米煮成了熟饭，你的名分也定了。你肚子争气，还怕她做什么？你就在我身边，与她河水不犯井水，你只管宽心吧！”

秀芬在厨房里呆呆坐着，只是落泪，我知道她伤心的是觉得自己被大伯欺侮了，而不只是害怕交际花姨太。

阿川叔却理直气壮地说：“肚子争气顶要紧，谁叫她讨进来两三年了，连个屁都放不出来？”

他是粗人，但一根肠子通到底，对大妈忠心耿耿。讨秀芬姨的事，他出了一半的主意，一听大伯没一起回来，就有点冒火，说做官的还没种田人有担当呢。

叶伯伯叫人带口信来，说二太太坐了两天轮船头晕，不能下乡，请大妈带了秀芬去叶宅，大家见见面。阿川叔生气地说：“她是老二，你是大太太，她应当来见你，哪有你去看她的道理。”先生却说：“当着叶伯伯，把事情说个明白也好，这种时候，也就不要论什么大小了。”

大妈还是听了先生的话，要带秀芬去城里叶宅看那交际花姨太。不用说，她一定是个威风凛凛的人物，不然，怎么连叶伯伯都这么将就她呢？

临走时，秀芬反而显得很镇定的样子，对我说："我总归打定主意了，我也不怕她。"

"对！不要怕她，又不是你自己要到我们家来的，是大伯大妈讨你进来的。"

"不要提你大伯了，我不相信他。"她使劲儿地咬着牙说，"他一定是叫她来赶我走的。"

"不会的，他明明是喜欢你的，何况你已经有了身孕。"

"阿娟，我真傻，我真后悔。"她又哭起来。

我紧紧捏着她冰冷的手，却想不出一句安慰她的话。眼看她惨淡着容颜，无心梳洗，随着大妈去城里了。她们一走，我就像热锅上的蚂蚁似的在家里团团乱转。岂止是我，阿川叔也坐立不安，还有先生的念佛珠，啪嗒啪嗒拨得越响，我的心越乱。

我不禁想起六叔，想起秀芬初来时，六叔和我们谈天玩乐的情景。如果秀芬能同六叔配成双，该是多么好的姻缘？秀芬会有多幸福？但如今秀芬却注定了要受苦。

大妈带秀芬去城里，只在叶伯伯家过了一夜就回来了，一进门，就看出大妈神色不对，秀芬的脸色更是惨淡，也不知她们三人见了面是怎么个情形，我担心、焦急又好奇，还没等大妈坐定，就忙不迭地问：

"大妈，那个人怎么样？"

“当着叶宅的人，她倒是客客气气的，还喊我一声大太太，我哪要她喊什么呢？”大妈皱着眉头，一手捂着胸口，她一定在心气痛了。

“她见了秀芬呢？”

“她一双眼睛尖尖的，直盯着秀芬看。把她拉到身边坐下，问她几岁，问她的手为什么这样冰冷。你只要看这女人一身衣着打扮，那张细皮白肉的脸蛋儿和一对水汪汪的眼睛，叫你大伯怎么不给迷住？”

“她盯着我看的时候，就知道她一定容不下我的。”秀芬苦笑了一下。

“她对你怎么说？”我连忙问秀芬。

“她说我身子这样单薄，要把我带出去，跟在她身边好好调养，她多用心思啊？她还夸我手工做得好，她明明是看见我给你大伯的那个香袋了，她一定是为这个才赶来的。”

“秀芬，你真是的，你给他香袋做什么？他粗心大意不当一回事，却闯了祸了。”大妈抱怨地叹了口气，又接着说，“她眼睛真好尖，看秀芬好几回呕吐，马上说‘呀，已经有喜了吧，那就好，那就更得仔细，老爷同我也都放心了’。我马上说秀芬是坐小汽船头晕，肚子不舒服，不是有喜。她哪里会相信呢？”

“你怎么说呢？”我又急着问秀芬。

“我就是一声不响。随便她说什么，我已经把定心思，打死我也不跟她走。”

“对，你就是不跟她走。你在乡下跟着大妈，我们三个人永远在一起，大伯总会再回来的。”我说。

“他怎么会再回来呢？”秀芬绝望地说。

“他若是有良心，就该快点回来。”大妈恨恨地说，“奇怪的是叶先生与叶太太，还帮着她说，劝秀芬跟她去，在你大伯身边的好。我一时也不知怎么说才好。”

“我不去，我不是跟您说过，宁可跟您一辈子吗？您若是不管我，我就宁可死。”秀芬激动起来了。

“年纪轻轻的，怎么说这种话。”大妈生气地说，“慢慢地想个法子，我真是一千个一万个舍不得你，还是把你带回来了。”

“但她不是说吗？叫我回来把衣服整理一下，明天就派叶宅的用人来接，她不是说吗？不把我带出去，不好交代，说轮船票都买好了，她明明是逼我。”

“你不要急，”我安慰她，“你反正拿定主意不跟她走就是了。”

“我也不怕，我总归是不跟她去的。”可是秀芬的声音很微弱，我真不知道大妈和她怎样对付交际花姨太太。

11. 瓷娃娃碎了

我们一夜都翻来覆去没睡好，秀芬又不时地要呕吐，我真担心她会生病。天还没亮，她就起来了，对我说：

“我还是回哥哥嫂嫂家躲一天，叶宅的人来，找不到我也只好算了，等他们走了我再回来。”

“那怎么行？大妈会急坏的。”我说，“还是跟她讲明白的好，大妈疼你，你不肯去，她不会逼你的。”

“你大妈心肠太软，挡不住她的，我还是先走一步好。”

“我不放心你一个人走那漆黑的田埂路，我送你去。”

“千万不要，两个人都不见了，大妈才急坏呢。等她起来问我了，你再告诉她，叫她放心，我会当心自己的。”

我也不知怎么办才好，秀芬就顾自穿好衣服。天已很冷，她头上包了块蓝布，棉袄外面再套件背心，提个小包袱，就悄悄开后门出去，我送她到门口，眼看着她在灰蒙蒙的天色中走了。

她走后，我马上就后悔不该让她走的。她身子不好，又空着肚子，深秋的田埂路潮湿难行，万一滑一跤怎么办？我们为什么不跟大妈、阿川叔商量呢？但又怕大妈不放她走。七上八下地担着心事，听见大妈起来进厨房了，我也不敢出去，大妈还当我们在睡呢。直到个把钟头以后，才出来告诉大妈。大妈又急又气，怪我太不懂事，不该不拦住她的。她马上拉着我一起去追，生怕她出事。我们从后门出去才走不了几步，就看见秀芬竟坐在一株大树下，靠着一块石头直喘气。我们大吃一惊，赶紧扶她回来，躺回床上。大妈熬了碗红糖姜茶给她喝下去，半晌，她才有气无力地说：“我到哥嫂家敲门，告诉他们实情，想在家躲一躲，他们不肯开门。阿嫂说大户人家惹不得，她不敢收留我，一定要我回来。哥哥也骂我不懂事，还说我有福不会享。我站了很久，怎么求也没有用。只好拖着身子回来，都要到家了却跌了一跤，实在撑不住就坐下了。”

大妈边听边埋怨，叫秀芬躺下不要作声，叶宅的人来，她会回他说秀芬回娘家了。

正说着呢，叶宅用人就来了，他和阿川叔很熟，只听阿川叔大声对他说：“你就对二姨太讲，秀芬肚子里有了，要保养，不能上路。若一定要她去，就叫老爷自己回来接。”

叶宅用人爽快地说：“对，我就这样回她话，本来嘛，哪有她一个人自说自话带她走的。”

他只跟大妈打个招呼，连茶也没喝就走了。

一场风波总算是过去，秀芬可以安心了。没想到不一会儿，秀芬肚子就痛起来，大妈一听她说肚子痛就急得什么似的，连忙去剪了七段麻线，熬了一点桂圆汤要她喝下去，说是安胎的，又伸双手去捏她脊背骨，把她两只耳朵使劲儿往上拉，说是会把胎儿拉住。大妈没有生养过，但看她对生产的知识好像很丰富，我又忍不住想笑。秀芬经她捏一阵，拉一阵，舒服得慢慢睡着了。

我不放心，一直坐在床边陪她，她醒来时低声对我说：“我真不该叫大妈操心的。”

“现在没事了，叶宅用人走了，那个姨太也一定走了。”

秀芬忽然想起她的包袱来，叫我打开，说里面还包了那个瓷娃娃。原来她走得那么匆忙，还带着瓷娃娃呢。我连忙打开包袱，取出红布包一看，瓷娃娃竟然断成两截。秀芬的脸色马上发白，颤抖着声音说："怎么会碎的？一定是我不小心跌跤时砸碎的，怎么办，怎么办？"

"不要急，再去庙里抱一个来好了。"我尽量轻松地说。

"这是不能打碎的，大妈看见了会生气的，你替我收起来。"她的声音低微，脸色越来越苍白，瓷娃娃碎了原是件普通事，但在秀芬心里却留下了阴影，我也随着惴惴不安起来。

傍晚时分，秀芬忽然肚子一阵大痛，接着就出血，秀芬小产了。大妈一边流泪，一边把我推出房门。我心慌意乱，真像将有大祸临头似的，从窗子里看见秀芬脸色像白纸，真以为她已经死了。

郎中来把了脉，说胎儿掉了，年纪轻，养一阵就好，也没给开方就走了。大妈既担心秀芬，又心疼胎儿，嘴里却也不好再埋怨秀芬，叫她好好休养。秀芬没说一句话，精神却一天比一天萎靡，茶饭不思，只是昏昏沉沉地躺着。有时烧得脸血红，有时又脚手冰凉，额角不时冒冷汗。郎中再来把过脉，说是产热症。不能喝凉茶，不能吹风，过四五天自会退烧，也没开药给她吃。但才两天，热度越发高了，整天闭着眼睛，给她喂点开水，舌头是黑的。大妈慌得不知如何是好，她本来就是最会发愁的人，这下胃又痛起来了。她去问先生有什么主意。先生说，该写封信告诉大伯知道："秀芬病了，胎儿也没有了。"看他这下子回不回来。阿川叔去邻村请了个郎中来看，吃了药，热似乎退下些。郎中说急不来的，是出血太多，底子太亏了。

我晚上不能陪她一床睡，白天除了在书房读书，总是坐在秀芬旁边陪她。眼睁睁看她病成这个样子，心中真是悔恨，不该不拦住她大清早走山路回哥哥家，不跌那一跤，胎儿不会掉，她不会这么心疼，身体也不会这么吃亏。想想她把整个心灵都托付给大伯，大伯对她却一点也不关心。姨太来，究竟大伯事先知道还是不知道呢？总之，秀芬若是有个三长两短，不都是大伯害的吗？

我越想越担心，也替秀芬不平。趁秀芬睡着时，就到书房摊开纸给大伯写信。告诉他秀芬病了，请他回来看她。先生说："我来加一笔，开个信封寄到他公事房去，比较放心。"

我忍不住问先生，"先生，您天天拜佛，佛应当是顶顶慈悲，顶顶公平的，秀芬姨这样好的人，佛为什么不保佑她？"先生给我讲课时，一向不苟言笑，可是这会儿他显得很和蔼关心，他叫我在佛堂前的蒲团上跪拜，虔心念佛。用沉静的声调对我说："阿娟，不要怨佛菩萨。世间事，都不是人的力量能够挽救的，秀芬是个好姑娘，菩萨会保佑她的。万一有什么，也是她前生定数。你也十六岁了，读了一些书。世上许多事，看去都是不公平的，但我们也不能抱怨。这都是佛家说的因果，都是定数的。"

先生的话，我半信半疑，什么叫作因果，什么叫作定数呢？秀芬这么好一个女孩，难道是她前生作了孽，今生来受罪吗？大妈这么勤俭善良，她却一生劳累担忧。那个交际花姨太，就该一生享福吗？这是公平的吗？

我把信托阿川叔带到街上寄了，回到厢房，在秀芬床沿上坐下，看她微睁双目，精神似乎好些了。我轻轻捏着她的手说：

“你吃了药，睡得很好。”

“我没有睡着，在想好多事，我有好多话要跟你讲。”

“等精神好点再讲吧！”

“我心里像挖空了似的。喝点粥又想吐，看来很难好了。阿娟，我真生气，我对不起你大妈大伯，没有当心身体。”

“不要跟自己生气，病好了就什么都好了。”

她摇摇头说：“不一样了，现在没有指望了。”

“以后的日子长得很，大伯不久会再回来的。”

“阿娟，你是没有看见那个姨太，你若是看见了，就知道大伯那次回来，为什么很快就走了。你大妈是豆腐心肠，就算再厉害的人，也斗不过那个姨太。大妈一辈子住乡下落得心清是对的。”

她滔滔不绝地说着，我生怕她太累，劝她少说话，她平时从来也没这样爱讲话的。她又叹了口气说：

“我真想再见你大伯一面，路这么远，他哪里还会再回来呢？”

真没想到她与大伯短短时日的相依，竟会对他这般地一往情深，真个是像戏台上唱的“一夜夫妻百夜恩”吗？大伯这样一个对小辈严峻的男人，秀芬战战兢兢地做了他的小妻子，他却一下子就赢得了她的心，秀芬真是个痴情女孩啊！想到这些，我不由得低头不语。半晌才说：

“先生劝你念观世音菩萨，菩萨会保佑你的。”

“观世音菩萨给了我娃娃，我不当心砸掉了。我还记得在庙里求的梦，那扇厚门上给一枚大钉子钉死了，明明不是个吉利的梦，老法师还说是添丁呢，现在不是不准了吗？”

她还是念念不能忘记掉了的胎儿，她是陷在幻灭的痛苦中。除非大伯再回来，没有办法能使她再点燃起希望。大伯若是收到信不回来，我真不能不恨他的绝情冷酷了。但我不敢告诉秀芬已写信去了。

12. 永　诀

我想起六叔来，自从那次他提前回城里后，就没再下乡来过。我真盼望他能来看看秀芬。她病成这个样子，难道不该让她见见家里的亲人吗？

于是我偷偷到乡公所打个电话给六叔，请他无论如何回来一趟，看看秀芬。我天真的想法是，希望六叔能给秀芬一番开导，让她知道人人都关爱她，让她懂得，天地间原有种种不同的爱。

六叔一听秀芬有病，就毫不犹疑地答应回来了。

为了纾解秀芬郁结的心事，我就先告诉了她，六叔要回来了。她疲倦的眼神，似乎闪起一丝光彩，却问我：

“他怎么想到回来的呢？”

“我告诉他你病了，他要来看你。”

“他还是不要来的好，大妈同阿川叔都会不高兴的。”

“自己一家人嘛，彼此都应当关心的。”

“你不要对他讲我的病情，我不要他知道。”她黯然地说。我可以想得到她复杂的心情，也不免感触万千。

六叔来了，大妈有点意外，但还是把秀芬的情形一五一十对他讲了，他有点着急地说：“还是送城里医院吧，郎中是看不出什么名堂的。”

大妈一听送医院就更急了，乡下人生病，哪有送医院的呢。六叔却说：“病到这种情形，光是吃中药是没有用的了。”

说着，他就由大妈和我陪着进屋去看秀芬。秀芬一见六叔，就挣扎着欠起半个身子，轻声喊了声六叔，当着大妈和我，眼圈儿还是忍不住地红了。六叔站得离她床远远的。我上前扶她平躺下去，才觉得她身子好重好重，心中不免一惊，因为我常听人说过，病人的身体扶着时觉得重，就是病重了。因病人自己没有力气动了。

这间厢房本来光线不亮，幸得靠正午的阳光从窗子透进来，映着秀芬失血后的苍白脸色，反显得格外惨淡。六叔对她也没有正式称呼，只说了声：“你安心养病，我回城里给你接洽医院，请大嫂送你去医院休养，比吃中药好得快。”

秀芬一听说去医院，就连连摇头说：“我不要去医院，我一定不要去医院。我只是累，躺几天就好了。”

六叔也不和她多说，又不能上前去，像我们般捏她的手，还是远远站着跟她说“我再来看你”，就退出屋子了。

就这么短短的一次见面，彼此四目相望，秀芬千言万语无法表达的忧郁，六叔满腔关怀却又不得不强作镇静的神情，都清清楚楚看在我眼里。大妈本来就是个愁风愁雨的人，秀芬这一场意外重病，更害得她六神无主，一下子苍老了好几岁。一家人都陷在愁云惨雾之中，我不禁在心中又怨起逍遥在远方的大伯，他可曾想到他的冷漠与自私，给予秀芬精神上与肉体上的折磨有多大？他收到我的信后，究竟会不会兼程赶回？纯洁的秀芬，她贡献了全部的爱，真个抱着一夜夫妻百夜恩的痴情。而大伯只不过是要她为他生个男孩，回去以后，连一封信都吝惜地不给她写，秀芬为这样一个陌生的薄情人，病到这步田地值得吗？而六叔？明明对秀芬一见钟情，却是相见已晚，单是在橘园里他对她的注视神情，就可看得出来。但因彼此碍于身份，不得不强自压制。我知道秀芬的心情是非常复杂，也非常迷茫的。她可能自己也分不清爱的是大伯还是六叔。不然的话，为什么她盼望大伯回来，又那么希望见到六叔呢？

面对着这一切的情景，我不由得又想起六叔那句常爱叹息着说的话："人生原是充满着无可奈何。"

六叔只停留半天就回城里去了，他对大妈说，接洽好医院立刻打电话到乡公所转告她。

六叔去后，秀芬忽然显得精神兴奋，身子翻来覆去，眼睛也睁得大大的，额角一阵阵冒汗。我担心地问她："哪里不舒服吗？"她摇摇头，半晌却忽然笑了笑说："我真觉得这几个月在你们家，像做一场梦。当初我肯来你们家，是因为记着娘改嫁时对我讲的话，娘说：‘女人家的命就捏在男人手里，嫁个有良心的男人，命就好，嫁个坏良心的，命就苦。’我想你们大户人家的男人总是好的，做小有什么要紧？况且一看见你大妈，我就放心了，我原不知还有个姨太的。”

“大妈没对你明讲，是怕你不肯，她实在太中意你了。”

“来了没几天，怎么会这样巧的碰见你六叔。他对我那么好，我心里才七上八下起来了。阿娟，你说奇怪吗？”

她突然神气清明，像是要把心事倾囊倒箧地都对我说了才痛快。我感动地点点头，却接不下去该说什么。她又说：

“你记得吗？在橘园里，他给我一个梨，说不要跟我分梨。我怎么不难过？我们怎么能不分离呢？”她的泪水从眼角滚落到枕头上，我也忍不住阵阵心酸。

“他后来再也不来了，我心里都知道。直到你大伯来了，我起初真想逃走。没想到他待我也那么和气，他那满口的浓茶与香烟味熏到我脸上，我就做不了主了。躺在他被窝里，就像躲在一个没有风、没有雨的山洞里，暖和又安心。但是一到白天，爬出山洞，他就像高高站在山顶上，看也不看我一眼了。那时，我就会想念六叔。若是跟着他，就完全不一样了。他会教我读书写字，带我爬山钓鱼下棋。那该多快乐。但我哪里会有那样好的命，我的命已经捏在你大伯手里了。因此我只好一心一意地等生孩子，等他回来，等孩子长大了过平平安安的日子。哪里想到胎会掉，他也不再理我了！”

她边哭边说，原来苍白的脸颊，因激动而泛起红晕。她把我当个最最知心的人来诉说，我感到对她满心的歉疚与无助，只哽咽地说：

“你先去城里医院把病治好，回家一心等大伯回来。”

“他不会再回来的，我也等不得他了。”

“你千万别这样想啊！”

“我一定不去城里医院。”她坚决地说，“我也不要再见你六叔了。”

她泪如雨下，半个枕头全湿透了。哭了好久，她才昏昏沉沉睡去了，我真感到肝肠寸断的痛楚。

秀芬一夜呻吟，大妈和我都不放心，就端两张靠椅在床边坐着陪她。阿川叔也守在房门口，打算第二天一早去请郎中。菜油灯半明半灭，窗外的风嘶嘶地吹着，冷清清的夜，顿时使我害怕起来，连声喊大妈，问她：“秀芬的病要紧吗？”她也没了主意，只说：“乡下人胎掉了有的是，没见过有这个样子的。”她也决定要把秀芬送医院了。

天已大亮，秀芬还是没有醒来，大妈特地去熬了一碗红糖姜汤，打算把她叫醒，给她喂几口提提神。我轻轻摇了她几下，她睁开眼来，茫茫然地看着我，有气无力地问：“天还没亮吗？屋子里怎么这样黑？”

我暗暗心惊，这时玻璃窗外的阳光已照进来，屋子比平时都亮，她怎么说屋子暗呢？

“把灯点起来好吗？我看不见你们。”

大妈一把抱住她喊：“秀芬，我在这里，我和阿娟一直都在你身边。”

“大妈……阿娟……”她伸出手在空中乱抓，我们赶紧把它捏住，我附在她耳边轻声喊她。

“我听不见，怎么声音这样远？”

大妈立刻念“大慈大悲，救苦救难观世音菩萨”，我也跟着大声地念。人在绝望、惊惶、无依的时候，也只有祈求神灵的佑护了。

秀芬闭上眼，神情似渐渐安静下来。她的手在我手心里似乎愈来愈寒冷，也似愈来愈沉重，沉重得从我手中垂落，我再也抓不住它了，我再也拉不住秀芬了。她只长长地吁出了一口气，就没有再呻吟了。大妈解开她胸口的衣服扣子，抚摸她，千呼万唤地哭着喊她，她没有再睁开眼睛。秀芬，她就这么走了。我怔怔地看着她，不害怕，也不悲伤。她走了，她以后不用再煎熬，不用再盼待、再忧焦了。

13. 伤　逝

秀芬来到我家，短短不及半年，却像挣扎了一生一世。她怀过希望，领受过一丝丝虚无缥缈的爱，却尝尽了生离死别之苦，最后付出了微弱的生命。这究竟是谁的过错？难道真是先生所说的，前生定数的吗？还是她命苦，不该生在这样一个不公平的时代呢？

大妈的悲伤不用说，她内心更有说不尽的忏恨。她只是喃喃地念着："这个苦命的孩子啊！是我害了她了。"我痛定思痛，想起这半年来与秀芬的相依相伴，更禁不住悲从中来。想起她从猪栏边的篱笆门脱去黑布衫，穿一身简单朴素的新娘裙袄跨进这间小厢房，坐在床沿上，眼望着一对红烛，点燃起希望。如今这间屋子，竟是她带着绝望的呻吟，吐出最后一口气的地方。秀芬的遭遇，使我也似尝尽了人世的悲凉，我哭的不只为秀芬，也为大妈一生的劳累忧焦。今后，她将更背负着一分沉重的内疚，永难忘怀。

还有六叔呢？他匆匆赶来见秀芬最后一面，想救她一命而不可得。秀芬的死，将在他心田上烙下刻骨的伤痛。他看似洒脱，却是天生带有几分悲剧气质的人。他借我看的文艺小说也多半是悲剧性的，他教我领略的人生滋味，比先生教我读的古书丰富深刻得多。他曾经对我说过，就为免得"悲莫悲兮生别离，乐莫乐兮新相知"的矛盾痛苦，他宁愿独身不娶。想想他和秀芬，未相知便已别离，这不正是他所说的"无可奈何"吗？

秀芬的丧事由阿川叔简单料理，先生为她在佛堂里念弥陀经超度，我不懂得什么叫作超度，认为秀芬的早逝，就已得到佛的慈悲超度了。

黯淡明灭的琉璃灯在空中摇曳着，先生的念佛珠又啪嗒啪嗒地响，听起来不再像以前那么使我烦心，却觉得每一声都敲打出一段时间，而逝去的时间永不再回头。秀芬去了永不再回来，我也又长大了半岁，却似长大了十年，连眼泪都不再能化解沉哀了。

大妈和我一同整理秀芬的衣物时，在枕头角落里摸出那个红布小包的破瓷娃娃，大妈看了一眼，叹口气把它搁在床头几上。阿川叔拆床铺时，碰倒床头几，瓷娃娃掉在洋灰地上，我连忙把它捧起来，却越发碎成几块了。

秀芬的希望早已幻灭，她人都走了，瓷娃娃碎成多少块又有什么关系呢？可是大妈还是念了声佛说："罪过啊！"究竟是谁的罪过呢？是大妈吗？是大伯吗？还是那个交际花姨太呢？无论如何，秀芬是没有一丝罪过的，但是秀芬却承担了一切。

我反复思考，时常深夜醒来，不能再入梦。那间冷清清的厢房，是我和秀芬一度抵足而眠、倾吐心事的屋子，如今却空洞洞，冷清清，我再也不愿踏进去，受不了那分阴森凄冷。

我噙着眼泪收拾秀芬唯一的衣箱时，发现在箱底有一个用手帕包着的小包，打开来一看，是一本小小的笔记本和一个挑花小香袋。我翻开笔记本，第一页上写着："给秀芬写生字，一天认两个字也好。"下面的签名是周平。原来六叔在什么时候送了她这本笔记本，第二页是六叔用铅笔画的自画像，他对她的细心关爱可想而知。六叔一直都没告诉我，秀芬也一直未向我吐露。她绝不是有意瞒我，一定是她对大伯与六叔二人之间的迷茫矛盾心情，使她觉得宁可把这段心事永埋心底，免得我为她操心。至于六叔，他不肯对我说，我也能谅解，因为他总把我当不懂事的孩子，怕我会取笑他。何况一个大人，心底角里总会有一处不容别人发现的秘密，这个秘密只属于他所爱的人，只愿与她共享。这不就是“惺惺相惜各成痴”的一分情意吗？如此看来，那个与笔记本包在一起的挑花小香袋，一定是秀芬在上面许下心愿，打算送给六叔却又不想送的吧。

秀芬逝后一周，六叔回来了。他脸上平静得看不出有一丝的伤感，与大妈略略说了几句话后，就同我到橘园里散步。我们坐在矮墙头上看西垂的落日，云层很厚，天边的晚霞是深灰中透着紫红，使我觉得，忧郁而疲惫的一天，总算过去了。

橘树上已没有一个橘子，树叶也脱落得光秃秃的。泥土里还零零落落掉有几枚橘子，灰扑扑的早已腐烂。今年的橘子已经红过，成熟过，明年橘树会再开花结果，橘子会再红再成熟。但明年我不会再有心思“一双、两双、三双”地数橘子，也不会再有心思把小小痨丁橘采下，让大橘子长得更红更肥硕。我也用不着再写信告诉大伯说：“橘子红了。”在大伯看来，秀芬的死，大概就像一颗橘子掉落在泥土里吧。我没有心情写信给大伯，是先生写信告诉他秀芬的死。我不知道他会怎样想，至少在他以后给大妈三言两语的信中，末尾不用写“秀芬均此”四个字了。

六叔与我都默默无言。天已渐暗，初冬的寒风吹来，凄凄冷冷的。我们走进堆杂物的小屋，光线更暗，六叔在小桌抽屉里找到阿川叔丢在里面的半截蜡烛与火柴，把烛点燃了。蜡烛虽然是红的，但火苗显得微弱暗淡。六叔无精打采地说："等蜡烛燃完了，我们就进去吧。"

我一只手插在口袋里，摸着的是我早已放在里面的小笔记本与小香袋。要不要给他看呢？我心里犹豫着，却听六叔自言自语地说："我真悔恨做了一件错事！"

我迷惑地望着他。

"我不该给秀芬添心事的，她已经够苦了。"

"你说的是这个吗？"我把笔记本摸出来递到他面前。

"啊，在你这里，是她交给你的吗？"

"没有，她一直放在箱子底，用手帕包得好好的，还有这个。"我又把小香袋递给他。

他惊讶地接过去，放在手心左看右看，看呆了。

"她细心地做了香袋，但没有给你，只和你给她的笔记本包在一起，藏在箱子角里，也藏在她心的角落里，跟我也没说。"

六叔痴痴地望着蜡烛，蜡泪一滴滴淌下来。

"你收起来吧，这是她给你永久的纪念品了。"

"她在小学的时候，是个很活泼的小女生。喜欢唱歌舞蹈，级任导师很喜欢她。记得有一回，我们班级踢球比赛，她爬在矮墙上拼命地叫：'周平大哥，不要踢了，不要踢了。'我好奇怪她这么叫，但仍没理她，她还是叫，叫得我分心，一不留神，皮球撞在我鼻子上，撞出血来。我就骂她乱叫什么，她哭丧着脸说：‘我怕嘛，怕你跑得那么快，踢得那么凶，会跌跤受伤的呀。’同学们都拍手笑她，又用手指画着脸羞她，她就哭了。蒙着脸边哭边跑，自己反倒跌了一大跤，我也没理她。事后想想，她实在是个软心肠的小女孩，看我们那副穷凶极恶的踢球，实在害怕。”

六叔说着说着，全心全意地回到了小学时代。童年的欢乐，在他黯淡的脸色上，刹那间掠过一阵光彩。但他立刻又紧锁起眉头，长叹一声说：“她休学以后，大家也都把她忘记了。再没想到，她长大以后，我们会成为一家人。第一次见到她，若不是她喊我名字，我再也想不起她来了。”

“真是人生何处不相逢啊！”

“阿娟，你现在懂了，意外的重逢，不一定都是快乐的，所以我以后就不再来乡下了。”

“但是你还是偷偷给了她小笔记本，画上自己的像。她一直是非常念你的。她永远记得你给她的那个梨，你说不要跟她分梨。她很伤心地对我说：‘我们怎能不分离呢？’六叔，你们明明注定了是要分离的。先生说过，世间事，都是前生数定的。说实在的，她若是不到我们这种人家来，嫁个种田人，一定过得快快乐乐的。到我们家来，若不是遇见你，她也就一心一意侍候大伯，做个偏房，跟着大妈过一辈子。大妈说她只要生了一男半女，后半生就有好日子过了。”

“怎么可以相信前生数定？阿娟，命运是靠自己奋斗的，幸福是要自己争取的。先生年纪大了，念经拜佛，思想古老落伍了。现在是个新的时代，你可不能这样想法。我不是带许多新书给你看吗？我认为拜佛是帮你增加自信心和勇气，不是依靠佛。”

“我知道。不过秀芬幸得没读什么新书，就让她安安心心相信命运，相信定数吧。”

六叔没有再说话了。蜡烛即将烧尽，风从窗户破洞中吹进来，由于成堆的蜡泪，火苗反而加大了。望着跳跃的火苗，我不由得想起秀芬命如游丝之时，有一下子回光返照，精神反而好起来，絮絮叨叨地同我讲了许多话。但为了不再使六叔伤心，我还是把满心想告诉他的话忍下去了。

蜡烛马上就要熄灭了，六叔眼神定定地注视着它，直到烛芯蜷缩在蜡油里，他才轻轻吹熄余火，幽幽地说："我们进去吧。"

他把笔记本和香袋小心翼翼地收在内衣口袋里，拍拍我的肩说："以后我们不要再提了。"

我当然不会再提，但我们心里能忘得了秀芬吗？

走出小屋，一阵寒风吹来，树叶纷纷飘落。冬已来临，橘园又将有好长一段日子冷冷清清的了。

大伯的回信来了，他写道："秀芬病殁，至为哀痛。灵柩希暂厝橘园一角，待我归来后善为安葬。"

大伯真的会把秀芬放在心上，说自己"至为哀痛"，但"待我归来"，究竟是哪一天呢？难道让秀芬死后还要无年无月地等待吗？想起秀芬抄的那首诗“君问归期未有期”，我真是好心酸。

大妈淌着眼泪说，大伯是个好心肠的男人。大妈心甘情愿地住在乡间，默默地盼待着他定时“贤妻妆次”的简短来信，度着淡泊的一生，也就因为她信任大伯是个好心肠的男人吧！

钱塘江畔

我高中毕业后，为遵从严父之命，就近进入杭州之江大学，心中总觉有点委屈。因为我的志愿是去北平念呱呱叫的燕京大学。当时的高中及大学生有几句评语是："北大穷，师大老，只有燕京清华呱呱叫。"我既然"呱呱叫"不起来，只好当一个土头土脑的本地大学生了。没想到一进之江，看到巍峨校舍背山面水的大气派，听了开学典礼中校长和各位主任的训诲，心中疑虑顿息，而且立刻就爱上这所大学了。

之江的风景之美，据说居全世界大学第四位。办公大楼的慎思堂，居高临下，面对波涛汹涌的钱塘江。背面是水木清华的秦望山，远处是雄伟的南北高峰。出校门下山，向左走不到数百步就是六和塔。向右步行一小时即可到品茗胜地九溪十八涧。在秦望山上远眺，只见西湖像银白色的一个圆点，点在银白色弯曲的钱塘江边上，形成一个"之"字，也就是之江大学之所以得名。

我幼年时在故乡看《东周列国志》，知道钱塘江潮水的故事：第一个大潮头是伍子胥的怒气，第二个紧接而来的是闻仲的怨气。

所以钱江潮水是一前一后奔腾而至。我曾随双亲至海宁观潮，亲眼看见滔天白浪，张牙舞爪向你迎面扑来，心中有点畏惧。又想起戏台上伍子胥怒目吹须，仰天号哭的神情，不禁合掌向潮头拜了三拜，表示对历史上孤臣孽子的崇敬。

我进之江时，中国最伟大的工程之一钱江大桥正在施工中。因此于课余之暇，同学们都三三两两，到江边散步，欣赏江上秀丽的朝暾夕辉，也参观工程人员的工作情形。尤其是土木系同学，对此最感兴趣。有时还上小汽艇去实地领略一番或帮点小忙。对于如此艰巨的工程，我们居然能身临其境地去感受，确乎是非常幸运的。

想起当时我们女生都不喜欢上体育课的球类，老师也就网开一面，让我们到江边划船。也无非比画比画，送我们每人一个七十分。然后就一群人嘻嘻哈哈地到六和塔下的小摊上吃片儿汤，吃饱了，迎着晚风唱歌回宿舍。一路上还买些水果、花生、老菱等，边走边吃。年轻人的橡皮肚子，是永远胀不破的。有时，就会有自告奋勇的男同学来帮忙提东西，女生就落得轻松。

有一次，我和同寝室最知己的同学邹小乔才坐下来吃片儿汤，就看见一位高高大大的男同学走来，在小乔的对面坐下说："小乔小姐，桌子不够了，我和你们一起坐可以吗？"我向来比较羞怯，没有作答，小乔点了点头表示同意。原来这位男同学是土木工程系的韦明峰，全校都认识的"大力士"，在迎新晚会上，他赤裸着肌肉发达的上身，穿一条豹皮短裤，在台上表演气功，睡在钉板上，肚子上压着大石板，石板击碎了，他背上连钉印子都没有。小乔和我对他的印象是江湖卖艺之辈，一定流里流气，书更念不好，所以这时对他越发爱搭不理。吃完了，他就抢着付钱，小乔和我的原则是绝不轻易接受男同学的请客，以免制造闲话。尤其我庭训至严，和男同学说话都战战兢兢，遇到这种情形，就有点不知所措。小乔却大声地说："啥宁（什么人）要侬（你）请客？"上海话带点苏州腔，格外地娇嗔。韦明峰只是冲她咧了咧雪白整齐的牙齿，把亮晃晃几枚银角子撒在桌面上，站起身来，等我们先走。小乔一扭身子，理也不理他就往前走去，我紧跟着她，韦明峰就在我们后面亦步亦趋，非常谦恭的样子。想起他表演气功时那副雄赳赳的神气，刚才被小乔刮了顿胡子，我心里倒有点不忍，却又不好意思理会他。将到校门时，他指了指男生宿舍，用浓重的广东口音说："我住在东斋，那边是西斋。我的寝室是锡（十）号。"

小乔像是听也没听见，我看他可怜兮兮的，就对他点个头，说声谢谢。经过东斋门口时，总以为他该停步了，没想到他仍跟在后面，一路送我们到女生宿舍韦斋的"男生止步"处。我再向他说声谢谢，他结结巴巴地说："明天傍晚，我请你们去江边划船好吗？"小乔早已走进大门，飞奔上楼。（其实我们的寝室在楼下大统间。楼上是高年级同学住的，新生似乎要吃点亏。）他的话是在对我说，眼睛却一直望着小乔的背影。我只好代回一声："再说吧。"因为心里知道他是追小乔的，反而觉得坦然大方起来。而且直觉地认为这个男生不错，他健硕的身材，和小巧玲珑的小乔在一起，给人一种英雄美人的感觉。于是我就有意成人之美，要拉拢他们，我那一副乡下姑娘朴实的神情，韦明峰也许感受得出来，斯斯文文地反而对我说了声谢谢才走了。

我和小乔的床是并排儿紧靠的，两人感情既好，时常于熄灯后聊到深夜，无非是些女孩儿家的悄悄话。小乔的中英文都很好，喜欢背诗词，看西洋名著小说。我们讲起缠绵悱恻的《茶花女》或《红楼梦》《断鸿零雁记》来，仿佛自己也是书中女主角，热泪涔涔而下。小乔是外文系，我是中文系，彼此惺惺相惜，无话不谈。当晚我就悄悄地问她：

“那个大力士，好像对你很有意思呢，这么多新的大一女同学，他就已经记得你的名字了。”

“那有什么稀奇？他不是听别的女同学也在喊我名字吗？我最讨厌这种人，自作多情，尤其是广东人，最喜欢当着女同学耍阔。”

“你的成见太深了，我倒不觉得他是那种油腔滑调的人。”

“我就是不喜欢，你这样念念不忘，看来你倒是有点喜欢他呢。”

“你完全错了，我才不会喜欢这一型的男孩子。”

“我知道，你喜欢的是穿着一袭飘飘然的长衫，在月光下吹着洞箫的那种男孩子。”

“你好酸，那是诗词中人物，现实世界里哪会有？你别转移目标，我真的问你，对大力士印象如何？我看他人很诚恳温厚，你不是说喜欢温厚的人吗？”

“你又不会看相，怎么知道他温厚？”

“小时候听外公说的，男人额角高，眉心宽，表示心地宽大，鼻子圆圆的，不是鹰钩鼻，嘴巴大，嘴唇厚厚的就表示温厚……”

“你倒真像个看相的，还有呢？”

“还有就是缺点了。”

“什么缺点？”

“就是后脑勺太扁了点，一定是小时候摇篮里睡得太多了，他妈妈太忙没工夫抱他。”

小乔咯咯地笑起来，说：“头发再留长点，就看不出来了嘛。”

“对啦，你说这话，可见你也注意到了，而且已经喜欢他了。”

“你别胡说，我才没那么容易喜欢一个人。告诉你，我有三个表哥都追我，我一个也瞧不上。”

“啧啧啧，好神气，我有三十个表哥都追我，我也一个都瞧不上。”

“就因为三十个表哥里面，没有一个穿长衫吹洞箫的。”

“一点不错。”我们都笑得喘不过气来，直到老舍监韦尔森小姐来巡视，我们才不作声了。

第二天一大早，挑水的校工经过我们韦斋，在窗外轻轻敲了两下说：“邹小乔小姐，有你一封信。”

“信？”我比小乔还急，一跃而起，打开窗户，伸手接过来，一看信封上写着：“请送韦斋一号宿舍，邹小乔小姐，东斋韦拜托。”我大喊：“小乔，大力士开始第一步了。别看他傻乎乎的，你住哪间屋子，他都打听得清清楚楚。快打开来看。”

“你代我拆一下，念给我听。”

“不行，第一封情书，一定得自己拆。”

“什么情书？快拆嘛。”

我只好遵命而拆，高声念：“小乔，本星期六下午，我们一同在江边划船，然后去九溪十八涧喝茶好吗？随你约多少同学都可以，我划船划得很好，可以带队。我在清溪谷的桥边等你们。盼你的回音。”那桥名叫情人桥，可是大力士不敢直说。

“怎么样，他真是文武全才，挺雅的，而且知道你喜欢喝茶，苏州小姐嘛。”（小乔的母亲是苏州人。）

“我才不去。”

“去吧，我陪你，我情愿当两百瓦的电灯泡，别让他失望了好不好？”

“小珍，你真是道地乡下姑娘，哪有这样一请就到的？”

“嗯，非得搭上架子，三请四请才姗姗而去。”

“九请十请也不去。”

“干吗这么绝情呢？小乔，除非你心里已经有人了。”

小乔没有回答，只轻轻叹了口气，好像她不接受男孩子的追求另有苦衷。我们虽知己，她不说我还是不愿追根究底地问。那封信，小乔就没有回复，韦明峰第一次的邀请落了空，可是从那以后，他竟是每天一封短简，由挑水工友递送过来，放在窗台外面，轻敲一下玻璃就走了。小乔每天早上醒来，第一件事就是打开窗户，取进信来，拆开来看一眼，然后就往枕头或褥子底下一塞，信太多了，就掉到床下，打扫房间的女工友就会随便扫走。我若看见了就急急抢救起来，吹去灰尘，放在她小书桌抽屉里。有时小乔兴致来了，也将一把信都抓出来让我一封封地看，一封封地念。有中文，有英文，他引诗词和西洋诗都恰到好处，情意至为隽永而不肉麻。看来他也背了不少古典诗词，莎翁的剧本尤其熟，读得我也津津有味。这样一个文质彬彬而又英俊挺拔的少年，小乔会丝毫不假以辞色，真是奇怪。不过有志者，事竟成，这就得看韦明峰的耐心了。

有一次，我们到六和塔下散步，然后在钱塘江边的沙石上坐下来，吃橘子，看落日。小乔最喜欢看落日晚霞。她常说将逝去的短暂时刻最美。她这种论调，照我外公的看法，是不大吉利的。不知为何，我会有这种迷信的想法，无怪小乔笑我是十足的乡下姑娘，脱不了土气。

我们正哼着电影里的一支歌曲："Let you and I go sailing，along the rippling stream，holding hands together..."却听到背后噗噗噗的摩托车声戛然而止。一个带磁性的男高音，接下去唱："Together we'll dream." 回头一看，正是韦明峰，他居高临下地骑着一辆崭新的摩托车，停在上面的马路上，笑吟吟地望向我们。他得不到小乔一个字的回音，却毫不在意似的。我推了一把小乔说："跟他打个招呼吧，怪可怜的。"小乔抿嘴一笑，抬起手臂向他摇了两下。公主的一丝浅笑，对他真是无上的光荣，他马上跨下车子，飞奔而下，对着我们恭恭敬敬地说："今晚月亮会很好，我们现在先划一下船，然后散步去九溪十八涧品茶好吗？"还是那个老约会，我极力赞成，为了朋友，反正做定了电灯泡。小乔不置可否，韦明峰马上去找一条较新的小船，扶我们上去。坐定以后，他双桨并摇，姿势美妙。他和小乔是面对面的，我虽背对他，却可想象他那分兴奋快乐。小乔也确实欣赏他划船的技术；问他一些控制船身以及如何适应水流的问题，他生硬的广东国语显得特别淳朴，和小乔的呢哝吴语，配合起来，格外令人陶醉。我这个局外人，就像欣赏一部旖旎风光的爱情影片，感到飘飘然的欢乐。划了一阵船，晚霞已由金红转为暗紫，平静的江面跳跃着瞬息万变的光彩。我望着施工中的大桥，不禁叹息建筑工程的伟大。韦明峰告诉我们桥墩内部的构造和工程人员如何趁着退潮时打下桥墩的艰巨过程。看得出他对于这份庄严工作的向往和对于工作人员的尊敬，使我立刻感觉到，他并不是个花花公子型的富家子弟，而是一个对人生的意义与价值有着肯定看法的人。想他将来毕业之后，服务社会，一定是个敬业乐群之人。我都有这种感觉，聪明敏锐的小乔还会没有认识吗？我偷觑一下，只见她低着头，望着船边流逝的江水，真的是"欲语还低面，含羞半敛眉"。这神情怎不教一往情深的韦明峰神魂颠倒。

船靠岸后，韦明峰上岸在车子前面口袋里取出一个照相机，硬要为我们拍照，我知道小乔还不会愿意和他合拍照片，就退开一边，让他为她单独拍一张。让伊人玉照，与他长伴。

收好相机，他去小店里买了大包小包的零食，推着车，和我们一同走向九溪十八涧。在茅亭坐下来，打开零食包，正是小乔最爱吃的瓜子和奶油松子糖，韦明峰真是个可人儿。

小乔仍不愿多说话，只是嗑着瓜子，她嗑瓜子的技巧高明，几粒瓜子同时丢在嘴里，用舌尖一舔，咔咔几下，吐出来的壳全部都是完整的，我大大地夸她一顿，她不由得也得意起来说："我妈妈的嗑瓜子技术才高明呢。一把壳吐出来，随风飘在地面上，就像梅花瓣似的。无锡有个赏梅胜地叫香雪海。在亭子的走马廊里坐着嗑瓜子、赏梅花，她吐的瓜子壳，可与梅花瓣比美呢。"

"那真是'砌下落梅如雪乱，拂了一身还满了'。"韦明峰忽然冒出一句后主的词来。

"看不出你这个'土木人'，真的还喜欢文学。"小乔也开腔了。

"学工程是父亲的意思，他说我身体好，有这本钱应该学点实际科技方面的学识，为国家做点事。文学是我的兴趣，用以陶冶性情，这是受母亲的影响。她在我小时候就教我背诗词。当时只是顺口的背，现在越念越喜欢，觉得其中境界无穷。不知你们觉不觉得，一个人在寂寞、失望时念念诗词，会使人振作起来。想到古人所耐的寂寞和经受的打击，要比我多得多，心里就坦然了。最奇怪的是愤怒的时候读诗词，会让自己平静下来。我父亲曾说过一句话：古来大政治家、大文豪到了晚年，诗词愈作愈多，愈作愈好，就是他们不再愤怒了，苏东坡就是个好例子。"

他一口气滔滔不绝地说下去，真没有想到一个学理工的人，对文学有如此深度的认识与爱好。小乔问他：“你最喜欢哪个人的词呢？”

“我不是中文系的，还不会分辨各家的作风，只是拣我自己喜爱的背。我很喜欢‘悄立市桥人不识，一星如月看多时’这两句，却不记得是谁作的了。我觉得那一分独来独往的苍凉，只有星星月亮才知道。”他说话时，浓浓眉毛下一对眼神一直注视着小乔。小乔却故意左顾右盼地指着我说：“她最喜欢的是姜白石的‘旧时月色，曾几番照我梅边吹笛’。”并向我做个鬼脸。

“那么小乔，你呢？”小乔两个字，像从他心儿里流出来似的，那么轻柔，温馨。

“我也不是念中文系的，记不得太多，我倒是喜欢苏东坡有首《卜算子》。尤其是最后四句：‘惊起却回头，有恨无人省。拣尽寒枝不肯栖，寂寞沙洲冷。’”

“对极了，我也好欣赏，这是他自己心情的写照。”

小乔只浅笑一下，没有再搭腔。我但愿他们的交谈能愈久愈好，想起身走开，又怕小乔不肯单独与他相处。不走吧，总觉使韦明峰不能畅所欲言。左右为难中，却想起“毋欲速，欲速则不达”的古训，就索性尽力扮演一个恰当的角色，让气氛显得更为自然而融洽。于是我即景生情地描述了故乡春山绿水的好风光，和自己童年有趣的故事，逗大家笑乐一番。几壶清茶和花生豆腐干已使肚子胀胀的了，才兴尽而归。韦明峰仍旧手推摩托车，送我们到韦斋门前。

晚上，我故意不和小乔谈韦明峰，让她静静地自己体味。

次晨，照例是一封信摆在窗外。小乔拆开看了递给我看，写的是："和你们分手以后，又骑着车去江边兜风，我从来没这般快乐过。小乔，有个要求能答应我吗？让我陪你在清溪谷的桥上散一次步，只要一次就够了。等你回音。"他仍旧不好意思把那座情人桥的名字说出来，生怕恼了小乔。

"答应他吧，小乔，不要让他一直做'悄立市桥人不识'的孤单人儿。"

"那又不是市桥，你比喻得不伦不类，而且我总是不喜欢他骑着摩托车耀武扬威的样子，这和他谈天时的神情不一致。"

"那又有什么关系，人的性格应当是多方面的。"

"性格多方面的人一定是多变的。"

"所谓多方面指的是兴趣，一个人内心总有一点最固执不变的东西。"

"那是什么？"

"爱。"

"小珍，告诉我，你爱过吗？"小乔忽然问我。我有点茫然，只期期艾艾地回答："没有。"

"我也没有，"她咬了下嘴唇，"可是我若是爱了，我要爱到底，我也不能容忍我所爱的人，为别人所爱，或再爱别人。"

"你真富于想象。影子还没有的事，想它做什么？"我就是那么个浅薄乐观、无忧无虑的傻女孩。

“你不知道我母亲一生有多痛苦，父亲对她一见钟情，结了婚，生下我以后就抛弃她了。我牢牢记住母亲对我说的话：不要轻易相信一个英俊男孩的甜言蜜语和细心体贴。她说‘相思本是无凭语，莫向花笺费泪行’，母亲怕我重蹈她的覆辙，几乎不让我进大学呢。”

“母亲那个时代和我们不同，女人一次婚姻的失败，就是永恒的创伤，现在已没这么严重了。”

“照你这么说来，所谓新时代的新女性，就可以随随便便地恋爱，随随便便地结婚、离婚啰。小珍，真没想到你会把爱情看得如此云淡风轻。”小乔几乎是非常生气地提高了嗓门，她从没这样对我说话过，倒把我吓慌了，也不知如何作答。她又继续说着：

“告诉你，不管旧时代、新潮流，古往今来，爱情就是海枯石烂，生死不渝的。你是念中国文学的，这点观念应该比我更根深蒂固。”我被说得哑口无言，看来我真是个毫无人生经验的傻大姐。但由于小乔说出她母亲的事，我反倒不便再苦劝她理会韦明峰了。说实在话，我又知道他多少呢？

邀约散步的信，小乔就没回他。韦明峰的信，还是一天一封不断地送来，而且把在江边拍的照片也附来了，小乔单人照的后面，写着“柔情似水”四个字，因为小乔的眼睛是注视着江水的。

气候渐入冬令，我们也很少去江边散步，就不大见到韦明峰了。只有在每周一次的《西洋哲学概论》课里，可以见到他。在课堂里，彼此点点头，一个微笑，很少说话。韦明峰从来不挤到小乔边上来坐，而且时常迟到，踮着脚尖悄悄在后排坐下，美国教授戴博士总要打趣地喊一声："Good morning，Late Mr. Wei！"于是全堂大笑。下课时，他总是最后一个慢吞吞离开教室。小乔有时也会向他看一眼，奇怪的是他从不上前来和我们说话，仿佛那些情意款款的信都不是他写的。我觉得他那么一个生龙活虎似的人，却由于小乔对他的冷落漠视，而显得郁郁寡欢起来，我心中实在不忍，不由得又劝小乔："至少给他一封简单的信，谢谢他拍的照片总可以吧。"小乔也被我说动了，用娟秀的字体，写了几句："照片技术不错，只是背后的题字不甚恰当。天气已冷，我们不去桥上散步，就在明天下午下课后去六和塔，爬上最高的一层，看看钱塘江。"我看了信，兴奋得跟什么似的，等待第二天在《西洋哲学概论》课上，由我转递给他。

奇怪的是韦明峰没有来上课，他尽管常常迟到，却从不逃课的，直到下课，仍未见他来。小乔也不时注意教室门口，显得心神有点不安，我反而暗暗高兴，因为知道小乔已经渐渐在关心他了。戴教授离开教室时，还拿起点名册看一眼，向我们耸一下肩说："Late Mr. Wei is really too late this morning！"我笑了笑，小乔却双眉紧锁，十分无情无绪的样子，谁说她冷若冰霜，她已经为韦明峰的情丝所困扰了。

过不多久，校门外忽然传来消息，说昨夜钱塘江建桥工程出了事，施工人员的小汽艇后面的车叶不知怎么被江里的铁丝缠住了，怎么也挣脱不开，因此耽误时间。后半夜潮水上涨，汽艇翻覆，站在桥墩上的人一筹莫展地眼看汽艇沉没，工作人员与浪潮挣扎到筋疲力尽，终于全部丧生了。更令人吃惊的是死者之中竟有一位之江的学生，就是韦明峰。这是不可能的，他为什么深更半夜去江边，也上了工程船呢？小乔浑身颤抖，脸色苍白，我也五内如焚，心慌意乱，一下子牺牲了几十位尽忠职守的施工人员，已经够触目惊心，其中竟然有韦明峰，这究竟是怎么回事？难道他会因小乔对他的冷漠而自杀？不会的，我断定他不是这种人。正在伤恸疑惑之中，挑水工友送来一封信，结结巴巴地说："小姐，真对不起，这是韦明峰的信，他昨晚交给我，就骑着摩托车去江边了。我劝他这么冷的天，去江边干什么，他说心里烦出去兜一圈。"

"是他骑车冲向江心的吗？"我急迫地问。

"不是的，我去江边看过了，车子还好好停在路边呢！站在桥墩上的工人说，汽艇要翻掉时，他就脱去大衣，跳下江心去帮着营救，想解开铁丝，可是潮水太大，挣扎了很久连他也淹死了。真可惜，韦先生人好热心，对我们工友都很好，他昨晚把信交给我时，叫我一定要多敲几下玻璃窗，等邹小姐醒了，把信交到她手里。可是今早因为这个坏消息赶到江边去，反把信忘了，现在送给邹小姐已经太晚了，我真对不起他。昨天晚上看他心神不定的样子，应该劝住他的，现在说什么都太晚了。"

我木鸡似的呆立着，听工友喃喃地叙述完毕，不禁泪如雨下。

小乔更是泣不成声。她内心对韦明峰的歉疚抱憾之深，是无法形容的。工友走后，她把韦明峰最后这封信递给我看，轻轻叹息了一声说:“他真傻。”他的信里写着:“小乔，最近常常觉得，不能得到你的爱，连活着都没有意思了。今夜再骑车去江边兜一圈，也许江水会给我一点启示。因为我总觉得你是柔情似水的——虽然钱塘江的水是怒吼的。什么时候，能得你的允许，一同在桥上散一次步呢？真的，一次就够了，我有好多好多话想跟你谈。明天在课堂里，能得到你的答复吗？”

我无言地把信折好，小乔已在枕头底下、褥子底下、抽屉里，翻出他所有的信，一封封看，一封封折叠。泪水一点点滴落在蓝色的信笺上。谁说“相思本是无凭语，莫向花笺费泪行”呢？对小乔来说，韦明峰这份纯真温厚而带点稚气的爱情，将会使她流一辈子的眼泪。想起她对我说的:“我要是爱就爱一辈子，但我不能容忍他为别人所爱或再爱别人。”现在这番话倒成了无凭的空言了。但以小乔轻易不动情却又情深似海的个性，韦明峰赢得她的眼泪，也算死而有幸了。

我翻开《西洋哲学概论》，取出夹在里面的小乔给韦明峰的信，这第一封也是最后一封无法转交的信，同韦明峰所有的信放在一起，为她包好塞在一只匣子里，轻声对她说:“以后别再看了。”

小乔幽幽地叹了口气说:“戴教授老是喊他 Late Mr. Wei 真是个不祥之兆，尤其今天，我好像就有一种感觉，他永不再来上课了。”

我也百感交集，不知怎么安慰她才好。原是一朵绚灿的爱情之花，未开放便已萎谢了。我原是个不知愁的女孩，而生死瞬息之间的大变和钱塘江边躺着的几十具殉职者的尸体，这种悲惨的现象实在令人心惊。好多天，我和小乔都不敢去江边。有一天小乔忽然对我说：

“小珍，陪我去桥上散一次步，再去六和塔，爬上塔顶，我要看看钱塘江的水，它为什么要这样愤怒，吞没了好人。”

“再过些日子吧。”我心想，“你何不早点答应韦明峰呢？”想起江边傍晚的彩霞，是小乔最喜爱的，她说倏忽逝去的短暂时光最美。我怀疑韦明峰的爱，在她心湖中所掀起的涟漪，会不会是短暂的呢？

挑水的工友告诉我，同学们从韦明峰挂在摩托车上的夹克口袋中，发现一张小乔的照片，背面写着“柔情似水”四个字。我没有把这话转告小乔，只在心中默默地纪念着这位以全生命去爱的好人。他爱他心中的公主，也爱这世界上所有的人。他又自恃体魄壮健，对水性熟悉，不然，他就不会奋不顾身，跳入巨浪澎湃的江心救人，终于同被江水吞没了。

绣香袋

郑清松喝完了最后一口白兰地，让冰凉浓烈的芳香散布到全身，就向热心的主人告辞出来。

他驾着自己的新型别克小轿车，驶向平坦的公路回阳明山的寓所。暮春的深夜，山中空气清凉。他本来多喝了几杯酒，浑身热烘烘的。夜风吹来，带着阵阵树木的清香，倒把他的几分酒意吹散了。他踩了下油门，加快车速，车身就有点上下颠簸起来，他喜爱这颠簸，这使他回忆起二十年来的艰苦路程。如今他虽说已成为一个小有名气的医生，但他仍一直像在追寻什么失落的东西。岁月像在苍茫中从他两边飞逝过去的树木山石，隐隐约约无可捉摸。他很想退回二十年，再领略一下离乡背井以前的种种情调，可是一切都变了，故乡的亲友凋零，他最知己的朋友不知下落。还有她——玉芬，她结婚以后幸福吗？

夜风从耳边掠过，凉意袭人，他再加快一点速度，在蜿蜒的公路上随意奔驰着，开快车使他有一种冲到冰冷月球里去的感觉。

夜深的公路上没有行人。他正享受着一份腾云驾雾的快意。

可是在一个急转弯的一瞬间，一个蹒跚的人影在车前一晃，他赶紧刹车，车子一歪，那人倒下了。

他跳出车门，酒完全被吓醒了，可是浑身又像被浇了一盆滚姜汤，从头顶一直烫到脚底心，他知道自己闯祸了。

那行人毫无知觉地躺在路边，脸部与肩头淌着血。他把他抱到车上，赶紧驶回城里，径直送他到自己服务的医院。护士替他洗去创口的血，才发现他伤得并不重，他并不是被碰倒而是惊慌跌倒被擦伤的，他的神志也逐渐清醒过来，只是心脏很弱，需要再躺着休息一两天。

“撞你的车总要比撞上卡车运气好多了。”护士在一阵忙乱之后，轻松地说。

他也笑笑，可是当他凝视着受伤者洗清过血迹的面容时，他愣住了。怎么这人的脸这么熟，会有这么巧，真是他吗?

护士拿起登记牌，问他:“请问你的姓名。”

“陈春生。”他回答。

真的是陈春生，郑清松转过身子，紧紧握着他的手喊:“春生，你认识我吗？”

往事像照明灯似的在陈春生眼前亮起来，他睁开眼睛仔细地看着对方，也不由得喊起来:“清松，是你！真没想到会这么巧，我们总算又见面了。”

“我回台以后一直打听你，也登过报，你没看到吗？”

“看到了，我也看到你回台行医的消息。”

“那你为什么不来找我？”

“我现在这个样子，不愿意去找你。”

“春生，我们是年轻时代的好朋友啊！”

“清松，二十年了，你并没有多大改变，可是我却老得不成样了。”

“过了二十年，谁都老了。你好吗，一家都好吗？”他很想问玉芬好吗？可是话到嘴边又改了口。他看看他靠在床上微显伛偻的背和一身旧香港衫，想起他从前的健壮体魄，不禁有隔世之感。

“我的运气不好，生意亏了本，日子愈来愈不好过。玉芬很辛苦。”

终于提到玉芬了。他问他：“她现在呢？”

“在国民小学当一名职员，刚才我就是去看她回来。”

“你们有几个孩子呢？”

“三个，大的高中快毕业了。你呢？”

“我，我还没有结婚。”

“你真的一直不结婚？”笑容冻结在春生脸上，谈话一时继续不下去。护士小姐却插嘴道：

“你们原来是老朋友呀，真巧。”说着，她端着盘子出去了。

“春生，你身体有点虚弱，在这儿休养几天，我是这里的医生，会好好照顾你的，天一亮就打电话请你太太来看你。”他没有喊玉芬的名字，可是他高兴的是马上可以见到她了。

他吩咐护士天亮打电话，就与春生告别出来，急急驾车回去。

一路上，他有点心焦，他恨不得一直开到那所国民小学去看玉芬，他认为去告诉她，她的丈夫被他的车撞倒，并向她道歉，该是个正当的理由。可是他没有那样做，他得等到明天才能见她。

玉芬是他二十年前的爱人，不，她是春生的爱人，他只能说是偷偷地恋着她。他与春生是同班同学，高中毕业以后，春生就随着父亲经商，没有升学。因为生意顺利，他们就成了地方上数一数二的富户。清松却考取医科，继续研读。每年暑假，清松几乎都在春生的家中度过。清松不是为了贪舒适，而是为了可以多接近玉芬。

玉芬的父亲是春生父亲的助手，他们又住得很邻近。玉芬是个文静美丽的女孩子，她时常给春生家送些她妈妈做的米糕甜酒之类的东西，还帮春生的母亲做绣花活。春生的母亲非常喜欢她，心目中早就选中了她做她的儿媳妇了。至于春生呢，他因为与玉芬自小混得太熟，感情就一直跟兄弟姊妹似的，他也早知道母亲有以玉芬为儿媳妇的意思，玉芬是他未来的妻子，在他心中已是顺理成章的不变事实，他对于玉芬反倒没有丝毫喜爱的表示，充其量把她当作一个妹妹，或家族的一分子。这在清松看来是不可理解的事，他到底爱不爱玉芬呢？他对她怎么总是一副君临天下的神态呢？玉芬爱他吗？她将来会成为他的妻子吗？他自己每个暑假都去春生家，玉芬对他总是那么亲切自然，好几次她替他把脱线的衣服缝好，破掉的袜子补好，她还给他织了一件深蓝色的毛背心。有一次她特别给他包了几个甜饼，要他拿回去给祖母吃。

她那妩媚的一笑，细细的手指把额上的刘海儿向上一掠，那可爱的姿态真叫清松着迷，她究竟喜欢春生还是喜欢他呢？他忍不住想问问她。有一天，他拿着本书在大榕树下乘凉，看见玉芬提着小包远远地走过来了。他站起来和她打招呼，问她又送什么好点心来了。

“给郑大妈绣的床毯。”玉芬回答着，往屋子走去。

“玉芬，别走，我们谈谈好不好？”

玉芬偏着脸朝他笑笑，也就在大石头上坐下来。

“你做得一手好针线，肯不肯也替我做一对枕套呢？”

玉芬咯咯地笑起来，露出雪白的贝齿。

“你笑什么？”

“笑你一个大男孩子要什么绣花枕套，而且还要一对。”

“怎么不能要，准备将来结婚用呀！”

“你们读书的将来要什么就在大城市里买，还用得着一针针手绣的。我们乡下人才只好用手绣的。”

“手绣的才有意思，玉芬，你给我绣一对，没有工夫就绣一个也好。”

“我不绣。”

“为什么？”

“妈问我给谁绣的，我说出来她准会骂我。”

“给我做和给春生做还不是都一样，我们俩是同学，我们都没有结婚。”清松说着说着，就有点激动起来。

玉芬俏丽的眼神定定地望着他半晌，然后低下头悄声地说："妈如果知道你也住在春生哥家里，她就不让我时常来了。"

"为什么？我不懂。"

"妈说我已经长大了，不能时常跟男孩子在一起。"

"春生不是男孩子吗？"

"那不同。"

"怎么个不同，玉芬，你说，怎么个不同？是不是她曾决定要把你嫁给春生？"

"你别胡说，我要进去了。"

"玉芬，你生我气了是不是？"

她摇摇头。

"那么答应给我绣一个枕套，一定。"

玉芬又是扑哧一笑，一扭身子就跑了。

可是这一笑，清松看出玉芬是喜欢他的，那么她是一定不会嫁给春生的了。

那年寒假，清松又去春生家，正巧春生随着父亲出去了，他不能在春生家住下，可是他必须见见玉芬，他要知道她有没有替他绣枕套。

玉芬来了，他连忙跑到远远的溪边等她出来时截住她。玉芬缓缓地走来时，已经看见他了。

"清松哥，你一人在这儿干什么？"

"等你。"

“你说谎，你又不知道我今天会来。”

“我在心里祷告，如果我们有缘，我就会在这里等到你。果然被我等到了，可见我们有缘。”

“清松哥，请你别这么说。”她忽然低下头去。

“玉芬，我问你一句话，你一定要真心真意回答我。”

“你别问了，我要回家。”

“你在躲我。玉芬，你说，你究竟喜欢春生还是喜欢我？”

“两个都一样，你和春生哥是同学嘛。”

“不能那么说，你和春生是从小在一起的，我怎么能跟他比呢？”

“那你又何必问呢？”

“这么说，你是喜欢春生的啰。”

“你这人真是，你叫我怎么说呢？”

“那么，我再问你，我的枕套你有没有替我绣呢？”

“没有。”她摇摇头。

“玉芬，我知道你不喜欢我，我真太傻太傻了。”

“清松哥，不是我不肯给你绣，是怕我妈看到起疑心。我现在送你一样东西比枕套更好的，不知你喜不喜欢。”

“是什么？快给我。”

她从贴身衣服扣子上解下一样东西，递给清松，那是一只小巧玲珑的绣花香袋。清松接在手心，一阵身体的温暖混合着雅淡的清香，顿时如电流般传遍到他全身，他不由得心花怒放，把香袋紧紧握在手中，结结巴巴地说：

“玉芬，谢谢你送我这样好的东西，你对我太好了。”

“快收好，不要给旁人看到，我要走了。”她转身就跑了。清松呆呆地痴立着，可是他太兴奋了，他觉得自己从来没有这样幸福过。

第二年的暑假，清松再到春生家，却很少见到玉芬来了。清松忍不住问春生：“怎么玉芬现在不来了？”

“在家赶嫁妆吧。”春生若无其事地说。

“赶嫁妆，她已经有人家了？”

“清松，你是真的不知道还是装蒜？”

“我为什么要装蒜，你说她跟谁订婚了？”

“当然是跟我，还有谁呀？”

“你怎么都没有告诉我？”

“家里给我们订的婚，这是迟早要办的事，有什么可说的呢？”

“那么你到底喜不喜欢玉芬？”

“我们从小在一起的，当然喜欢啰！”

“春生，你真好福气。”

“我看你好像有点喜欢她是不是？”

“你是在讥讽我。”

“我们是同学，我怎么会讥讽你。不过我觉得你念大学医科，将来当大医生，应当娶个文明点的小姐。玉芬是乡下女孩子，只配嫁我这种做生意的人。”

“春生，玉芬是个性情温柔的女孩子，你要好好待她。我真羡慕你的好福气。”清松万分惆怅地说。

“庄稼人，女孩子都是听话的，在我们传统家庭，女人不听话时就揍她。”

“你说什么？”

“没别的家法，做妻子的不听话就揍她。”春生满不在乎地说。

清松霍地站起来，啪地一记耳光掴在春生脸上，春生一下子惊呆了。清松也愣愣地半晌才迸出一句话来：

“春生，请你千万别打玉芬，你不能对她那么粗暴，那么狠心。”

大颗的泪水从他脸上滚落下来。

“你真愚蠢。”春生气愤愤地走开了。

清松奔回卧室，他自负的性格不能容忍春生的自私和冷酷，他想起玉芬命里注定要做这样一个粗暴男人的妻子时，心禁不住一阵阵地痛。他从贴肉口袋里取出玉芬送给他的香袋，紧紧握在手心，又把它凑在嘴边，轻轻吻着。玉芬已经与春生订婚，从今以后，他再也不能和她说话，她再也不会对他粲然微笑了。可是他深深地感到，玉芬明明是爱他的，却为什么一声不响就答应嫁给春生呢？一想起春生说“女人不听话就揍她”的话，他恨不能立刻去揍春生一顿。

清松父母早丧，由祖父母抚养长大，他是个予取予求被宠坏的孩子，他不甘心玉芬轻易为春生所得，他一定要再单独见一次玉芬，他要告诉她他爱她，他要问她究竟爱谁？

他虽然已离开春生家，可是他每天在山坡上等待玉芬，相信总有一天会等到她的。

一个傍晚，太阳已经落下地平线了。他看见玉芬从小山坡爬上来，走到他爱坐的那棵大榕树下，靠在枝干上，抬头望着天边的彩霞。在粉红的夕阳中。她的脸色却是忧郁的，他悄悄地走到她后边，轻轻喊了她一声，她转过身来，微微显得有点吃惊，可是眼神是喜悦的。他张开嘴想说出那句闷在心里很久的话，可是喉头打了结，半晌才结结巴巴地说："玉芬，我好想见你，今天才被我等到了。"

她低下头不作声。

"我明天要走了。"他又说。

"放寒假还会再来吗？"

"不来了，永远不来了。"

"你要走得很远很远吗？"

"嗯，很远很远。"

"清松哥，你这么说我心里很难过。"

"你快做新娘了是不是？"

她的头更低了。

清松走近她些，望着她秀丽的眼睛，修长的眉毛，微启的唇间，雪白的贝齿，挺直的鼻梁，他愈看愈着迷。而玉芬却被他看得一步步向后退。他一下子伸手紧紧抱住她的手臂，颤抖着声音说："玉芬，你跟我走，我们一起走得远远的。"

“放开，清松哥，快放开我。”

“不，玉芬，求求你和我一起走，我爱你，我不能离开你。”

玉芬使力挣脱了他强壮的手臂，拼命地奔跑，清松在后面边追边喊：“玉芬，别跑，我有话跟你说。”

“你什么都别说，我不要听。你快走，马上就走。不要等到明天。”

他一把抓住她，喘着气说：“你这么狠心吗？”

“清松哥，你和春生是好朋友，你不应该对我说这种话。”她站住了，冷冷地说。

“可是我问你，你既然要嫁给春生，为什么还送绣香袋给我。”

“那是因为我没有给你绣枕套，心里觉得欠了你一样东西。”

“可见你明明是喜欢我的，你为什么要嫁给春生呢？”

“我并没有想过，爸和妈做的主，我就听了，陈大妈对我又很好。”

“可是你并不喜欢春生呀。”

“不，我很喜欢他，他对我很好。”

“他不会把你当妻子那么疼的，他会打你。”

“你胡说，你为什么要这样说他。”

“你不信，是因为你被春生家的钱迷住了。你嫁他是因为他有钱，而我是个穷学生，你瞧不上我。”

“清松哥，你说这话太冤枉我了。你也不想想，我家跟春生哥家的交情，大人做的主，小辈只有听。再说春生哥并不像你说的那样，他会对我好的。”

“玉芬，我自己知道不该这样，我对不起你，也对不起春生，我决心走，马上就走，走到很远很远的地方去，永不再回来。玉芬，祝你嫁给春生以后幸福。”

玉芬双手掩着脸，呜咽地哭起来，不知是感到委屈还是伤心，清松此时已完全明白自己的处境，他也已心灰意懒，转过身去，一步步走开，头也不回地越走越远了。

在千辛万苦中，他辗转到了日本，在孤独中奋斗。在孤独中思念玉芬，是玉芬的眼泪逼他离开的，是玉芬的眼泪鼓励他支持了他二十年。他相信玉芬是爱他的，只是拘于传统的礼教，她必须服从家庭，忠于未婚夫。

他苦读成功了，得到医学博士，在日本也成了小有名气的医生，他已经有了地位，有了钱，现在他回到家乡来了。可是二十年来的春生，却因事业不顺利，变得无比地老迈穷困。玉芬跟着他吃苦，一定变得又老又瘦，满脸的皱纹，头发也白了，穿着一身破旧的衣服，两眼深陷，嘴唇紧闭，忍受着无穷的痛苦？……

驱车在阒无人迹的公路上，清松任想象夸大地驰骋着。他愈想象玉芬的困苦与衰老，心头愈感到一分报复的满足。如果她不是嫁给他，就不会这么吃苦。可是一想到明天就要看见她消失掉青春的憔悴脸容，心里又不由得一阵痛楚，而且为自己的自私感到不安。

车子经过刚才出事的地点，他仿佛又看见春生蹒跚伛偻的身躯陪伴着她艰难地前进。她衰老的丈夫当年一定狠狠地打过她，因此她眼中老是汪着满眶泪水。

夜风阵阵吹拂，路边伸展的竹枝刷着他的脸，他晃了一下身子，才发现已快到家门口了。

第二天一早，他驱车到医院。他想了一夜，决定要把春生从衰弱与贫穷中拯救出来。他要他和玉芬今后能过好日子。尤其是玉芬，他不能忘记二十年前她催他快走的话，他要她了解他的宽大，他对她始终不渝的爱。

一到医院，护士就告诉他陈春生的太太已经来了。他走上楼梯，心却狂跳起来，他马上要看见她了，二十年来魂牵梦萦的人，走到病房门口，他踌躇起来，伸出去敲门的手又缩了回来。“也许她正在哭泣，眼圈红肿，枯黄的短发披散在前额，她看见我会多窘呢。”他心里想着，呆呆地站在门外。

门忽然开了，他反而倒退一步。一张微显苍白却十分美丽的脸出现在他眼前。与二十年前山坡上大榕树下的容颜并没有多大差别。她就是玉芬，她竟还是出奇地美丽。他感到一阵迷茫。一个饱经忧患的中年妇人，怎么能这样年轻。她柔软的头发随意地飘垂着。皮肤洁白，修长的眉毛下，眼角隐约的皱纹反而画出了她成熟的美。一件旧而整洁的衣服更衬出她的朴实淡雅。她比以前更庄重，更沉静，也没有那点幼稚的乡下气了。她手里捧着一个盘子，宛如当年捧着米糕点心来春生家的神态。

“啊，清松哥。”声音仍是一样地亲切。

“玉芬，多年不见，你好吗？”他期期艾艾地说，“昨晚的事我很抱歉。”

“没有什么，是他自己不小心。”她走出来带上门，“他吃了早点又睡着了，让他再睡一下吧。”

“好，我们到走廊那边的休息室坐一下。”

他们来到安静的休息室，玉芬靠着窗口坐下来，窗外是一抹澄明的蓝天，映照着她的脸，更清秀动人了。

“我们能再见面真好。”玉芬显得万分欣慰地说。

“如果不是我撞了春生，恐怕还见不了面。”

“我们早知道你回来了，是春生不愿意来看你。”

“你呢？”

她抿嘴一笑，没有说什么。

“玉芬，整整二十年了，你还记得我吗？”

“我们时常想念你，也打听你的消息。后来知道你去了日本，又知道你当了大医师。看你现在多神气。”

“你觉得我神气吗？其实我心里一直很空虚。”

“为什么？”她问得那么不假思索，使他感到失望。

“难道你不知道我是赌气出去受苦的吗？我受不了那么大的打击。”

“二十年都过去了，你还提那些事干什么？”

“二十年如一日，我忘不了你对我的好，也忘不了你那掉头而去的决绝神情。我总以为你嫁春生是因为他有钱。所以我发誓没有钱绝不回来。”

“其实你想错了。我并不看重钱。我们后来很穷了，感情却愈来愈好。”

“玉芬，春生打过你吗？”他忽然问，使她感到吃惊。

“打我？没有，他从来没打我。他对我好极了，他是个好丈夫，也是个好爸爸。”

“听你这么说，我心里真高兴。”其实他心里有一丝轻微的失望，他为这一分自私感到羞耻。

“玉芬，春生的身体不大好，他应当多休养，不能太辛苦了，你能答应我在金钱上帮助你们吗？”

“谢谢你对我们的好意。只是春生和我都不会接受的。”

“我们原是好朋友，况且我所做的一切都只为了你。玉芬，我但愿你的日子能过得好一点。”

“如果你只为了我，我更不能接受你的好意了，我们虽然日子苦一点，却是彼此信赖相爱。”

“玉芬，你还是跟二十年前一样地倔强。”

“清松哥，彼此都经过了很多年了，你也该想开些了。我听春生说你还没有结婚。”

他没有理会这句话，只是喃喃地说：“你记不记得送我的绣香袋？”

“年轻时所做的傻事，你还牢牢记住？”

“我把它保藏在最神秘的地方，上面绣的花还是跟从前一样鲜艳。”

“我真不相信世间竟有像你这样傻的男人，清松哥，你有这样好的成就，这样好的事业，快点娶个好女人，帮助你，你会很幸福的。”

“你想得太简单了，人的心不是这么简单的。”

“我却觉得你的心胸太狭窄了，一个做医生的人，应该把爱心推广才对。而且你有这样好的学问，应当用心研究，在医学上发明治疗疾病的新方法，给人类谋幸福。不应当在感情上钻牛角尖。”

“玉芬，你倒是跟我说起大道理来了。没想到你生长在乡间会有这样的胸襟与智慧。”

“我和春生结婚以后，因开始时经济情形好，家里又有婆婆照顾，他还劝我念书，所以我就念了初级师范。”

“你真了不起，这么坚强，这么能干。”

她看了下手表说：“春生该醒了，我们去看他，我曾打电话叫孩子们来看爸爸，也该来了。”

走到房门口，打开房门，清松让玉芬先进去，自己却站在门外，看玉芬走向春生床边，觉得自己像一个踽踽独行的孤客，被抛弃在幸福的门外。

楼梯上响起一阵脚步声，是护士带着春生的大小三个孩子来了。他们没有注意站在门口的清松，就跑进病房，争先恐后地喊着爸爸，玉芬想起清松，连忙拉着孩子们给他介绍。春生又伸手紧紧握住清松的手，显出无限的欣慰。清松呆呆地站着，一团欢乐包围着一颗孤独空虚的心。在空虚的心底，渐渐地浮起玉芬的话：“一个医生，应该把爱心推广才对！不要在感情上钻牛角尖了。”

他对自己苦笑了一下，不知是安慰还是惆怅。

菁 姐

菁姐来我家是在民国三十四年秋间，抗战胜利，我们阖家回杭州的时候。她父母亲都不幸在重庆大隧道惨案时罹难。我母亲一向就疼菁姐，她既成了无依的孤儿，母亲更有意收她为义女。那时她正十五岁，在高中念书，每星期必来我家度假。我们全家都爱她，大哥与我更喜欢添这么一位活泼温柔的好姊妹。所以我们把她当作天使，她也视我们如亲手足。胜利复员，父母亲就索性认她为亲生女儿，带回杭州了。

在杭州的那一段生活真是美好。我和菁姐都在教会中学读书，大哥转入了浙大农学院。每个周末，大哥都骑了单车来接我，再一同去接菁姐，菁姐总已经在校门口等我们了。她穿着翻领短衫，黑绸短裙，两根乌黑柔软的粗辫子，用一条黑缎带束在一起，在背后飘飘然地摆动着。大哥看着就爱叫她“小飞燕”。她的肌肤细腻洁嫩得像新剥出来的西湖菱，所以大哥又爱叫她“小红菱”。我呢，我只叫她一声“好菁姐”。她用荡漾着波光的眼神，给我柔和的一瞥，然后又转向大哥，嫣然微笑。她那洁白晶莹如玉米似的纤齿露出来了，显得她的两片红唇艳丽得像朵桃花。——其实我是不愿意拿桃花来比菁姐的，因为桃花哪有菁姐的高洁。如果要说菁姐在容颜上还有什么缺点，那只能说她的两道浓黑的眉毛略微靠近了点，显得有点翠黛沉沉的，不大开朗。可是在我眼里，这都越发增加了她忧郁的美。

我们先回家吃母亲为我们准备好的点心，然后三辆自行车，肩并着肩骑向湖滨公园，躺在柔软的绿茵上憩息片刻，再经长堤从里湖兜回来，一路上的水光山色，涤净了我们心头所有的忧虑与尘垢。令人头痛的几何、三角，与望而生畏的英文老师的长面孔，都丢到九霄云外了。我们笑着、唱着，像三个刚刚下凡的神仙，懵然不知人间有烦恼事。

星期天，天没亮，就计划着怎么玩。父母亲很少参加我们的小团体。他们说我们这些淘气的小捣蛋，会吵昏了他们的头。其实，他们明明知道我们玩得斯文透顶了。母亲心里更清楚，因为她常常轻声地对菁姐说：

"菁儿，顽皮的弟弟要你带着，骄傲任性的大哥，你得规劝他，不然他们是要闯祸的呢！"

母亲是那么甜甜地微笑着和菁姐说话，我觉得母亲也美丽如花了。

春天，我们在柳荫下垂钓，或把小船漂在清可见底的浅水碧波里，小几上满是水红菱。菁姐替我们剥，大哥一粒，我一粒。大哥一向不耐烦剥壳，春天的湖菱、夏天的莲蓬、秋天的糖炒栗、冬天的山核桃，全是菁姐给仔细剥壳去皮，大哥就丢进嘴里慢慢嚼着。而我呢？总不过意菁姐为我们做太多的事。看看菁姐纤白如兰花瓣似的手指在软软的红菱壳上转动，心里万分地怜惜。

“菁姐，让我来剥给您吃吧！”我常常这样说。

可是菁姐偏偏毫不在意地说：

“吃你的吧！小男孩儿别这么细声细气的了，我是应该照顾你的。”

“小男孩儿？”菁姐管我叫小男孩儿，我不知道自己心里是高兴还是生气。菁姐只比我大两岁半，大哥也只长了我四岁，为什么她把我看得那么小，那么大哥在她心中该是个英俊的青年人了。

夏天傍晚，我们把船荡进了亭亭似盖的荷花丛中，绿云款款地低护着我们的头和肩。菁姐斜依着，鬓边的短发轻轻拂着我的肩膀，一阵阵芬芳扑鼻而来，我分辨不出是荷花香还是菁姐的衣袖轻香。我伸手折取了一枝粉红色的荷花，凑在鼻子上闻着。

“真美！”我轻赞了一声。

“你指的是什么？”她问我。

“是荷花，还有菁姐。”

菁姐没有看我，却把脸转向大哥，向他粲然一笑，那笑容久久留在嘴边，美得就像我手中这朵刚出水的荷蕖。从那一刹那里，我忽然感觉到菁姐的心神没有丝毫及于我，她与大哥已在脉脉相爱了。

菁姐从我手里接过荷花，花梗梢头的藕丝拖得长长的，微微飘动，又缠在她的手腕上。她的眼神徘徊于花与大哥之间。霎时间，大哥的眼神也落在花上了。我却仰脸从荷叶缝中望着碧蓝的云天，心中微微感到点寂寞。

大哥取出口琴，吹起了边疆民谣，菁姐和曲而歌："在那遥远的地方，有位好姑娘……她那粉红的小脸，好像红太阳……我愿做一只小羊，跟在她身旁……"我也断断续续地和着唱，心里想：我倒是像一只驯良的小羔羊，却被抛弃在漠漠的荒野里，菁姐和大哥两人远远地携手而去了。

又有一次，我们在国际影院看电影，放映的是《鸳梦重温》，当男主角第二次失去记忆而又回到第一次的记忆里时，菁姐频频地叹息着，我看见大哥靠近她，并轻轻拍着她的手臂。那无言的抚慰，使菁姐闪着泪光的眼里露出了笑，而他们这番甜蜜的温情却使我心碎。

一年后，菁姐高中毕业，也考入了浙大读中国文学系，他们从那以后，更是耳鬓厮磨，形影相依，而我还是个蹦蹦跳跳的高中学生，菁姐心目中的小男孩儿，就更少机会与他们在一起了。

大哥常常喊菁姐"小飞燕""小红菱"，而我却不能这样称呼她，因为她是我的姐姐，我得像个小弟弟似的尊敬她，妈也时常这样提醒我：

"萱儿，当菁姐与大哥在用功的时候，你别在一旁胡闹。"我只得怏怏地走开了。妈不见得不知道大哥与菁姐正在上着爱情的一课吧。是她老人家有意予以默许，所以要我不去打搅他们的吧！

菁姐是那么逗人心爱，她做我的嫂嫂，我该没什么遗憾，可是为什么我心里偏感到不自在呢?

大哥的英俊、洒脱、健谈是人人所夸奖的，我却觉得他的性情过于好动。父亲答应在他大学毕业后，设法让他出国深造，这愿望使大哥振奋，也使菁姐高兴。

深秋的夜，大哥与菁姐相偎着在院子里散步赏月，那时距大哥出国只一个月了，我听见菁姐柔声地与大哥说话：

“椿，我希望你能出去多学一点，回来可以多做点事。可是我又怕你出去的一天真正来到，因为我……”

大哥没等她说完安慰她说：“别离会使我们的爱情更甜蜜。况且家里还有弟弟陪伴着你，他也是非常爱你的。”

我坐在廊下石阶上，冷清清地吹着口哨，他们说的话我都听到了。大哥说我也爱着菁姐，他出国后可由我陪伴着她，解她的寂寞。他殊不知我如何能填补菁姐心情空虚于万一。我纵有一千一万重好意，菁姐又岂肯接受，大哥的想法未免太天真了。

“爸和妈当然赞成我们的事，只等我回国，就可了此心愿了。”大哥又说。

菁姐没有作声，只仰首望着蓝天明月的清辉，我看见她明澈如星光的眸子里闪耀着美丽的希望。

“……人有悲欢离合，月有阴晴圆缺，此事古难全。但愿人长久，千里共婵娟。”我心中默默地代她念着这首感伤的词，眼睛凝视着她翠黛含颦的眉梢，口哨声不由得愀然而止了。

大哥出国的前夕，母亲特地做了一顿丰富的晚餐。菁姐端起葡萄酒，敬了父母后再敬大哥。大哥举杯一饮而尽。当着父母与我，他们只是四目相望，默默无言。而菁姐的寸寸柔肠，盈盈清泪，都和着这杯葡萄酒浸润了大哥的心。饭后，他们两人同去平湖秋月，我一个人爬上了屋顶平台，远望环抱西湖蔚蓝色的秋山和被银波摇得细碎的月影，我感到眼睛润湿了。

他们并肩自湖堤归来，已深夜二时，大哥又依窗拉起提琴，一曲又一曲，直至弦音凄楚不能再续，我听到菁姐的隐隐啜泣声。

如许深的离愁别绪，自然使大哥和菁姐彻夜无眠，而菁姐又何能知晓我也睁眼到东方发白。

次晨，大哥动身了，全家到了火车站。父亲原准备陪大哥到上海，不知怎么忽然转变了主意，说临时有重要的事情不能去，却要我陪同大哥去。我望望母亲又望望菁姐，母亲的眼睛是红肿的，菁姐的眼睛却显得微微凹落。我没法表达内心的一片诚意，让菁姐代我一行。母亲忽然去售票处补来一张票，慈爱地看着菁姐说："你和萱儿一同送大哥去，在上海还可以玩两天，回来也有个伴儿。"

母亲真是解人，她延长了他们相聚的宝贵光阴。

于是我们上了车，一声汽笛，车身渐动，父母亲的慈容渐渐远去，我也深深感到黯然销魂的别离滋味。

车出了站，大哥靠在车窗上望着向后奔逝的山川阡陌，菁姐在藤篮里取出苹果来用小刀仔细地削着，苹果皮拖得长长的，我伸手捧着它说：“不要削断了，很好玩的。”我眼睛望着菁姐嫩白的手指尖，又想起西湖船上剥水红菱的一幕。

“你真是个孩子。”果然，她仍视我为“小男孩儿”，我报以一个苦在心头的浅笑。

我把苹果皮翻过正面，盘成一个圆圆的圈，平放在小桌上，曲曲回肠，似断似续，似完整又似破碎。菁姐也向它注视多时，回头向大哥看看，想说什么又止住了。

我懂事地站起身来，想走向另一节车厢，菁姐削下一大片苹果说：“吃一片。”

“应该您和大哥同吃一个，我不要分了。”我俏皮地说。

“萱弟，非要你吃不可。”大哥拉住我的手说。

我没奈何接过来，送进嘴里，酸酸甜甜的味儿直钻心头。

“萱弟，我出门了，你得好好伴着菁姐，别尽像孩子捣蛋了。”我不知道大哥为什么也把我看成个不懂事的傻孩子。

“大哥，您放心，我会好好伴菁姐的，至少我不会像您那样时常跟她闹别扭，怄她生气。”

大哥笑了，菁姐也抿嘴微笑。

我心里想，我怎能不好好伴菁姐，我们在一起这许多年，菁姐的一颦一笑支配着我的喜怒哀乐。大哥在家的日子，我都把它隐藏在心中。大哥出门了，我更不能不把一己的感情隐藏起来。为了减轻菁姐的离愁，我真得像个忘忧的小男孩，以轻松愉快的言辞行动逗菁姐快乐，可是这在我是多么不容易啊！

四小时的途程中，我大部分时间埋在书里，可是心神未能集中，火车更摇晃得厉害。中途有人下车，我换到一个空位上，斜着身子假寐。隆隆的车声中，似仍听到大哥菁姐的喁喁细语。路程在我是很长的，在大哥菁姐自是恨它太短。

到上海，住姑母家三天，每天都是他们二人出外游玩，临上船的时候，姑母与我送到大门口，我握着大哥的手说：

“大哥，让菁姐送您去，我先去看一个同学好吗？”

大哥会心地点点头，与我挥手道别了。

我一个人搭车到兆丰公园，在树荫下的软草坪上躺了整半天，想大哥菁姐在船上的情景，吴淞江里的浪花，将洒上多少离人清泪，我忽又幻想着，如果是我和菁姐作别的话，该又是什么情景，菁姐会和我说些什么珍重的话呢？

我计算着大哥的船将启碇之时，才又赶回到外滩码头。船已渐渐离码头远去，在甲板上倚栏挥手的旅客中隐约看见了大哥，在熙攘的人群里，我找寻着菁姐。

“萱弟，你来啦！”是菁姐的喊声。

我不好意思看她的眼睛，正如不好意思让她猜透我的心事一样。

“我来迟了一点。”我期期艾艾地说。

“我们回去吧！”菁姐说。

我们搭一路电车到静安寺下车，进商场给母亲买点东西。我提议进咖啡室休息一下，菁姐同意了。我要了一杯冰咖啡，她要了一杯柠檬汁慢慢儿饮着。

“大哥不会怪我不送他吧！”我低着头说。

“他知道你碰到同学就高兴得什么都忘了，不会怪你的。”菁姐笑着说。

我在心底里叹了口幽幽的气。

“你在想什么？”她问。

“大哥不知几年才回得来？”

“才去，你就想他回来的日子。”

“人总是这样的，在一起常要怄气，走了又想他，你呢？”

她用小匙搅着冰水不作声。

“菁姐，我们今晚搭夜车回去，下午去国泰看场电影好吗？”

“好，你是乡下人进城，陪你好好玩一下。”

“叫我乡下人不要紧，只别再喊我小男孩儿了。我少了您几岁？”

“做小孩子多快乐。”

“真的！”我心里想，你哪儿知道我的忧伤正多呢。

我们一同享受一个快乐的夜晚，在姑母家进晚餐时，菁姐老给我夹菜，弄得我怪不好意思的，我倒真成了她照顾下的小弟弟了。

回到杭州，我把在上海三天内的情形，详详细细告诉母亲，对于我没有送大哥上码头一节，母亲听了只是微笑。

三十八年初夏，大哥出国第二年，局势变化，我们全家来到台湾，因旅途劳顿与生活的不安定，母亲肾脏病复发，身体一天不如一天了。菁姐与我，原都已转入台大，而菁姐因母亲的病，父亲无人照顾，就暂时休学在家，侍奉双亲。谁知母亲的病日益沉重，我们的忧愁愈发加深。父亲事忙，难以兼顾家庭，这一份重担就完全落在菁姐肩上了，以菁姐的聪敏镇定和她对双亲的一片孝心，侍奉病榻，处理家务，从没有露出半点疲乏或不愉快的神色，而她心情的黯淡是可想而知的，此际唯一可以宽慰她的只有大哥自远方寄回的信。

大哥因学业未完成，不能提前回国，他们除担忧母亲的病外，更多一层相思之苦。

夜阑灯下，我们陪在母亲身边，待她老人家睡熟了，我们轻轻展读大哥的来信，万重叮咛，无非催人热泪，我真担忧菁姐脆弱的心灵，势将不胜负荷啊。

母亲病势转急，名医束手，弥留之际，她只是紧紧握着菁姐的手，断断续续地说："菁儿，这个家就交给你了，父亲要你侍奉，萱儿要你照顾，还有椿儿……"母亲说到这里，只是望着菁姐微微点首。菁姐低着头，忍着泪水，哽咽不能成声。我把脸转向窗外，对着灰沉沉的天空，早已泣不可抑了。

母亲病了一年多，终于撒手西归。亚热带的冬天，虽没有飘雪，可是凄风冷雨，暮树寒云沉重地压着我们哀伤的心坎。雨暗灯昏之夜，望着父亲憔悴的脸容，与菁姐黯然相对。想起在重庆杭州的情景，沧桑人事，就好像换了一个世纪。

菁姐因在家无聊，重新复学了。我们每天虽得以携手同行，可是菁姐总是沉默寡言，我满肚子的话又觉无从说起，各人埋藏各人的心事。她与我一样想念着大哥，可是我们的心无法沟通。为大哥，更为菁姐，我宁愿把心事埋藏一辈子，因为能爱就该是幸福，又何必定要被爱？

宝岛的春来得迟，去得快。寒流刚过去，尚未觉春风拂面，马上又是阴雨不定的黄梅天。阴沉的低气压，正象征着我们的心情，似乎永无开朗之时。

假日，我也伴菁姐游台北郊区的名胜，她最爱的还是靠近中和乡的川端桥，那儿的朝晖暮霭，逝水行云，似更能点染她久久恋念的梦境。

一天微雨，父亲忽然有兴致与我们同游乌来、坐车到瀑布边，父亲只坐在茶亭里休息，我与菁姐冒着蒙蒙微雨走下瀑布脚的水潭边。山路极险峻，我在前面扶着她往下慢慢爬。到了山脚，在岩石上坐下来，喷溅的水珠像雾似的湿了我们的脸与衣裳。菁姐仰头眯着眼睛一直望着瀑布自顶点倾泻而下。我注意她的脸忽然显得清明而愉快，好像所有的忧伤，都随着这飞瀑奔腾而去了。她的嘴角浮起一丝天真的笑，那玉米似的美丽牙齿又露出来，双颊也微见红润。我忽然想起大哥叫她“小飞燕”“小红菱”的情景，却看她的两条乌黑辫子早已剪去，柔发散着波浪披在肩头。菁姐不再是“小飞燕”，而是一位准备接受人间忧患的谪仙，我不禁又凝神注视着她，半晌无言。

“这地方真好，好像隔绝了人世。”她赞叹着。

“菁姐，您好像比以前更爱幽静也更爱雨天了。”我说。

“这比较适合我的心境。”她幽幽地说。

我忽然觉得今天的情景，似乎会使菁姐多注意到我，多和我说些话了，于是我紧接着说：

“菁姐，一年来您总没有一天高兴过，如果大哥能早点回来的话多好！”提到大哥，她的脸上忽然掠过一层暗影。

“你不觉得你大哥的来信，比一年前少多了吗？”

大哥的来信，给我是一向不多的，有时候单独给我，有时附在菁姐的信里。可是近来却常常两人合写一封，我想大哥一定另外有信给菁姐，我也不便过问，现在经菁姐这么一问，却使我愣住了。

“是他功课太忙吧？”我说。

“我不研究他是为什么，总之我看出他的心很乱，他还保留着些没告诉我的话。”

“不会的，菁姐，他对你那么好，也许是母亲的死影响了他的情绪，他一定太想念家，想念您了。”

她好像没听见我的话，却指着瀑布说：

“你看这瀑布奔逝得多快，时光永不停留，人的感情也永不能静止的。”

“可是爱是永久的，在奔放中仍是宁静的。”

我带着哲学家的口吻一个字一个字地说，她回眸向我微笑着说：

“萱弟，你也是个大人了。可是你最好不要再长大了。”

“为什么？”

“因为成年人就渐渐不看重感情了。”

“您以为我现在才成长吗？”

“你的神态使我觉得你比以前更懂事了。”

“菁姐，在您叫我小男孩的时候，我已压根儿不是个孩子，我不同意您那成年人不看重感情的话。”像春蚕似的，我酝酿在心头的一缕柔丝，将徐徐从唇间吐出。可是菁姐忽然站起来用手揉揉眼睛，又抹了一下脸上的水珠，用一种完全不同的口吻说：

“我们上去吧！爸爸等久了。”

我像从梦境里被摇醒起来，恍恍惚惚地起身跟着她，一步步攀上去。这次我在菁姐后面，当她跨着狭窄的岩石时，我就扶着她的手臂。她不善于攀岩石，一路上，我像是一个保护她的武士。我自觉一下老成了不少。

自乌来之游以后，我心里旋转着一个很大的疑团，又不便向菁姐启齿动问。菁姐也绝少同我提到大哥，大哥的来信却是更见稀少了。每次来信，菁姐都与我同读，除了对自己研究工作与生活状况的报道外，很少涉及其他。而在他的字里行间，似乎缺少了某一种成分，那就是对我们的关切，和盼望我们对他的关切。他的口吻，像一个热衷事业的中年人，而那一分严肃有点近乎伪装。我果然不敢做不合理的想法，把“健忘”或甚至“薄幸”一类的字加诸大哥，可是对大哥的性格与国外的近况，我不能不渐起疑窦。如果我稍微自私地怀着“李代桃僵”之想，我应该萌起非分的希望而为自己庆幸。可是我没有心思想到这些，重压在我心头的是菁姐强颜为欢所掩盖不住的痛苦，在乌来她指着瀑布所说的话里包含着多少惆怅与幽怨，如果时间与距离真个转变了大哥心情的话，菁姐应该比我早有预感了。

凑巧的是父亲又奉命出国，家里就剩下我们二人，日日厮守，两心关切。而菁姐有如遥远天边时隐时现的星辰，我瞻望着她，却无法靠近她，仰慕她却无法向她表达心意。她带着颦蹙的浅笑，如雾里开放的花，是那么轻柔，却迷蒙着我的眼帘。

父亲的来信证实了我对大哥的猜测，他说：

“你大哥的心绪很乱，初似有难言的隐衷。日前他才坦白地告诉我，另一个女孩子使他无法把握自己的感情，可是他没有勇气向你菁姐承认。我想爱情不是可以长期欺蒙的，萱儿，还是由你婉转地告诉她吧。

“我与你母亲爱她如己出，不愿她受一点委屈。你母亲去世以后，椿儿发生此事尤使我难过。萱儿，望你善体吾心，勿使菁姐有孤伶之感，你一定会医治她的创痛的，我相信。”

字迹在我眼前模糊起来，我仍不能置信大哥会以此报菁姐，人心真是如此多变吗？我将拿什么话向菁姐说，单是自尊心受伤害已够令她受不住，更何况爱的折磨。

在踌躇、矛盾、沉思中，我憔悴了，比菁姐更憔悴。

“怎么，你病了吗？”晚上我低头看书时她问我。

“我真的要病了。”我颓然地说。

“是为爸爸的来信吗？”

我以胆怯而且吃惊的眼神望着她。

“我没有看见爸爸给你的信，可是我猜得到他说些什么。”她凄然说，“大哥的事，你不必那么难过，你看我都能淡然处之呢！”

我不得已取出父亲的信递给她，她读着信。脸色于苍白中显得异常镇静。

“菁姐，这实在是不应该的，他太辜负您了。”

“感情的事说不上什么应该不应该。他是对的，他不再给我写情意缠绵的信，是忠实的，我已经原谅他了。”

“可是，您太苦了自己了。”

“你不懂得，原谅人比被人原谅更为心安，爱比被爱更为幸福，我并不自苦。”

“那么，您还是爱他的？”我渴切地问。

“这在他都没有什么关系了。”

“可是，我如果是您的话，我不会抱着这份残缺的爱。”

“爱永远不会有完美的时候的，记得在杭州湖上望月的情景吗？你能说出月亮真圆的时候是哪一分哪一秒呢？”

我想起了当时在心中默默为她念的东坡词；我又想起在送行火车上菁姐削的苹果皮，我给盘成了圆圈；更有那湖上荷叶丛中菁姐的轻歌和荷花梗上缠绵的茧丝……这一切现在想来隐隐中似都有预兆，而我竟是亲身陪同经历的人。望着菁姐，我不由得百感交集，泪水模糊了眼睛。

“倒是要我来安慰你了。”她抚着我的肩。

“菁姐，如果时光可以倒流的话，我但愿再回到儿时。”

“为什么？”

“因为我少懂得些，就不会这么痛苦了。”

“你还有什么比我认为更痛苦的事呢？”

“我没法说，菁姐。”

“萱弟，你承认我是你的亲姐姐吗？”

“比亲姐姐还要亲。”

“那么把你的心事告诉我。”

“只要您不笑我。”

她笑着摇摇头。

“我爱您。菁姐，我没法形容是多么地爱您，自从我懂事起就爱您，可是您一直把我当个小男孩儿。有大哥，您从不会想到我，可是现在您是多么孤单，爸要我安慰您，我不知道自己怎么能？因为您忘不了大哥。”

菁姐眼里噙着泪，可是神情是那么柔和，她幻梦似的说：

“是的，我忘不了他，有如忘不了我童年的生活。现在既然一切都不同了，有你和我做伴，会使我更怀念他。况且爱永远不会有完美的时候，我们如能以手足之情，长久相依，岂不更好。”

我没有再说什么话，因为我知道以菁姐的似海深情，是不应该在此时说太多的话，引她感伤的。

她起身在壁橱里取出一件毛衣，递给我说："穿上吧！夜凉了。"

"谢谢您，菁姐，您对我太好了。"

"妈总是不放心你，病中还时常嘱咐我照顾你。"

"以后让我来照顾您好吗？"

菁姐好像没听见，拿着书回自己房间去了。

我觉得有点饿，起身冲了两杯可可，端进菁姐的房间，她正在倚窗沉思，窗外是淡淡的月光淡淡的风。

"菁姐，喝一杯可可吧！"我走近喊她。

她默默地接过杯子，喝了一口，微微皱了下眉头。

"要加点糖吗？"

"不，苦点也好。"她的嗓音很低。

"刚才您为什么不回答我的话？"我轻轻地问她。

"你说什么？"

"我说让我以后来照顾您。"

菁姐放下杯子，走到书桌前坐下来，捻亮了台灯，蓝色的灯光照着她苍白的前额和浓眉毛下闪着宝石光芒的眼珠，她的神情显得多么恬静。那里面有着无尽的智慧、仁慈，和那——啊！我久久所盼望的温情。我一接触到那一对眼珠，就立刻明白，再也无须多说什么话了。

"你懂得你大哥的感情吗？"她忽然问我。

"我——我不懂得。"

"那么你也不会懂得你自己的感情的。"

“这话怎么说呢？”

“嗯，你大哥也许和你不同。可是岁月移转心情，大概都不会例外。我想天地间唯有手足之情才可以永久不变，你明白我的意思吗？”

我不愿在微妙的感情上与菁姐多置辩，况且菁姐无论怎么说，反正不会影响我的心。我固执地朝她看了一下，心中有点激动。

“萱弟！”她又说，“如果爸和你生活里还需要我的照顾与陪伴，我总不会匆匆离开你们的。”

我又一次注视她闪着泪光的眼珠，浸透着我心田的是难言的悲怆，却又似一丝柔情围绕着我。

我向她点点头，道了晚安，回到自己房里。我没有开灯，倚着窗棂，让朦胧的月光伴着淡淡的哀愁笼罩着我。我望着遥远的星辰，眼睛润湿了。

从那以后，我不再和菁姐提大哥。我不知道这种心情是自私还是胆怯，我似醉如痴，如徘徊于一座梦中曾几度出现的花园里，深恐好景瞬间即逝。

岁月流转，父亲将公毕返回，而大哥仍归期未定，看菁姐的心情反似乎比以前愉快多了，我不知父亲回来，又将拿什么话安慰她。

父亲回来了。

菁姐显得快乐活泼，脸上浮现着天使一般的笑容，只是她没有向父亲问起大哥。

趁着菁姐上街去了，我把一年来的情形仔细告诉父亲，我虽没有明白吐露自己的心曲，然而，我知道父亲已从我的神情里看出来了，因为他慈爱的目光看着我，显得多么了解我的心意。

菁姐回家的时候，我们的谈话刚结束。我的脸微红，心因激动而跳得很快，我看了一眼菁姐，似乎她已猜透我们谈些什么似的，只是微笑着，我倒不好意思地退回自己的房里去了。

“菁儿！”我听父亲温和地喊她，“我回来几天，你都没向我问起椿儿。”

“关于他，我已不用问了！”菁姐的声音里没有一点愠怒。

“我为这事心里很难过。”

“您不要难过，我已经好了。”

“有萱儿和你做伴，我倒也放心了。”

到这里，我本不该再一边暗听，可是我还是继续地听了。

“爸，关于萱弟，我很想跟你谈谈。”菁姐至此把声音放得很低，我仍努力谛听着，“我愿爸能开导他。”

“开导他？”

“嗯！他太忧郁了。”

“你知道为什么吗？”

“我知道，爸，我爱他胜过于亲兄弟千百倍。可是他老是想得更多些，我怕这样会使双方不快乐的。人不能老是爱，正如不能老是得不到爱。我不能让他抱着绝望的爱情而感伤得像个中年人。他那么年轻，那么易于令人动情，我要他有一个完整不缺的心去爱，去被爱。”

“那么你呢？”

“他如果找到了他所爱的女孩，我就走了。”

“可是你要知道他爱的女孩子只有你。”

“不，那不应该是我！我只是他的姐姐，我但愿在爸跟前做一个孝顺的女儿。”

“这样说，你对椿儿还是未能忘怀！”

“对于椿哥，有过去的一段生活留给我回味已足够了，如果往事真是那么容易遗忘的话，爱情就不会令人狂喜或苦痛了。”

我已经不能往下再听，我轻轻地从边门走出屋子，在我和菁姐时常徘徊的紫藤花棚下，抹去眼角的泪水……

百合羹

午睡醒来时，儿媳玉书已把一盆脸水放在小几上，她自己则坐在床边椅子上看书，我略微翻了一下身子，她赶紧放下书站起来问：“爸爸，要擦把脸吧？”

我点点头，她扶我坐起来，绞了手巾给我轻轻地擦了脸和手，笑嘻嘻地说：“爸，今儿您睡得很好，还打鼾呢！”

她是有意说来安慰我的，我笑着回答：“是的，我自己也觉得这会儿人很舒服。”

她端了脸盆走出房间，我看着她的背影，是那么地婀娜有风韵。颈后松松地绾着一个黑纱蝴蝶结，把乌发束成低垂的髻子。我不由得想起她少女时期飘拂在肩头波浪似的柔发，和那时常变换的水蓝或粉红的纱结。如今玉书已经三十岁了，从我儿子宇成去世后，我从没看她穿过一件色泽较鲜明的衣衫，或是脸上薄施脂粉。她眉梢眼角那一抹淡淡的哀愁有如早春远山的烟雾，虽也有偶尔展开之时，但大部分时间都笼罩在郁沉沉的气氛里。作为一个长辈，我不知何以抚慰她。我又长年多病，头晕血压过高，玉书侍奉病榻，无异我的亲生女儿。说实在话，我也只有依赖她的照顾了。因此我内心对她除怜惜疼爱外，更多一分歉疚之情。好几次，我想到宇成已死，很不忍心让她守着这一分残缺的家。可是我每一接触到她那一对虔诚沉静的眼神，里面正包含着对我无限的依恋与孝思时，我就被感动得什么话都不便启口了。所幸她已有了一个六岁的男孩子——我的孙儿小团。他长得白胖结实，他是我们二人唯一的精神支持者，尤其是玉书心情哀乐之所系。我内心虽抱着老年丧子之痛，可是为了不要引玉书感触，总是极力避免提到宇成。她呢，正是也怕我伤怀，更少提起丈夫的名字。两个人在默默中以同样酸楚的心情怀念着同一个人，也就越发地相依为命，息息关怀了。有了小团的扶床绕膝，就仿佛宇成仍活在我们中间，我们于悼念死者之余，有时也不能不因小淘气的逗人喜爱而破涕为笑呢。

日子在单调中过得极平静，而这种过分的平静却使我内心对玉书愈加抱歉。我一直在数着每天每月每年，岁月流转，玉书宝贵的青年也将随着春花秋月而消逝。孙儿幼小，我不知如何将他安排，而我又老病侵寻，何忍拖累玉书为我虚度芳华。我内心在矛盾着，精神的负担远过于疾病给我的折磨，可是我又如何能让玉书知道这一番心事呢！

我正在这样地沉思着，玉书笑吟吟地捧来一个小碗，递给我说：“爸，您尝尝，这是您最喜欢吃的百合莲子羹。在台湾算是贵重东西了。可是买不到新鲜百合，这是我特地从成都路买来拿水泡开的。”

我接在手里，一缕淡淡的清香扑鼻而来，我在感激中又不禁有无穷怅触，因为不但我喜欢吃百合羹，宇成也最喜欢。在杭州时，每当夏令，玉书就买来大篮的鲜百合，亲自取心剥衣，漂在清水里一瓣瓣白嫩如杏仁，和了新剥的西湖莲子，煮了冰得凉凉的诚为消暑妙品。玉书一直没有忘记我所喜欢吃的东西，自然记得这也是她丈夫所喜欢的。她千方百计地为我买来百合，心中焉得不思念宇成？我更记得宇成把她比作百合花，淡雅幽香，沁人心脾。如今我端着百合莲子羹，仿佛宇成和玉书同时承欢在侧，听小夫妻俩的盈盈笑语声。我抬头看玉书薄薄的小嘴唇微微翕动着，眼帘低垂，我轻声地喊着她说：“你想得真周到，可是太辛苦你了。”

“您怎么说这话呢？爸喜欢吃的东西，我只要办得到就高兴极了。”她慢慢抬起眼睛看着我，我感觉到她充满幽思的眼神似乎在问我：“您记得吧，他也喜欢吃呢！”可是她并没说出口来，她是从不在我面前直接提宇成的。

我有意要打断她的追思往事，就提高声音问：“小团儿呢？”

“在李先生家跟小安琪玩呢！我怕他吵您睡不好，就没喊他回来，这孩子越来越顽皮了。”

“男孩儿让他活泼点好，小安琪几岁了？”

“跟小团儿同年，那女孩儿才乖呢！”

“嗯，可怜的是她妈妈死得太早了。”

“可不是吗？孩子从小没爸爸或妈妈总是可怜的。”

我又不知说什么好了，因为我看见玉书眼里似乎已闪着泪水。幸得小团牵着小安琪的手，一蹦一跳地进来了，看见我在吃东西，小团就喊着：“公公，我也要，我也要。”

小安琪却站在一边，拉起裙子歪着头，吐出小舌头来舐嘴唇。

“我给你们拿来。”玉书笑着出去了。

两个小把戏在津津有味地啜着百合羹时，小安琪的爸爸李君甫来了。他每天都要来陪我聊一阵子的，我们谈得非常相契。他是我病中唯一的良伴，也是我最赏识的一位年轻朋友。他是个颇负盛名的文艺作家，不幸太太去世了，他把孤寂的情怀寄托在爱女身上，把心力花在写作上；闲来就带着安琪来看望我。他那飘逸的风神和娓娓的谈吐，对我简直有疗郁之效。我们常常一聊就是整半天，小团和小安琪就在我们跟前钻来钻去地捣蛋。小团常常把小安琪弄哭了，坐在一旁微笑静听的玉书连忙把他们劝开，温柔地抱起小安琪来哄着拍着，直到小团靠到妈妈怀里，仰着头说“妈妈，我不欺侮妹妹了”时，安琪又爬下地去和他扭作一团了。

这情境似乎给我一种感觉，也可以说是一种错觉，我恍惚觉得君甫父女和我们是不可分离的一家人。因为安琪偎依在玉书怀中俨然母女，而君甫的纯朴温厚尤令我想起宇成。

此时君甫进来，玉书正蹲在两个孩子中间，给小安琪喂着吃，她对君甫微笑着点了下头就起身出去了。奇怪的是君甫的神情似乎有点局促，问我“睡得怎样”时，声调也没平时爽朗了。也许因为我是个静养太久的病人，敏感使我对周围的事物易起幻觉，自己也不免好笑。

君甫坐下来，玉书又端来一碗百合羹，放在他旁边，低眉浅笑地说："李先生，您尝尝百合羹，我已经把它冰凉了。"

君甫欠身道谢，却没抬脸看她，安琪跑过来扑在爸爸怀里喊："爸爸，我还要，我要凉的。"

"跟我来。"玉书牵起她的手，带着小团一同出去了。

君甫凝望着她的背影，眼中闪着奇异的光，那目光里似乎带着感激、喜悦和惶惑，这神情给了我一个极深刻的印象。他回过脸来，觉察我在注视着他，不好意思地搅着百合羹说："真清香。"

"这是玉书亲自做的，你恐怕还没吃到过呢！"我说。

"哦，太好了，不仅味儿好，还引人一段乡愁呢！"

"你又文绉绉了，"我打趣地说，"你今天倒真像有点儿心事呢！"

"心事，"他笑了，"您怎么看得出我有心事？"

"也许是我太敏感了，也许是我对你太关怀了，你一进门来，我就觉得你的神情和往常不同。"

"是的，老先生，什么事都逃不过您锐利的目光，不过我该跟您怎么说呢？"他顿了一下，"您也许会责怪我的。"

"绝不，你说吧！"我恳切地说。

"我，我……"他期期艾艾地不知怎么说好。

君甫的心事，看神情我已猜到了一点，一种微妙的意念掠过我的心头。我回想着刚才君甫见玉书时的神态，玉书似乎是有意退出屋子，难道是诚实的君甫曾对玉书有什么表示吗？还是他对她钟情已久，而无缘一吐心曲呢？对于君甫，我真是由衷地喜爱，许多地方，他像我的儿子宇成。只是他比宇成更壮健，更富生活力。自从宇成去世后，这个家就像船儿漂在水面，没有一个强有力的人沉着地把着舵，随时都有被狂风暴雨袭击的危险。而我以衰病之身，垂老之年，更无力保护玉书和小团这两枝娇嫩的花木。我是多么盼望玉书能埋葬了过去的悲哀，让神圣的爱情雨露重新滋润起她的心田。可是以一个阿翁的身份，要劝未亡人的儿媳再嫁，岂不是不近人情？而且我还完全不知道玉书的意思如何，可能她对君甫的印象不坏，我却不能荒唐地向她劝问啊！这会儿我见君甫一脸的窘迫和困惑，更增加了我对他的喜爱和同情，我有意鼓励地说：

“你是不是要和我谈一件重要而且切身的问题呢？”

“正是的，老先生，这真是万分困恼的事。”

“你说吧！君甫。”

“自从小安琪的妈妈去世以后，我的心一直是悬空无着落，家庭生活更是枯寂得可怜。为了怕小安琪受委屈，我一直不敢做再娶的打算。可是……”他对我笑了一下，低下头欲言又止了。

“可是你现在似乎心有所属，却不知对方的意思怎样，是吗？”

“老先生，您真是解人，可是您不会想到那人是谁，您知道的话，一定要生气的。”

“我不生气，也许我的心意正和你相符合呢。”

“真的？”他的眼睛亮起来，“那么我跟您谈，您肯代我探讨她的意思吗？”

“她？你说的是……”我不便说出名字来。

“就是玉书。老先生，我对她倾心已非一日，您不会责备我荒唐无理性吧！”

“玉书是个好孩子，”我叹息似的说，“她温顺、沉静，她的心像海那么深，你可曾试着测探她的心呢？”

“探测她的心不是一件容易的事，而且我又怎么敢呢？这两年来，因为邻居的关系，两个孩子又玩得这样亲热，因而我和她也时常有谈话的机会。她端庄严肃得像圣女，使我这拙于言辞的人生怕得罪了她。不过她很喜欢看我的小说，有时还给我恳切的批评，仅仅这一点，她给我精神上的鼓励已经不少了。”

“你觉得她对你怎么样呢？”

“她像遥远的星辰，高不可攀，我如何知道她对我的印象呢！可是我想她至少不厌弃我，她也可能觉察得到我对她的一分痴心。”

“你对她说了什么没有呢？”

“昨天，”他嗫嚅着，“她来我家领小团，我们又谈了一会儿话。当时小团小安琪一边一个地牵着我的手，我感动地说：‘这两个孩子就像亲兄妹。’我又看看她，以低得几乎只有自己才听得见的声音问她：‘您愿意他们成为亲兄妹吗？因为你这样管小安琪，她总是喊你妈妈呢！’她立刻收起了笑容，把脸转向别处，我看不见她眼里的神情，她只是一言不发，不一会儿就默默地牵着小团走了。”

“她可能怪你了。”

“可不是吗，我真是又羞又悔，怕她从此不会再理我了。昨晚我一夜睡不好，今天上午想来看您又怕见了她不好意思，踌躇到下午，还是忍不住来了。”

“你一进门来，我就看出你神情有异呢！”

“我却没有想到，她会端给我一碗百合羹，还向我点头微笑，她似乎没有生我的气呢？”

“她这样好心肠的人大概不会生你气的。你别心焦，让我找机会问问她吧！”我又拍拍他的肩，以最慈和而风趣的语调说，“耐心点，年轻人。那碗百合羹该使你安心不少吧！”

他感激地向我笑笑，站起来说：“那么我先走了。老先生，您和她谈了以后，如果不让我太失望的话，就叫小团来喊我，小团不来喊，我就不好意思来了。”

说着，他就告辞走了。

此时，小团和小安琪正在廊下玩得起劲儿，我慢慢爬下床来，拄着拐杖，走到临窗的靠椅里坐下，脸向着窗外。将近傍晚时分，院子里暑气渐消，斜阳照着青翠挺秀的凤凰木和艳红欲滴的扶桑花，一切都呈现着清新喜悦的气象，我顿觉精神爽朗，不由得哼起诗来。玉书听见了走过来，隔着窗子问：“爸，您起来了，也不让我扶您。”

“用不着，我一天比一天硬朗了。再过些日子，就可以出去散步了。”

“那真太好了，大夫说您本来就没什么严重的病嘛！”

“玉书，你进来，我跟你谈谈。”我虽是个六十多岁的老头儿了，可是心里搁不起事儿，我就想探问玉书了。

“您好像今儿兴致特别好呢！”她在我身边的小凳上坐下来。

“可不是，我好像有很多话要跟你谈哩！”

她眼里泛着柔和的光影，那里面没有一丝不快的痕迹，我猜想昨天君甫的话未曾引起她的反感。于是我以极自然而其实是有意的语调说：“刚才君甫赞美你的百合羹清香可口。”

“嗯！”她坦率地看着我。

“他更赞美你的为人。”我紧接着。

“李先生说话有时天真得像个孩子，”她忽然笑了一下，“要不然我就生他的气了。”

“他说了什么呢？”

“他应该跟您谈了吧！我猜。”

“他刚才告诉我了，”我当然不能骗她，“他说他笨拙地冒犯了你，怕你从此不理他了。不过我想你会原谅他的，因为他是那么地诚恳善良，对你又是那么钦敬。”

“爸，您好像是为他做说客呢？”

“不，不。我实在对他有深切的认识，他是个好青年。”

她低下头默不作声。半晌，她说：“我也知道他是个寂寞的好人，可是他不该想得太多。如果这样，我以后就没法跟他说话了。”

“你对他也应当有个了解，他对你的心是真诚的。玉书，我是你的长辈，我全心全意地盼望你以后幸福。”

“幸福！”她叹了口气，“我不是没有享受过幸福的人，幸福既已弃我而去，以后就不会再有了。”

“不要这样感伤，玉书，你知道我是多么疼你。自从宇成死后，我日夕期望着有一个人能重新温暖起你的心……”

“爸，请您不要再说了。”她截断了我的话，“您的好意我知道，我不愿说‘心如止水’那一类的话，可是人要忘掉一个以全生命爱着的人是不容易也几乎不可能的。您知道我和宇成相爱至深。这多年来，是他生前对我的鼓励在支持着我，更有您的慈爱和对小团的希望，我得以最大的毅力活下去，我不能叫宇成死也不放心。”她已哽咽不能成声了。

“玉书，我明白你的心，可是你不能太苦了自己。你的年龄要一年比一年长大起来的，我不忍心让你孤单无援地一个人撑下去。有时，我看见你偶尔展开的笑容，我就会想起你和宇成未结婚时的少女容光。玉书，时光是不留情的，得一知音更不容易，你就不能考虑一下吗？”

“爸爸，”她声泪俱下地说，“我没法告诉您我是多么爱宇成。这颗心，已经无法再容得下第二个人了。请您告诉君甫，我感激他这一片心，可是我不愿他为绝望的爱情而苦恼。爸，您为我婉转地劝慰他吧！”

我已经不能再说什么了，玉书对爱情的坚贞使我感佩，也使我心酸，我禁不住也扑簌簌地老泪纵横了。宇成死后，这是我第一次和玉书正面提到他，而且谈到这样具体的问题，这诚然是令人伤怀的事，可是我们能如此尽情一哭，亦未始不可一舒心头的郁结呢！

过了半晌，玉书收起眼泪说："君甫今天来，我没有避开他，还以极自然的态度端给他一碗百合羹，我这样做为的是怕他为昨天的事心里不好过，他倒以为我已经接受他的好意了。爸，我真觉得男人们想得太天真呢！"

"爱情往往会使人变得单纯天真的。"我叹息了一声说。

她不再作声了，抹了下眼角残余的泪珠，起身招呼两个孩子去了。

第二天，我想不出什么方法能让君甫不太失望，可是我也没让小团去请他来。他一整天都没有来。晚上，小安琪却跑来伏在我膝前，轻声轻气地说："公公，爸爸说要带我出去，到很远很远的地方去呢，我真开心。"

我就知道可怜的君甫，于盼待佳音失望之余，不知如何排遣自己，才想到出去旅行了。我心中觉得对他万分的抱歉，却又无可奈何。

君甫毕竟悄悄地出门了，却让小团给我带来一张条子，他写道：

老先生：我问小团您可曾喊我去，他摇摇头，我就什么都明白了。这几天，恕我暂时不来问候您，陪您谈心了。我要带小安琪出去玩一些日子，回来时，心情也许就好些了。

昨天临走时，您笑着跟我说："那碗百合羹该使你安心不少。"是的，百合羹那一缕淡淡的清香沉浸着我的心，我永远记得她那一脸和蔼的笑容，她深湛的眼神似乎在启示我些什么。为我谢谢她，老先生，我已经非常非常满足了。

我把条子放在小几上，有意让玉书看到。一面注意她的神态。她脸上没有一丝不愉快的神色，只抿了一下含笑的嘴角，诙谐地说：

"爸爸，我就说君甫孩子气吧！我如果不端那碗百合羹给他吃，他又将怎么想呢？"

我不知该怎么回答。可是我想也用不着把玉书和我说的话全部转告君甫，因为我还在希望着，一切让时间和君甫的耐心来决定吧！

紫罗兰的芬芳

蓉嫂在乡间养病，她给我一封短短的信：

“虹弟：乡下的日子寂寞而清幽，我的身体好多了，心情呢，也不算坏。这儿有不少好地方，只是忙碌的人们没有发现罢了。你的毛背心，我已经打好了。星期天盼你来，带几本我爱看的书。还有，别忘了你的小提琴。”

星期天下午，我捧了书与琴，下乡了。汽车在平滑的马路上像水一样流过去，野外是那么清新而翠绿。已经是仲冬了，宝岛却弥漫着浓郁的春意。如果不是路旁人家短墙里的圣诞红在风中招展，我真不会相信这该是飘雪花的季节了。

太阳照得我也懒洋洋的。我倚着车窗，拿起《约翰·克利斯多夫》，随意翻着我最爱读的几段，默默地念了一遍又一遍，心像浸润在芬芳的醇酒里，有点惺忪的醉意，在温暖中感到飘飘然。

下车后还得走一大段山路，蓉嫂已让张妈到车站来接我。远远的，我望见蓉嫂的房子藏在绿荫深处，木栅门半掩着，竹篱笆里满是姹紫嫣红。多幽美的处所！蓉嫂才是懂得此中真趣的人。

我三步两脚跑到了门前，一直跑进屋子。屋子里静悄悄的，没一点声息。只闻得一缕淡淡的幽香，扑鼻而来。蓝色的纱帘低垂着，阳光洒落在窗台前的花瓶上，回头见靠墙琴桌上放着一只深浅绿花纹的古雅小香炉。炉烟袅袅，一缕幽香，正是从那儿散布出来的。壁上悬着一幅风姿绰约的翠竹，意境悠远。我抱着凯蒂，呆呆地站在琴桌前出神。“蓉嫂真会布置，这气氛与上次我来时又不同了。”我心中在想。

“虹弟。”蓉嫂从后屋出来了。

“蓉嫂。”我转过身来，一种难于形容的过分的喜悦使我一时想不出适当的话来说，因为我已有很长一段时间没有看见蓉嫂了。我把凯蒂递给她，她从我手里接过去，一双眼睛只是慈祥地注视着凯蒂，她没有朝我看，可是我从她的笑容里感觉到，她该是非常高兴我那么快就来的。

“咪，咪！”凯蒂叫了。

“你饿了吧！凯蒂，带你吃东西去。”她好像全心全意在招呼着凯蒂，竟把我这个特别为她而来的人忘了。

“蓉嫂，把它交给张妈吧！”我的眼睛一直没有离开她的脸，我的声音里，多少带点不高兴。

“我知道你今天会来的，上午我就让张妈去接你了。”她这才抬起头来，我仔细察看她带笑的眼神里依旧是忧郁的。

“接到您的信，为了您所喜欢的，我还能不快来吗？”

“谢谢你，我最最喜欢的还是看到你。”

"是真的？"

"我不会骗你的。"她顿了一下，"每次我从你哥哥的墓园回来，都好像有许许多多话要和你谈，那么多的意思只有你懂。"

说到哥哥，我黯然了，却想不出话来说。张妈正端了点心进来，我走到圆桌前坐下。

"这么漂亮的炒面，这是你的拿手。"我故意扯开话题。

"你忘了今天是你自己的生日吗？我特地请张妈给你做的。"蓉嫂爽朗地笑起来。

"啊，我忘了，谢谢您，您还记得。"

"住在僻静的乡间，就爱记挂这些好日子。"

我低头吃着面，蓉嫂在我对面坐下来，我心里想说些什么，却感到蓉嫂的眼睛在望着我，像一个母亲望着她的孩子，慈祥而亲切，我暂时不想打破那片刻的沉静。

"这次可以住几天吗？"吃完面后，蓉嫂问我。

"不，明天一早要赶回去，我没有请假。"

她浅笑着，我看不出她的表情是喜悦还是失望。

"您身体好点吗？"我仔细看她，也许是屋里的光线暗淡吧，她的脸仍然显得清瘦。

"你看我怎么样？"

"很好。"我违心地说，回头望着琴桌上的香炉，"这屋子太静了，尤其是那檀香气息。"

"这香多好，我在这儿一坐就是整半天。"

“看书？”

“嗯！我的心静极了，静得连时间拖着步子窸窸窣窣过去的声音都听得见。”

“那么我来打搅您的宁静了。”

“有一点儿，可是我不是和你说了吗？我还是喜欢看见你。”她笑着站起来说，“你先休息一下，等一会儿我们出去走走。”

她回自己房里去了，张妈进来端给我一杯茶。

“张妈，少奶奶近来过得怎么样，还好吗？”我低声问她。

“您说她心里吗？”张妈也低声地说，“我看不见得，她太冷清了。二少爷，她差不多整天也不说一句话。”

“她都做些什么呢？”

“出去散步，大少爷的坟上，每天都要去一两次，要不就坐在这儿对着这香炉念经。”

“念经？”我诧异地问。

“是的！您说她年纪轻轻的，何必这样。我看她这样养病，倒要闷出病来了。二少爷，您还是劝她干脆进城找个工作做吧！”

我没有回答。只是喝着茶，沉思着，张妈收拾着东西出去了。我靠在椅子里，闭上眼睛，心情有点恍惚，站起来把蓝纱帘拉开了，窗外投进明媚的阳光，风轻轻地吹拂着满院的树木花草。我踱到院子里，对着五彩缤纷的花儿，长长地舒了口气，心里也觉得畅快些了。

蓉嫂从里面飞快地跑出来，原来她已换了一身轻便装束。鹅黄夹淡绿的绒线衫，浅灰长裤，肩上披着白色短外衣。长发梳上去，束了一根白缎带，像电光似的一阵闪亮，我仿佛像看见一位仙子从天空飘落下来。

“蓉嫂，您太美了。”我忍不住赞叹。

她向我灿烂地一笑，回头朝屋里说：“张妈，准备晚饭，我们出去玩了。”

一阵风似的，我们顺着山路跑去。

“到哪儿去？蓉嫂。”我问。

“你哥哥坟上。”她说。

“不，蓉嫂，换一个地方好吗？”

“你不愿意？”

“不是的，我难得来，我们不能轻松一点吗？纪念在心里，不在形式上。”

她不坚持了，我们并肩默默地走着，我不再问她到哪儿去，只是跟着她转弯。我们走向一条广阔的山路，攀登着石级，渐走渐高。她指着远远石壁上刻着的一个大佛字说：“你看那字现在离得那样远，一会儿就在眼前了。”

“距离是相对的，只看我们有没有勇气走近它。”我说。

她没有作声，阳光照着她，她的脸颊因爬山而泛上红晕，美丽的身躯显得健康而活泼。她眼里闪着光芒，可是那光芒射得远远的，没有落在我的身上。

“太热了。真不像是冬天。”她脱下了外衣。

“这是春天，蓉嫂，我们难得遇到这样的好天气。”

“你觉得怎么样？”

“我觉得很快乐，您今天的装束使我想起刚刚见到您时候的情景。”

她的脸容忽然暗淡了，我有点着慌，却不知说什么好。我们又默默地爬上山顶，到了一个寺院门前，对着大门口的弥勒菩萨，我说：

“他总是那么笑脸相迎，哪儿知道每个游人都有自己的心事。”

“你也有心事？”她瞥了我一眼。

“我的心事已经藏了好多年了。”

她好像没有听到，却用完全不同的一种口吻说：“这儿有个好地方，你一定喜欢。”

那是一个人工穿凿的石洞，沿着石壁自下而上。我们一前一后地爬上去，愈高愈窄，黑黝黝的，我的手触到了她的脚跟，我低低地喊了声：“蓉嫂。”她也回我一声：“虹弟，小心点走。”在这相互的呼唤里，我顿感这世界只剩下我们两个人。可是一下子就穿出了石洞，到了顶上，依旧是风和日丽，依旧是游人如织。她倚着转角的铁栏杆，一手理着被风吹乱的鬓发，回眸看着我问：

“好玩吗？”

“好是好，可惜只是一眨眼儿工夫。”

“你喜欢黑暗？”

“有您就光明了。”

“虹弟，你不能和我谈些旁的吗？”她带点责备的口吻。

我只得不作声了。转到大雄宝殿，她忽然兴致勃勃地去摇了一根签，换来签诗一看却是条下下签。我不等她看内容就抢过来撕了，顺手在签筒里拔了一根，换来一条上上签。

“你的运气比我好。”她说。

“是代您抽的。”我说。

“你也信这个。”她淡淡地一笑，把签诗团在手心里，远远地扔出去，随着风儿不知飘到哪儿了。

我们又到山后面，渐渐地走向一条幽静的山径，太阳光像钻石似的洒在茂密的丛荫里，我在她手上取来外衣，披在她身上，两手按着她的肩，渐渐地放慢了脚步。

“在这儿休息一下好吗？”我问。

她在一块岩石上坐下来，我挨着她身边坐下，却半天没说话。

“您在想什么？”

“不想什么，有点疲倦了。”

“您尽是一个人走路，将会更疲倦。”我语意深长地说。

“往后的日子，我岂不是要一个人走着路呢？”她幽幽地说。

“蓉嫂……”我欲言又止。

她只是紧紧地抿着嘴，眼睛有点润湿了。

“您为什么这样忧郁，难道爱也是罪恶吗？”

“虹弟，你知道我爱你哥哥太深，他是永远活在我心里的。”

“可是他去世已经四年了，您不能放开一些吗？在哥哥病中，您那坚忍负重的精神，已深深感动了我。敬重您，也因此爱上您。您始终怀着希望，劳而无怨地侍候着他，直到他在昏迷中离开了您。蓉嫂，恕我又引您伤心，我觉得您受够折磨的心灵，也应该享受点人间的温暖了。”

我的声音是那么恳挚而凄怆，她用手帕擦着眼泪，说：

“我懂得你的心，我更感激你。在你哥哥病中，是你以手足的深情支持了我。他去世以后，你对我的关心更使我感谢不尽。你的性情神态又与你哥哥那么像，看见你，更使我想念你哥哥。可是他永远不能再回来，我的爱情也随着永远埋葬了。”

“埋葬了的爱情难道不能再复活吗？”

她没有再回答我，却站起身来迈步向前走去。我靠在她身边走着，看她两颊仍带泪痕，像雨后的梨花，她愈加清丽动人了。

我满心的话无法再说，只得随着她踯躅地回到家中，斜阳里的黄菊与鸡冠花绚丽地映入我的眼帘。“宝岛温暖的天气能于冬日使百花盛放，难道温暖的情爱不能医治她的创痛吗？”我心中暗暗叹息着。

蓉嫂已换去衣服，端出一杯咖啡递到我手里。深深地注视着我。从她高度的沉默里，我似乎找到些什么东西，在我空虚的心田里，也似乎填补了些什么。

晚饭以后，我们站在庭前，蓉嫂又抱了她的小凯蒂，我拿起琴来。

“要我拉什么，蓉嫂？”

“随你吧！你自己喜欢的曲子。”

我还是奏了贝多芬的《月光曲》，因为那是蓉嫂最爱的曲子。

月明似水，凄清哀怨的弦音，荡漾在肃穆的夜室中。我又看见她眼里闪着泪光，我不忍再奏，不由得愀然中止了。

“夜深了，我们进去吧！”我说。

进了屋子，她取出一件毛背心来，给我说：“穿上它，看合适不？”

我穿上了，一阵柔软暖和包围了我，我靠近她低声地说：“谢谢您，蓉嫂，您对我真是太好了。”

她默默地走过去，在香炉里燃起了檀香。

“张妈说您还念经，您以为这对您的身心相宜吗？”

她叹了口气。

“蓉嫂，接受我的劝告，变换一下生活，到城里住吧！我会使您快乐起来的。”

“快乐？”

“至少可以使您忘掉些过去。”

“我就是珍爱那一点点过去。”

“您是在培养感伤，四年了，何苦呢？”

“你不知道我和你哥哥的结合是多么不容易。经过了多少困难，受了旁人多少讽刺，我们不顾一切地结婚了。可是我们得不到你父母亲的谅解，两位老人家竟因此不肯与我们一同来台。我们来台以后，他因思念父母而变得有点忧郁，这也许是他的致病之因。”

她伏在椅子上痛哭起来了。我也心中酸楚。纷乱的思绪，想不出一句妥当的话来安慰她。

“蓉嫂，”过了半晌，我才勉强压制住悲痛说，“您有您的新生命，您爱哥哥，就应该不让他失望，抬起头来，勇敢地望着前面。蓉嫂，让我做您的扶手，您的拐杖。相信我，我是永远愿意伴着您的。”

她泪痕满面地抬起头来，无言地望着我。

“您可以扶着我的手，像扶着您自己弟弟的手，好吗？”此时，我已整个忘了自己，我的心完全沉入蓉嫂的悲哀里。

她向我无限深情地点点头，欣慰的微笑浮上了她的嘴角。

我痴痴地凝视着她，檀香气息萦绕着我们，屋子里好静。我把大灯关了，捻亮蓝色的台灯。月光从纱帘外泻进来，柔和而安详，圣诞红在风中舞弄着美妙的姿态。蓉嫂倚着窗棂，我拿起琴，拉起舒曼的《梦幻曲》，蓉嫂和曲而歌。凄婉的歌声，逗起了我种种的梦想，我深深地感到平和和恬静中有着更多的温暖。我们的心交融了。

歌罢一曲。我忽然转换了一个轻松愉快的调子，我们的心也跟着雀跃起来，笑靥回到蓉嫂的脸颊上。

她把我带给她的《约翰·克利斯多夫》拿起来，我为她翻开了一段，就着灯光，我们一同念着：

“我有一个朋友了，找到了一颗灵魂，使你在苦恼中有所偎倚。找到一所温柔而安全的托身之地，使你在惊魂未定之时，得以喘息一会。这是何等甘美的滋味……得一知己，把你整个生命交托在他手里，他也把他整个生命交托在你手里。快乐的是倾心相许，剖腹相示，一身为知己所左右。当你衰老了，疲惫了，多半的人生重负使你感到厌倦的时候，能够在朋友身上再生，恢复你的青春与朝气。用他的眼睛去体验万象回春的世界；用他的官感去抓住瞬息即逝的美景；用他的心灵去领略生活的壮美。即使受苦也与他一起受苦啊！只要生死与共，即使痛苦也成欢乐了。”

我们默然相对。凯蒂爬到我的怀里，蓉嫂轻柔地抚弄着它。

“蓉嫂，答应我回城里住吧！”我低声地恳求。

“好！”她垂下眼帘。

月亮更皓洁了，夜是那么地静，檀香气息仍旧萦绕着我们。

夜里，我睡得很甜，整夜都做着好梦。醒来时窗外已透进淡粉红的阳光，一看手表已靠近七点。我赶紧起身，在枕边拿起昨晚脱下的绒背心，洁白而柔软，我套上它，下了床，看书桌的小花瓶里已插好两朵一色雪白的大理花。“一定是蓉嫂换上的，她就是那么爱白色。”我心里想。

我拉开窗帘，吹着口哨走到盥洗室去，张妈已把洗脸水漱口水倒好了。

“谢谢你，张妈，你真仔细。”

“这都是少奶奶吩咐的，她早就起来等你吃早点了。麦片是她亲自煮的。”张妈说。

我洗完脸，走向会客室，蓉嫂已经倚在门边等我了。

“睡得好吗？”她问。

我点点头，走近她，她斜过身子躲了开去，回眸向我粲然一笑说：

“快吃了早点赶车去吧！你不是没请假吗？”

我在小圆桌前坐下来，低着头拿起汤匙搅麦片。我想起了昨天下午吃面的情景，蓉嫂也是这样坐在我对面望着我，我猜不透她心里在想什么。

“蓉嫂，您什么时候进城呢？”我忍不住问。

“再说吧！我还要考虑一下。”

“还要考虑。您不是答应我了吗？”

“答应你？我自己的事为什么要答应你呢？”

“蓉嫂！”我的声音低沉了，“您是存心跟我开玩笑吗？”

“别着急，等我决定了，再写信告诉你好吗？”

“好，我等着您，相信您不会让我失望的。”

对于蓉嫂，我是没法勉强她做任何事的。

我们又沉默了，吃完了早点，我站起来说：

“我要走了。肯送我一段路吗？”

她转身拿出一束花，又是白色的大理花。她说：

“在你走以前，可以陪我去你哥哥墓上一趟吗？”

我不忍心拒绝她，就与她一同走向哥哥的墓地。

清晨的天空是妩媚的，彩霞悠闲地浮在山边，照眼的山色在薄雾里一片青翠，几朵不知名的山花在风中摇曳着。

“这样好的乡村景色，你不觉得它比城里更容易使我恢复健康吗？”

“然而你在这儿太寂寞了。”

“我怕自己不习惯于城市生活，而且那房子空洞洞的，我不喜欢。”

“我会搬回来陪伴您的。”

“你搬回来住？”

“嗯，不好吗？”

她叹了口气。

“您怕旁人说闲话，是吗？”我望着她说。

“不完全为这，我怕我会扰乱你的心情，或者是你会扰乱我的心情。”一丝淡淡的哀怨抹上她的唇边。

我不忍心再追问下去，我知道她矛盾的心情已无法给自己抉择一条路了。到了哥哥的墓地，她放下了花，我们站立在凝着露珠的青草上，默然好久。

“我知道您现在心乱得很，一切再慢慢考虑吧！”

我们慢慢走回来，折向车站，到了车站，她忽然想起来说：

“你的琴呢，不带走吗？”

“暂时放在您那儿吧，希望您能给我带回来。”

她淡淡一笑，目送我上了车。

汽车不再像我来时那么轻快了，一路上的景色，在清晨的薄雾里似乎抹上了一层浓重的忧郁。我想起昨天一幕幕的情景，郁沉沉的屋子里飘着的檀香气息，蔚蓝的月光下蓉嫂的眼波与歌喉，似乎暗示我蓉嫂将永远把自己埋葬在忧伤寂寞里。可是我又想起幽暗石洞里的那一声相互低唤，与在明媚阳光里她那回眸浅笑，我总相信蓉嫂会找回来未曾享受的幸福，并且把幸福赐予我。《约翰·克利斯多夫》是我们一同在灯下细读过一段的书，更有那提琴的袅袅余音，将会带给她多少酸辛而温柔的回忆，那回忆里不仅有哥哥，还有我——这个痴情的弟弟。

车到了站，我穿过喧嚣的街市，直接走向办公室。在几家书店的玻璃柜里，五彩绚烂的圣诞卡陆续映入我的眼帘，我忽然想起给蓉嫂寄一张圣诞卡吧！一张最淡雅而美丽的。于是我在一家卡片最多的店里仔细选择，我揣摩着蓉嫂会喜欢怎样的一张，最后我选了一片月白底子嵌紫罗兰花朵的。那花是缎子的，溢漾着一股醉人的香气。我小心翼翼地将它套入信封，回到办公室，已近九时。同事们都到齐了，我坐下来，取出圣诞卡，凝思了一下，提笔在上面写了一行字："蓉嫂，为您选了这一张，那花心里有我对您的祝福，告诉我，紫罗兰的香味与檀香的芬芳，您究竟爱哪一种？"我再也想不出别的话了，就把它封了寄出。

三天里，我时刻在等待着蓉嫂的回音，我焦急，兴奋，失望，怅惘，百无思绪地办着公。第四天，她的回音来了，首先我捏着信舍不得拆开，手指尖触到的是一张厚厚硬硬的东西，也是圣诞卡，我想。先把它放在口袋里，等下班回家再看。因为不管蓉嫂给我的是快乐还是失望，我宁愿把期待与想象的时间拉得更长些。我真有这样大的忍耐，一直等晚上回到宿舍，在灯下，我才以微微颤抖的手拿出信来，原来是她的一张照片。她坐在弯曲到溪上的树丫叉里，倒影在水里，人影与水光一样朦胧，我看不清楚她的脸。只是那一身充满了春意的短装，却正是那天她陪我去玩时穿的。照片背后没有字，却在另一张纸上写着："虹弟，乡间买不到圣诞卡，送你一张照片吧，你不是喜欢我这一身装束吗？关于紫罗兰与檀香，我都爱。檀香使我在恬静中睡去，紫罗兰使我在温馨中醒来，然而我的心大部分时间都在沉睡中。记得那两朵白色大理花吗？我的床边与案头，多年没有像紫罗兰那样鲜艳的颜色了，谢谢你的赠予。"

我默默地念着她的信，在字里行间，我读不出她的真意来。她真像一只狡猾的小白兔，使我无法追踪，我生气地拿起笔来，写给她一封回信：

"蓉嫂：照片收到，信也读了，然而我不懂，我不明白你究竟沉睡够了没有。

我不爱那白色的大理花，它单调得使人凄凉，冷酷得使人恐惧。

您的照片使我差点连影子都难抓了，因为您竟离得那样远，我看不清您那一对会告诉我心事的眼睛。蓉嫂，我老老实实地恳求您，不要让我猜谜了好不好？您的虹弟虽年轻，感情却与老年人一样经受不起折磨。这几天，我办公时常出错误，生活都颠颠倒倒了。我心里在怨，您始终抛弃不了世俗的成见。纯真而自然的爱情是罪恶吗？您太胆怯了。这封信我不强迫您回我一个字，但如果您真的生气了，从此不愿见我，那就请您寄一瓣大理花的花瓣来，并且叫张妈把提琴送还我。否则，随您用什么方式告诉我，您并不生我的气。……”

信寄去第二天，她的回信就来了，那里面没有大理花花瓣：

“傻孩子，我无缘无故生你气做什么，看样子你倒是生我气了。我想我们不要捉迷藏了吧，实实在在地告诉你，紫罗兰的芳香唤回了我青春的梦，我爱紫罗兰和那赠予紫罗兰的人——虹弟。

世俗的成见，不足以使我犹疑，我担心的是你还太年轻，你的心承受不了我太多的忧伤，你会后悔的，到那时岂不可悲。虹弟，我想了又想，我还是暂时不进城去。提琴留在我处，每个星期天，如果你感觉寂寞的话，盼你来。”

我把信捏在手心，心头有着难以名状的复杂情绪。甜蜜、酸楚、惆怅，我相信蓉嫂的心也正是如此。我不怨她，我只能耐心地等待着，等待着有一天她的心会像清风明月似的开朗起来，而愿毅然进城居住，与我再在灯下重温《约翰·克利斯多夫》的那一段话。

这以后，我有两个月没有下乡，也不再给她写信，她呢，也不像以前那样主动约我去玩了。两心都有所期待，却难以遣此漫漫长日。我每天对着蓉嫂的照片，读着她的信，一遍又一遍地问着自己：“为什么你不能承受她的忧伤？你还不够懂得她啊！”

忽然有一天晚上，张妈匆匆地来了。她说：

“二少爷，少奶奶的心脏病又发了，她还让我别告诉您，可是这几天愈发厉害起来，今天已来城里进了医院。你快去看看她吧！”

我连衣服都来不及换就和张妈一同去医院，蓉嫂正阖眼假寐，我不敢惊扰她，却在灯光里看见她的面容比两月前清瘦许多，眉梢眼角那一丝哀愁更浓重了。她枕边放着的就是那本《约翰·克利斯多夫》，我拿在手里轻轻地翻弄着，却发现我送她的那张圣诞卡正夹在我们一同读过的那一页，一阵芬芳扑鼻而来，我捧着书，从心底涌上一阵轻柔的喜悦。

她转了一下身子，我低低地喊：

“蓉嫂，我来了。”

她睁开眼睛看着我，那梦也似的眼神啊！含着说不尽的幽怨与凄恻，她又向我手中的书瞥了一眼，想说什么却又忍下去，用一种极平淡的口吻问：

“是张妈告诉你的吗？”

我点点头。

她指指床沿说：“你坐下吧！”

我服从地坐在她身边，有点拘束，眼睛望着手里的书。

“为什么都不来信了？”她带点微愠地问。

“我在等您的信。”

“等我的？最后一封，不是我给你的吗？”

“我想您还会给我一封说得更明白点的，可是一直没有，我就不敢写了。”

她微笑了。那笑容真美。我从来不懂得拿什么形容她的美，只觉得在她面前，看去一切都沐浴在爱与幸福里了。

“您到底还是进城了。”停了半晌，我说。

“我是来治病的。”

“我和张妈去收拾屋子等您出院。”

“再说吧！”

“您还准备下乡？”

她不作声，我把书翻开来，无意中露出那张圣诞卡，她瞥了它一眼，双颊微红了。

“你的提琴带来了，在壁橱里。”她讪讪地说。

“还有凯蒂呢？”

“张妈也把它抱来，已经送到家里去了。”

“很好。现在我先回去，明天一早再来看您。”

护士小姐含笑望着我们，又目送我离开病室。我怀着欢愉的心情回到宿舍里，当晚就去家里看了一下，轻柔而甜美的梦境在我眼前展开。张妈兴冲冲地打扫着屋子，将墙壁上悬挂的哥哥与蓉嫂的结婚照摘下来，拂去了上面的灰尘，递给我说：

“您还是把它收起来吧！不要挂的好。”

“挂蓉嫂自己的照片吧！”我说。

“书房里挂一张您的，二少爷。”

张妈说话原是无心的，却怦然扣动了我的心弦，我向她感激地一笑。

第二天一清早，我捧了一束鲜花到蓉嫂那儿去。她已披了睡衣，靠在床上，海浪似的柔发披在肩头，一对水漾柔和的眼睛远远地就注视着我，我走近她，把花递到她手里。

“好美。”她高兴地说。

“比紫罗兰怎么样？”我低声地问。

“哦！有着紫罗兰的芬芳。”她低垂着眼帘直望花心。

护士小姐来给她量体温脉搏，我漫步踱到走廊里，却听见护士小姐也连声赞美着那束花，又听她低声地问：

“梅太太，您这位朋友尊姓？”

“我的朋友？”蓉嫂迟疑了一下，“嗯！他姓梅！”

“啊！原来是梅先生。”护士小姐自以为很聪明地笑了。她走出来，向我看看，我知道她心里在想什么，我也无限得意地走进屋子。

“您觉得今天怎么样？”我问她。

“很好，”她看看我，忽然羞涩地低下头去，“以后不要这样客气地您呀您的好吗？”

“我不知道应该称你什么？”

“叫名字不简单吗？”

“好，蓉——嫂。”我顽皮地捏紧了她的手。

她把脸藏在花里，脸比花更妩媚了。

琴　心

一

自从父亲去世以后，母亲的忧郁使我窒息得喘不过气，我不敢与她多提起父亲，不敢在家里弹琴，更不敢弹父亲作的曲子。每天都是捧了琴谱到学校去练习。因为在那儿，有慈祥恺悌的梁老师能解救我的寂寞，舒畅我的胸怀。

从家到学校须经过父亲安葬的公墓，每天去练琴时，我总是带一束鲜花放在父亲的墓前，然后踽踽走向学校。

父亲去世周年纪念日，天空飘着蒙蒙的雨丝，我怀着比低气压更沉重的心，从公墓门口走出来，迎面看见了梁老师。

“大清早上哪儿去，小婉？”梁老师总是这么亲切地喊我。

“去学校练琴。”我回答，“您呢？梁老师。”

“到公墓上去。”

“您也到公墓上去？！”我诧异地看着他手中拿着的一束鲜花。

“哦！看看我的小咪。”

“小咪！她是您的……”

“我的女儿。她才十四岁就死了。她弹得一手好钢琴。”他低沉地一面说，一面走向公墓。我也不自主地跟在他后面，心愈加像压着铅块似的不好受。

“梁老师，我一直不知道您有一个女儿，您怎么从没有向我提起过她呢？”我关心地问。

“一个太可爱的女孩子，我实在不忍心提到她，可是我总要常来看看她。”他已经到墓前，把花小心地放下来，沉默了一会儿，又走到茅亭里的石凳边，把雨衣脱下来铺在上面说：“小婉，来，我们谈谈。”

“梁老师，您一个人住在宿舍里，师母呢？”我在他身边坐下，无限同情地问。

“在小咪三岁的时候，她就去世了。”

“哦！”我很后悔不该引起他的伤感。

“一个多聪明伶俐的孩子，一双像森林里的月色那样清澈蔚蓝的眼珠，就跟她母亲的一模一样。”他把目光停在我脸上半晌说，“小婉，最奇怪的是她的轮廓也有点像你。”

“像我！”我这才明白为什么梁老师在第一天看见我时，就泛起满脸慈祥的笑。

“她秉承了她母亲的音乐天才，小心灵里洋溢着无穷尽的美丽诗篇。十岁的时候，她就能演奏名曲，在一次音乐会里，她演奏了一首《月光曲》，博得满堂的掌声，鲜花朵朵飞落在她脚跟前，一位夫人流着眼泪抱起她亲吻了又亲吻。可是她并不因此而感到骄傲满足，回家以后，她那苹果般的脸儿反抹上了一层淡淡的忧郁，我不知道她是为什么。有一次，她夜深起来，小精灵似的摸到钢琴边，叮叮咚咚地弹起来，好似在向谁低诉心曲，直到我把她抱入怀中，她才捧着我的脸，眼泪汪汪地问：‘爸，您说妈会听到我弹琴吗？’你想，我能拿什么话回答她呢？她就是那么一个逗人感伤的小精灵，到了十四岁，仁慈的上帝就把她带走了。”他无限唏嘘地叹了口气。

我不知拿什么话安慰他，只是默默地谛听着。

“她一去，我就不能再作曲子了，奇怪，总没一个音符能够传递我的心声，每次我都嗒然若丧地放下了笔。那一把常为她伴奏的小提琴，亦已经蒙上一层厚厚的灰尘了。”

我瞥见他额上隐约的皱纹，仿佛他凄怆的往事同样萦绕在我的心头。因为我想起了自从父亲去世以后，母亲也从不碰一下钢琴了，忧伤真能催人的心情老去啊！

梁老师深湛的眼神注视着我，一手把我的肩抱得紧紧的。

“小婉！”他的声音变得非常温和，“你知道我非常爱你吗？你的愁容，你的笑靥都使我重新看见小咪，你帮助我寻回了旧时的灵感。看见你，我觉得小咪逐渐在长大了。她的天才将会有更大的发展。小婉，你必须加倍努力，我将以全心灵来灌溉你。”

我被感动得说不出一个字来，只是依在他身边，让眼泪沾湿了他的襟袖。我似又仰望到父亲的慈容，充分享受着他的爱抚。

“梁老师，我也是非常爱您的，只是以前不怎么觉得罢了，从今以后，我也倾全心灵爱您，梁老师，让我来做您的小咪，答应我，快乐起来吧！”

我们紧紧相依着，微风细雨飘拂到我们的身上和脸上，一阵寒意，却愈使我们体会到心头的温暖。

二

我像小雀儿似的蹦蹦跳跳回到家中，可是母亲惨淡的容颜立刻又把我笼罩在阴暗的气氛中，她一个人站在院子里，手里拿着一枝开残了的月季花，落英片片飘到地面。

“妈，您怎么站在雨地里，小心着凉啊！”我扶着她慢慢走进屋子，她单薄的身体真是使我担心呢！

“你又到哪儿去了，小婉？”

“去看一位老师，妈。”我随口回答。因为我不愿意告诉她去练琴，更不愿让她知道去过公墓。

“今天是你爸爸的周年，你记得吗？”她眼里已满是泪水。

“记得，妈。”

“把你爸爸作的曲子都拿来。”她走到钢琴前，开启了琴盖。

“妈，您还是不要弹吧！”我凄婉地恳求。

“拿来！”她像石膏像似的坐在凳子上。

我不得不把父亲的曲子全拿了给她。琴音像幽谷里呜咽的泉流，从母亲的手指尖上涌出，一声声敲碎了我们的心，泪水落在琴键上，她终于悄然而止了。

“妈，去休息吧！”我伏在她身边说。

“一年来我好像天天听见他柔情的呼唤，怎么今天的琴声反而这么模糊！”她站起来，梦幻似的望着父亲的照片，我从她迷茫的眼神里，感到人世间难于填补的缺憾和空虚。

三

月明如水的夜晚，悲凉的情绪实使我再不能与母亲愀然相对。我又悄悄地跑到学校去，坐在琴室里，只是反复地背诵着父亲的曲谱，可是当我弹到他一支未完成的曲子时，我伏在琴上哭了。

“孩子，不要哭，再弹下去。”梁老师不知何时已轻轻地站在我后面，温和地抚摩着我的头发。

“不能啊！梁老师，因为爸爸没有作完它。”

“再弹一遍！”他靠在琴边，抽出了铅笔。我重新弹着，眼睛看着他疾书的笔尖。

“多美妙的乐章，小婉，这是你父亲的杰作。”

“这是他为我母亲生日作的，可惜没写完他就去世了。”

梁老师衔着铅笔沉思了一会儿，又坐下来伸手轻轻敲着琴键，铿锵清脆的琴音萦绕在静静的琴室里。他凝神思索着，侧身倾听着，我忽然看见他的眼珠像蓝天的星星一样，闪动着一线安详而深远的喜悦。他将我一把拉起说：“小婉，陪我到外面散散步。”

我们趁着皎洁的月色，穿过树荫，漫步在校园里软绵绵的草坪上。早春料峭的夜风从树梢飘来，我把围巾包着脸，梁老师把自己的大衣脱下来披在我身上。

“您自己不冷吗？梁老师。”

“不冷，我此刻心里感到十分暖和呢！”他一手绕着我的肩，举首望着遥远的天空，眼里闪着光，是一种难以言喻的神秘的光芒。

“小婉，我不是告诉过你吗？自从小咪离我而去后，我就不能再作曲子了。因为我失去的不只她，还有她的妈妈。她们母女的爱就是我生命里的水源和阳光。没有她们，我的生命枯竭了。我还能赞美什么，歌颂什么呢？可是今天你父亲美妙的乐谱好像招回了我失落的灵魂，我听来是那么熟悉、亲切，仿佛它是从我自己心里奔泻出来的。小婉，我的灵感回来了，我能够再写了。小婉，你看天空是那么辽阔宁静，宇宙是那么奥妙新奇，可是它的原动力却只有一样东西，那就是爱。孩子，只要有爱、能爱，你就有了一切，懂得一切了。小婉，明天，明天你再来，或者我来看你好吗？”

“不，梁老师，我母亲不喜欢陌生人到家里来。”

“陌生人！”他笑了一下，“好，那么还是你来吧！”

四

第二天晚上，我从梁老师那儿回来的时候，母亲已经睡了。起居室里静悄悄的，我捻亮了灯，看见钢琴还开着。“母亲又弹过琴了！”我想。不由得也坐下来展开了梁老师为父亲续完的曲谱，顾不得母亲是否已睡着，就缓缓地弹奏起来。啊！那乐调，那柔和的、甜蜜的、充满了情爱的乐调，我几乎听到了父亲的心跳和呼吸。像被拥在天鹅绒那样温存的怀抱里，我在乐声中沉醉了。

母亲的脚步声惊醒了我，她已从楼梯上下来，面色在蓝灯光下愈加显得苍白，泪珠凝在长睫毛上。

“是谁作的曲子？”她的嗓音在发抖。

“妈！您醒了！”我站起来。

“是谁把它续完了？”

“是梁老师，我的一位音乐老师！”

她没有作声，嘴唇闭得紧紧地，好像在吞咽着无限的悲痛。

“妈，梁老师也是一位天才的作曲家，我真是非常爱他的。”

母亲默默地步到阳台，在婆娑的月影里，她像是一具幽灵，她忽然掉转脸来说：“孩子，再为我弹一遍。”

当我再弹起曲子的时候，抬头望母亲，觉察到笼罩在她眉宇之间的阴云愈加低压下来，一双深潭样的眸子只是向着空空的前面探索，她想起什么来了。

渐渐地，我也沉入了幻境：父亲衔着烟斗，靠在沙发里听他自己的杰作，母亲在炉边拈针微笑。我一面弹琴，一面歌唱……谁说父亲已离去，他不是明明在我们身边吗？不然的话，这琴音、这境界究竟何由而来呢？

顷刻间，我奔向母亲的怀里，我啜泣起来了。

“妈，我恍惚觉得爸爸回来了！”我呜咽着。

“真的吗？孩子！”她捧着我的脸，幽幽地说，“我也是这么觉得，一年了，都没像今晚这么清晰地看见他的面容，听见他的声音。孩子，告诉我，这曲子是真的续下去了吗？”

“真的，妈，是梁老师把它续下去的！”

“梁老师？”她低低地问，“他是谁呢？”

“他教我音乐，他以全心灵教我。妈，他是一个孤独的人，因为他已经没有太太和孩子了。这些日子，他和我谈得很多，他是那么地爱我。我弹着爸的曲子，他听出了神。是心灵的感召吧！昨晚上他把它续成了。他说他已找回了旧日的灵感，从此以后，他一定能再写曲子了。”

月亮照在母亲的脸上，冻结在她眼睛的那一点冰块渐渐融解了，目光变得柔和起来，嘴角浮上一丝极细微的柔情的笑意，她好像想说什么却又忍住了。

她陪我回卧房，等我躺下后，带上房门，我安详地入了梦乡，一觉醒来，已是鸡声报晓，楼下传来了袅袅的琴声，母亲正在弹着梁老师作的曲子呢！

五

"梁老师，您愿意到我家谈谈吗？"我看见梁老师容光焕发的神态，不由得也高兴地问他。

"到你家去，你母亲不是不欢迎陌生人吗？"梁老师故意问我。

"我想不会的，梁老师。至少她不会像讨厌别人那样讨厌您，因为她昨天还弹了您为我爸爸续完的曲子呢！"

我恳切天真的邀请，得到了梁老师的首肯。

下午，母亲正展开纸张作画的时候，我陪着梁老师进来了。

"妈，梁老师来了。"

母亲略微吃了一惊，却慢慢地站起来，她以责备的目光瞥了我一眼，又转向梁老师说：

"对不起，小婉并没告诉我您要来……您请坐。"

"我跟小婉是最知己的朋友，你不要客气。"梁老师的神情也有点局促，只在靠窗边的椅子上坐下了。

两人沉默了半晌，似乎找不出话来说。我指着壁上挂的一幅梅花说："梁老师，您看，这是我妈画的。"

“太好了，原来你还是个画家。”梁老师由衷地赞美着。

“画家！”母亲报以一个浅笑，“消愁罢了！”

又没话说了，我端给梁老师一杯咖啡，梁老师对我看看说：“小婉是个好孩子，我非常喜欢她！”

“她也很爱您，爱您的曲子！”母亲很自然地回答。

“是真的？”他的眼睛亮起来。

“是真的，您的曲子我听了！”

“您觉得怎么样？”渐渐地，梁老师的态度自然了，也兴奋了。

母亲手里拿着笔，缓缓地荡着淡墨，眼睛望着笔尖，另一手却抚摸着铺在桌上的宣纸。

“请您告诉我，我没有把曲子的意思搞错吧！”

母亲慢慢抬起脸来，梁老师恳挚坦率的目光与她的接触了，可是母亲并没有避开。

“嗯！”她点点头说，“可是我不知道应该怎么说，总之，那不是生疏的调子。”

她的视线转向了壁上父亲的照片。

“谢谢您，谢谢您。”梁老师感慨地说，“自从我的孩子小咪去世以后，我就从来没有一天宁静的心情。是您的小婉帮我追回失去的梦，我的心灵重又得到了启示，我比以前领略得更多了。”

他站起来快快走到钢琴边，开启琴盖，铿然敲了一下，又梦幻似的说：“可是我怕这境界会像天边的彩虹，倏忽间又将从我心底逝去呢！”

梁老师幽幽的语调，好像在屋子里撒下了一层薄雾，我赶紧跑到琴边坐下说:“梁老师，我们来合奏一曲好吗？”

“好，我来奏一支三年前我自己作的曲子！”

琴音绕着恬静的屋子，沁入我们恬静的心胸，那么柔和，那么温馨，窗外飘来了花香鸟语，我分不出这是天上还是人间。

我们送梁老师走出院子的时候，他像月亮那么光辉的目光注视着母亲的脸，我看见母亲眼里含着晶莹的泪珠，也含着旁人难于察觉的带一点羞涩的安慰。

六

一点灵感，一点微妙的启示，使我心上浮起了一片荒唐而又圣洁的意念，可是母亲愈加沉默的仪容却又使我心神困惑起来。

一个晴朗的午后，我独自徘徊在父亲的墓园里，以酸楚而又满怀希望的心情，向着父亲的神灵祈祷:“爸，求您告诉我，这是不是您的意旨和安排，是不是您重新撒下幸福的鲜花，使青春长驻人间。妈爱您，我知道。妈永远只爱您一个人。这永恒的爱是不会消逝的。正如您的曲子，您的诗篇，将永远灌溉着妈的心。可是我盼望妈的心田里再滋长出一枝嫩苗，那是爱情的延续，生命的再创造，也是您神灵庇护下的奇葩。爸，答应我，让我们充分享受人间至爱吧！”

我听见自己的心声在和父亲交谈，我得了更明确的启示。在回家的路上，我又遇见了梁老师，他一手拿着鲜花，一手抱着他的小提琴。

“到哪儿去，小婉？”

“回家去，您呢？”

“到你家去。”他挽着我的手臂。

轻快的步子在给他哼着的歌声打拍子。我仔细端详他，他脸上的皱纹消失了，西装很整洁，打着一条紫红的领带，迎着扑面的春风，显得一派骀荡的神态。

“梁老师，看您很高兴呢！”

“是吗？你不也很高兴吗！”

“梁老师，您这束花真美。”

“送给你妈的。”

“啊！太好了，让我拿着好吗？”

“不，让我亲自递给她！”他朝我一笑，眼里闪着奇异的光辉。

“梁老师！”我柔声地喊，“您能想象我爸爸是怎样一个人吗？”

“你爸爸吗？一定是一个最慈爱，最懂得你，也最崇拜你妈妈的人。”

“您也一样地爱我，懂得我，梁老师，您是不是……”我忍住了。

“你还要说什么？孩子。”他拍拍我的肩。

“不说了。”我顽皮地一笑，“我想妈一定会喜欢您这束花的。”

梁老师抿嘴一笑，沉默了。我们的身子紧靠着，在柏油马路上慢慢地走去，太阳晒得暖烘烘的，碧水样的晴空飘着几丝云彩，轻风送来了醉人的芬芳。我们的心胸里都开出了灿烂的花朵。

到了家，母亲正画完一幅山水的风荷，亭亭的姿态在纸上显得栩栩欲生。

“妈，您画得太美了！”我惊奇地喊。

“看我的怎么样？”梁老师把花递到母亲手里。

“谢谢您，梁先生。当然是您的更美。”我又注意到他们的目光接触了，红晕飞上了母亲的双颊，她羞涩地低下了头，鼻尖凑到花朵上，又转身把花插入瓶中。我望着她的背影，乌黑的柔发，梳成一个入时的髻子，愈发衬得肌肤洁白。黑丝绒肥瘦合度的夹衫，显出身材的苗条，岁月何尝带走母亲的青春呢！

梁老师已把小提琴放上肩，一面调着琴弦，一面以征求的口吻向母亲说：

“我们来合奏一曲好吗？”

“你要我弹什么呢？”母亲向他嫣然一笑。

“弹我为你作的曲子好了！”

我目不转睛地望着他们，这才恍然大悟，在我这许多天来的困惑烦恼中，母亲和梁老师正在编着心灵的歌曲呢！

我借着倒茶连忙溜回到自己的房间里，静静地坐着，沉思着，听隔室的琴声传来和谐而甜蜜的调子。欢愉的泪珠不由得滴滴滚落下来，抬眼望书桌上父亲的照片，他慈爱的目光正在赞许地对着我微笑呢！

“爸！您伟大的歌曲完成了！”我伏在床前喃喃地说，“愿您祝福他们！”

长沟流月去无声

婉若批完最后一册周记，推开本子，看看腕表，已经是深夜一时。她伸伸懒腰，打了个呵欠，觉得肚子有点饿。打开壁橱，取出饼干盒来，一摇却是空无所有，才想起在屋里蜷缩了一个下午，忘了去福利社买点心了。再拉开抽屉，抽屉里一个瘪瘪的报纸小包里还剩下几粒花生米。打开来撮一粒丢在嘴里嚼，偏偏又是坏的，一股烟油味直冲喉鼻，不由得咳呛起来。连忙去拿开水瓶倒开水，热水瓶却只剩下小半瓶水。她倒一点在杯子里，喝了两口，一点不烫，在嘴里温吞吞冒着一股消毒药水的味道。她最怕温开水，要喝就是烫烫的红茶。浓浓的，香香的，那像醇酒似的颜色更美；就不喝，捧在手心，凑在鼻子尖上闻闻都好。那淡淡的幽香曾使她的心灵沉静过，也陶醉过。可是现在，手里却是一杯半冷不热的白开水，淋在心口上凉森森的。环视屋子里也是冰凉的。早春的深夜，从窗外涌进一阵寒意，包围了她。她真后悔，应该买个电炉放在屋里，随时可以煮点开水，再买点红茶来泡泡。啊！她又想起红茶来了。可是她就是这么懒散。十多年的教书生活，十多年的单身宿舍生活，把她压缩得成了一架定时开放的放声机。说话是刻板的，进出课堂时，动作是刻板的。一回到宿舍，就像蜗牛钻进了壳，蜷缩成一团，心也像一团揉皱的纸，摊也摊不平直。她不知自己为什么非住单身宿舍不可，台北有位母亲一样的姑妈，她再三地欢迎她，她就是不去，连周末玩玩也很少去。总说自己要改作业，要做礼拜。要做这，要做那。其实她是什么也不想做，有时就整整在床上躺上一天，连饭都懒得起来吃。她不去姑妈家的原因是怕她唠叨："婉若呀，你也该打扮打扮，出去玩玩，散散心才好。年纪轻轻的，怎么变成这样？"姑妈就不止一次地这样说过她。"年纪轻轻的。"唉！都三十九岁了，还能说是年纪轻轻的吗？从二十五到三十九，整整十四年的年华悄悄逝去了。还有那位比她小四岁的表弟彬如，总用一双奇异的眼神盯着她。常常在吃饭的时候，他们面对面坐着，她怎么躲他的视线也躲不开。她想他一定在注视她眼角渐渐出现的皱纹了。他一定在取笑她身上又长又大灰扑扑的黑毛衣了。当他喊她表姐时，她心里好别扭。因为他的声音是那么温和而彬彬有礼，生恐喊响了会惊吓她似的。尤其是当他带了大批男女朋友回家来玩的时候，她就会像逃难似的赶紧逃回学校。她觉得她不是故意严肃，而是她的心再也活泼不起来，年轻不起来了。青春在这十四年迷茫的怀恋中逝去了。怀恋中的人不会再见面，青春更不会再回来了。

她幽幽地叹了口气，叹气在她已成了一种习惯，可是当着姑妈，她就得注意，不敢随便叹气。因为姑妈会说:“年纪轻轻叹什么气？”姑妈老说她年纪轻轻的，无异是对她的一种讥讽。但她知道姑妈是无心的。而且在老年人心目中，她，一个小辈总归是长不大的孩子。就是对三十四岁的彬如，姑妈也还是喊他的乳名毛毛哩。有时当着客人，就把彬如急得直跺脚:“妈，你怎么啦？”说着，用眼悄悄瞟她一眼，露出一嘴洁白整齐的牙齿笑嘻嘻地说，“表姐，你不会笑吧？”姑妈就说:“她笑什么，你们还不是一起长大的。”这一说，说得她脸热烘烘的，不得不找个理由走开了。她比表弟大这么多，小时候，表弟脸上挂着眼泪鼻涕都是她给擦的。如今表弟是海外学成归来的博士，大学知名教授。而她呢？一直在中学里教书，一教就是十四年。表弟曾多次劝过她海外深造，还曾为她抄来大学毕业的成绩表，但她就是打不起精神来。来台湾以后，这颗心好像一直在等待中，一年又一年的，终于，她知道他不能来了。就算他能来，他也只能偶尔来看看她，陪她散散步，在幽静的公园里坐坐。就如在西湖孤山放鹤亭中，默默对坐似的。但那时每次见面，她都像有一句最重要的话不曾对他说出来，便匆匆分手了。当时，她总以为会有机会说的，谁知一别就是这么些年，这句话永远没机会说了。不说也好，她又对自己叹了口气，纵然说了，他也不会毅然和她一同来台湾的。因为那时他有一个家，一个心爱的小女儿陷在苏北，他要设法接他们到江南后才能走。没想到大陆变化太快，他来不及去了。现在，他究竟怎样了呢，他还住在那一间临湖的水阁里，悠闲地画他的荷花和竹子吗？他还是自己在屋里点起油炉煮面条吃吗？还是用古色古香的宜兴茶壶，沏一壶浓浓香香的红茶款客吗？他也许已经和他的妻子女儿在一起，但在一起是不是快乐呢？

她就是这么恍恍惚惚地想着，越想越没个完。凄淡的月光从窗帘间泻进来，夜已很深了，脚又冷。她把热水瓶里一点剩余的水倒出来洗了脚，就上床躺下了，躺了半天，翻来覆去地仍睡不着，她又想服一粒安眠药了。服安眠药容易成习惯，她不敢随便多服用，彬如就时常劝她不要用安眠药帮助睡眠。

“别吃安眠药，多散散步，自然就睡得好了。”彬如问她，“表姐，您为什么总不肯出去散步，换换空气？”

她对他淡淡地一笑，说不出所以然。

“从前您不是这样的人，在杭州时，你喜欢骑车，喜欢划船，喜欢爬山。记得吗？我们有一次在西湖苏堤骑车比赛，您膝盖上跌了一大块伤，结果还是您胜了。还有一次夜晚，我们划船比赛，这您就划不过我了，可是在岳坟，加入了心逸先生帮您划，你们胜了。”

他又提到心逸了。他已不止一次地提到他。心逸先生如何有学问，如何洒脱有风趣，他的荷花与竹子又是画得如何地风神飘逸。总之，他也是很钦佩心逸的。可是这次他提心逸时，语音与神情有点特别，熠熠发光的眼神也探索似的望着她，似将照透她的心。

她掉开脸，眼睛望着空茫茫的前面说：

“尽提那些古老的事儿干吗？”

“因为您喜欢追忆，我在帮您追忆嘛。”他顽皮地逗她。

“你错了，我并不喜欢追忆，我的生活没有过去，没有将来，只有现在，扎扎实实的现在。”

“扎扎实实的现在，嗯，但愿您能如此就好。我妈总担心您还不够扎实。我也为您担心。在海外的时候，我给您写那么多信，您都很少回。就是回也是三言两语，像给学生作文后面下的批语。但我不是学生，您不知道我读到那种类似‘词意畅通’‘文情并茂’等的批语有多失望。在海外，我也是很孤单的，我渴望亲人的关切，只有妈和您的信才会使我专心读书工作。妈的信是您代写的，您那么委婉曲折地体贴妈的意思，字里行间流露出无尽的慈母之爱。而您自己给我的信呢，四个字，惜墨如金，所以，表姐，我真不了解您。”

他哪里是不了解她呢？他是太了解她，也太关切她了。这种了解与关切，给她心灵上增加了一层重重的负担。她宁愿世上再没有一个人惦念她，让她无声无息，静悄悄地枯萎，消逝。因为在人世，她似已无所企盼了，如要说有的话，那就是那一线几乎完全断绝的希望——心逸能来台湾。啊，心逸，你在哪里，你还无恙地活着吗？你肯试着来台湾吗？你为什么不试试看呢？许多人都来了，你为什么不能呢？是为了妻子与爱女吗？可是你为什么又那样使我深深地感觉到，你是爱我的呢？我对你毫无奢望，毫无期求。只要你明明白白地对我说一句，你是爱我的，我就放心了，我也甘心了，此生为你孤独一辈子也甘心了。可是你没有说，尽管每次你那摄人魂魄的眼神那样炙热地望着我时，你都不说。啊，心逸，你不说我也原谅你。因为你是个正人君子，你是个负责任的丈夫与父亲。你不说我更敬爱你，更狂热地单恋你。单恋，是的，我对你只能算是单恋，我不顾同学的讪笑，师友的非议，长辈的劝阻，我曾发下誓，此生只为爱你而活。是的，心逸，我爱你！

然而如今，我们却隔绝在两个世界里，你在我心中存亡未卜，我在你心中也许早已死去。可是我的心不死，整整十四年了，就是这一点点游丝似的希望在支持我，我在等你突然飞来一纸短简，告诉我你平安无恙。在等你有一天会冲出藩篱，来到台湾。啊，心逸，只要我的手能再握在你热烘烘的手心里，只要听你说："婉若，你真好。"只要再一次，我就可以带笑瞑目而逝了。可是有这一天吗？心逸，我们能再见面吗？在台湾，还是在朦胧的西子湖的晨露中呢？

枕边已湿透了一摊泪水。她不禁可怜自己的脆弱与落寞。她原不是个好哭的人，尤其是当老师以后，当着学生每天得说些积极人生的励志哲学，每天得面带严肃的笑容，这笑容在她脸上像结了一层硬壳，绷得她面部的肌肉非常疲乏。回到寝舍，才把这层硬壳剥去了，剥去后对镜子照照，面容却又如此苍白憔悴。眼角的皱纹与嘴边两道隐隐约约的细沟，刻下了她十四年无热无光的岁月。尤其是那被赞为翠黛沉沉的眉峰，与澄蓝似潭水的双眸，如今也一天天显得黯淡了。她的泪水不住地从眼角滴下来，湿透的枕头，浸得她面颊凉沁沁的。她不能再躺着了，她坐起身，望望窗外正挂着一钩淡月，把疏疏落落的树枝的影子投在窗帘上，这朦胧的光影又逗起了她的梦。她侧身在抽屉中取出一个玛瑙图章，默默地一遍又一遍地念着上面的篆体字："长沟流月去无声。"这是她请心逸刻的，她永远不会忘记那一天她请他刻这枚图章时，心头的兴奋、紧张与羞涩。她也永远不会忘记心逸微笑点头答应她时，眼中的神情。他似乎在问她什么，又似在回答她什么，似在嘲笑她，又似在赞美她。那眼神啊，既威严而又和蔼，既洒脱而又矜持。使她心慌，使她迷惑，使她感到幸福，也使她感到心酸。真的，她每次见了他，就会一阵阵地心酸。尤其是那一次，他答应替她刻图章的那一次。

那是一个仲夏的傍晚，落日余晕散布在浓密的树荫道上，她在课后散步上西泠印社，看看碑帖。她正在打开一部石印的苏东坡手抄的陶渊明诗在欣赏，却见心逸远远地走过来，她连忙迎上前喊："孙先生，您也来了。"

其实她刚听完他讲词选，下课后，她一直沉浸在他读词的铿锵音调里。带着半幻梦似的心情，来到这儿，没想到他也会出现在她面前。所以她喊他的时候，抑制不住声音的兴奋，他也一定听出来了。因此她觉得有点不好意思，脸也不免红红的。她每次面对他时，总是显得局促不安。

"我来选一枚刻图章的石头，还买一盒印泥。你呢？"

“我只是随便看看。”她手里还捧着那部陶诗。

“这不是真迹，没有意思。”他说，他对什么都一目了然似的。

“您替我选一本字帖好吗？”

“你可以学黄道州的字。你的字与黄石斋比较近似。”

“是吗！您不是也喜欢黄石斋的字吗？”

“有点像，但我看的各种碑帖多，已经变成不知什么体了。”

“孙先生，我真喜欢您的字，我学您的字，可以吗？”也不知是哪来的勇气，她会说这么一句半开玩笑的话。

“学我的，真是取法于下，不知要变成什么样的字了。”

“孙先生，你肯为我画一幅荷花，题上您自己作的词，再盖上您自己刻的图章吗？”她已经把陶诗放回原处，随着他慢慢走到一片竹林中的石桌边坐下来。

“可以，不过得慢慢来，我应当把自认为最满意的东西给你。”他笑了，笑容里带着湖水湖风的清凉。她深深吸了一口气，似乎在吞下他给她的那一份清淡而又浓郁的情意。不知怎么的，她总意识着他对她有一分情意。这，也许从他的眼神中感觉出来的。他的脸容原是非常严肃的：宽广的额，浓黑的双眉，一对闪烁的眼睛，使与他差不多年龄的男学生都有点怕他。可是她却时常好奇地向这对眼睛探索，当她的视线与他的接触时，她虽羞怯，却不躲开，因为她要用她的眼神告诉他，她是多么崇拜他，多么渴望他能多望她一下。起初，他把视线马上转开了，可是渐渐地，他看着她时，似乎在对她微微点头，赞许她的用心听讲。可是尽管如此，他的眼神是严肃的，带着一丝冰一般的寒意。她却对自己说：“没有关系，到哪儿，我都要探索你的眼神，我要融去那里面的冰。”

冰渐渐被融去了，她相信。由于她火一般炙热的眼神不断地向他投望，由于她想尽种种机会向他请教，他应该感觉到这个女学生对他的迷恋。渐渐地他不再回望她了，他在逃避她的这份恋情。但是，为什么呢？为什么他要逃避呢？这原因她不久就清楚了。他已经结婚，有一位克勤克俭的旧式太太，更有一个可爱的三岁小女儿。知道了这些以后，她曾伤心地痛哭过，她对自己说，除了这一对眼神，除了他的声音笑貌，她不会再对世界上任何人着迷。而且她发誓要使这对眼睛，有一天能无所顾忌地望着她，悄悄地对她说：“顽皮的女孩子，我懂得你的心意，别再这样望着我了好不好！”她就将倔强地说：“不，我要这样望你一辈子。因为望着你，我才感觉到自己有生命，有温暖，有爱。”可是这些话始终没机会说，因为他始终没有无所顾忌地望过她。

可是此刻，在寂静的西泠印社的竹林中，他是那么深深地看着她的脸，她的眼睛。他微笑着，不同于平常的笑，她似乎明白那笑里的意思了，于是她鼓足勇气说：“孙先生，您肯为我选一枚图章，替我刻几个字吗？”

他又点点头，问她：“你要刻什么字？”

“随便您，一句诗或是词都可以。”她又仰着脸，半醒微酡似的说，“我真喜欢你刚才教的那首《临江仙》：长沟流月去无声，杏花疏影里，弄笛到天明。多么悠闲，却又是多么孤高寂寞啊。”

“嗯，恰似苏东坡的‘拣尽寒枝不肯栖，寂寞沙洲冷’。词人总是寂寞的。”

“您寂寞吗？”

“我不算词人，”他又对她一笑，他没想到她会这样坦率地问他，“何况我忙于读书，还来不及想到寂寞。”

“听说您有一个可爱的小女孩，为什么不带到杭州来呢？”

“我父母亲年纪大了，内人要在家侍奉二老，女儿得跟着妈妈。”

“您真幸福，孙先生。”

他又笑笑，他承认他是非常幸福的，可是这微笑使她心酸。她希望他说：“也不见得，人，总是在追求着一种得不到的东西的。”但他没有那么说。他是不会对她那么说的，她知道。他是她的老师，他又是那么矜持、高深莫测的一个人。他对任何人都不会说出心里所想的事情的。他们对坐在石桌前，晚风吹着竹叶，飒飒作响。这里很静，没有什么游人经过。这是个谈心的好处所，她原可把心事向他倾谈，但她又不想说了。她想话还是别说出来的好。他教她词的时候，总是说上乘的作品必具有含蓄的美，深意常在欲言未言之间。这是他对词的看法，也是对生活的看法。因此，她只淡淡地说：

“孙先生，就请您替我刻‘长沟流月去无声’那一句词好吗？”

“好，等你学好了画，用这枚闲章来补白。”

“画，你肯教我吗？”

“我只是偶然画来消遣，没有功夫的，不能当你的老师，你的天分高，应当从名师学习。”

“我不要成画家，我也只要像您似的，画荷花与竹子。”

“婉若，人应当发挥自己的独到之处，不要随他人脚跟，学他人言语，那是没有意思的。”

他忽然摆出一脸的严肃，语重心长地说。眼中那一丝似询问又似答复的神情完全消失了。她心中一震，立刻站起身来说：

“孙先生，我们回学校吧。”

他们沿着湖堤回学校。一路上，潮湿的湖风吹拂着她的脸，夜色渐浓，她已看不清楚走在他身边的人的脸，但她感觉得到他那分带有歉意的微笑，她不想再逗他说话了。回到宿舍里，她无缘无故地淌下了眼泪。

第二天上他的《论语》课，她就一直低着头不朝他看，只听他满口的仁呀智呀的讲解，她不喜欢听，这种课恰恰与他头天傍晚说那句时一样，不像他讲词时充满了感情。她一直没抬头，却似乎感到他曾好几次把目光投向她。当天晚上，他问她：“婉若，你今天有点不舒服吗？”

她笑着摇摇头。

“到我屋里来取那枚图章，已经替你刻好了。”

“那么快？”

“你既那么喜欢这句词，我就连夜给你刻了。”

“谢谢您，太谢谢您了。”

她随他到了寝室。去他屋子，这不是第一次，但这是第一次他正式邀请她。他的屋子很小，很凌乱，桌上、椅上、床上全是书。每次她都想替他整理一下而又不好意思，一个有学问的人就是这么乱的。

“你要喝什么茶，清茶还是红茶？”

“您还有两种茶叶？”

“嗯，都很好，是云南的雨前茶与茶砖，夏天宜于喝清茶，冬天喝红茶。”

“那我就喝清茶，我自己来泡。”

“水瓶里的水不行，我来煮。”他插上了电炉，“煮茶应当用炭火，用电炉就差劲了。茶有助文思，令人清心，所以我要用好茶叶，可惜这儿的水不好。”

“西湖的水还不好？”

“你看多混浊，一定要虎跑或九溪十八涧的水才好。”

“您这样讲究喝茶吗？”

他笑着点点头，眼中那一丝似询问又似答复的神情又回来了。

他在抽屉里取出一幅画说：“打开看看，送给你的。”

她打开一看，原来画的是一个美人，倚着一树疏疏落落的杏花在吹笛子。

“孙先生，没想到您还会画仕女。”她赞叹地说。

“这是我写的‘杏花疏影里，弄笛到天明’的词意。盖上“长沟流月去无声”的章，你以为如何？”

“太好了，太好了，谢谢您，孙先生！”

他已经为她沏好清茶，她捧在手中，一阵阵清香扑鼻。那清香一直浸润着她的心田，直到如今。可是她现在桌上摆的是一杯冷冰冰的白开水。她陡然像从一个温馨的梦中被惊醒过来，眼前景色迥异，那幅美人吹笛图，竟于匆忙中不曾带出来，幸得这枚图章还在手边，足供她绵绵地追忆！

“婉若，”她听他悠扬的声音喊她，“我也喜欢这三句词，这表示一种执着的情操。尽管长沟中月影，无声地流去，而她只顾弄笛，忘了夜深，忘了时光的流转，不觉已到了天明。这是风露终宵之意，你觉得如何呢？”

她站得靠他那么近，她但愿能倚在他胸前，抬头仰望着他，对他说：“我懂这词的深意，我也更懂您的深意。”可是她没有说，她只偷偷抹去眼角的泪珠，转脸望着窗外说：“孙先生，您看西湖的夜色多美。”

心逸默然半晌，然后叹息了一声说：“婉若，你真好。”

这三个字，包含了千言万语。她懂得，她不必再问什么了。她放下杯子，拿起画与图章，就回自己宿舍了。那一晚，她流了一夜甜蜜的泪水。如今想来，她是多么地傻，她为什么一句都不问他就走开了呢？她不是渴望着他说爱她吗？她为什么反而自己躲避开了呢？

又是一次他们一同喝茶的情景。那是她毕业以后，在杭州最后一个严冬天气。那时局势已经很紧张，他特地约她去他宿舍喝茶。窗下的梅花枝上，压着沉甸甸的雪。他在屋中生起炭火，二人冒着雪，在蜡梅花枝上撮下了积雪，丢在小瓦壶中，用云南茶砖煮了一壶茶，倾出来的茶红似醇酒，香味浓烈。他端一杯放在她手心里，说："尝尝看，临湖赏雪，雪水烹茶，这才是真正的品味人生。"

她把杯子捧在手心，闻着香味，眼睛望着满是雾气的玻璃窗外。湖上的水、天、山色，都是一片朦胧的白。她再回过脸来，望着他，心里在搜索适当的词句，对他说出当时的感受。可是她搜索不到那恰当的字，只是喊了一声孙先生又默然了。

"婉若，希望你好好保存那枚图章，连同那幅画。因为——人生聚散无常。"

"怎么，您要离开这儿吗？"

"哦，我要回故乡看看，也许把家眷接出来。"

"假使老人家不愿出来呢？"

"那我就留在那儿照顾他们，因为局势不太好。"

她的心在往下沉，沉向一个凄冷的幽谷。她没有心情再问什么，只是默默地啜着那杯红茶。茶更浓，也更苦涩了。

"再给你加点热开水，蜡梅花上的雪水，恐怕别处不容易有。"

"我不会离开杭州，无论局势怎么乱，我也不打算离开。我年年可以饮蜡梅花上的雪水。"

"别说傻话，婉若，你太年轻了，环境的剧变又不适宜于你。我不要紧，安顿好老人以后，可以设法走。"

"您可带家眷走吗？"

"当然可以，先向南走，然后到台湾。"

"到台湾，那么如果我也去台湾的话，我们还可以见面。"

"是的，婉若，无论如何，你应当走的，记得你以前作的一首诗吗？'今夕灯前珍重别，天涯处处月明多。'我很喜欢你这两句。"

"现在恐将成谶语了。"

"不会的，将是月明处处。我们会再见面的。"

她抬头望了下窗外，一轮圆月正挂在高空。这是台湾的明月，也是杭州湖上的明月，他现在是否正在望着这轮明月呢？

"我等你，孙先生，我一定等你来。"她是这样回答他的，心跳得很厉害，她想说："此生我不会再为第二人等待。"可是她咽下去了，也咽下了一口苦涩的红茶，和着苦涩的泪水。

"婉若，你真好，可是我……"他没有说下去。

"你怎么样？"她迫切地追问。

"没有什么，我感触很多，心很乱，我只希望你到台湾以后，能够比现在快乐，我们若能再见面时，希望看见你明朗的笑容。"

"我能吗？孙先生。"她心里喃喃着，"一切都在你。只要你对我说一个字，只要你肯放弃一切，去台湾。"

她永远不会说出这样的话的，她的教养、她的道德观念不容许她说。尤其是对心逸，她不忍心说。

他们就那么怅怅惘惘地分手了。不久，局势更紧，她随着姑妈一家离开杭州了。到火车站是深夜三时，车站上逃难的旅客惶惶然地乱挤着，行李堆得像一座座小山。母亲喊，孩子哭，一片混乱，顿时使婉若心慌起来。每天躲在家里，或是去宁静的西湖边，一点也没感觉到战乱的情景，今天她才知道自己的决定是对的。火车班次已乱，随到随开，也不知车什么时候会来，车上有没有空座位。她和姑妈表弟都手提行李，准备随时挤上车去。她望望黑黝黝的火车轨道，又回头望望车站进出口处。她在盼待心逸能忽然赶来，因为她曾写信告诉他，也许明天一早走，却没有想到临时提前，来不及通知他了。但她多么盼望他来。他说过风露终宵那句话，难道他不能为她等一夜吗？

车来了，人潮涌上去，失望而心慌的她被抛在后面，姑妈喊叫她，表弟彬如奔来扶着她挤上去。行李从窗口扔进去，车上黑压压的满是人，车门口也挂了一串的人。她挤不上去，结果被表弟送上敞篷的堆煤货车上，汽筒里吐出来的煤烟熏得使她窒息，也睁不开眼。可是她还在望车站进口处。车马上要开，他不会来了。但当车开始蠕动时，她看见他了，他急忙奔进来，绝望地到处张望，她挥手大声喊他，可是他听不见。他跑到后面车厢去找了。咳，心逸，你为什么不早一点点来，早一分钟也好！现在太晚了，车越开越快越远，一切都在烟雾中迷失了。

那一片迷糊的烟雾萦绕着的她的心头，直到如今。烟雾中只有一个印象是清晰的，那就是心逸的身影。可是十四年了，心逸没有来台湾，他没有遵守诺言，他不会来了。可是他现在怎么样了呢？

婉若在抽屉里取出印泥，这只是一盒普通的印泥，颜色暗滞，哪有她在西泠印社买的印泥好。可是她在匆忙中竟不及收拾这些心爱的东西。那是一个精致的红木小盒，盖面上刻着篆字。朱红的印泥色泽鲜明而含蓄，正中有一片四方的飞金。这是他特地为这枚图章买的，却偏偏没有带出来。她用图章在这暗滞的印泥上按了一下，盖在一张白纸上，“长沟流月去无声”几个字笔力依然，而色泽黯然，这不就是她现在的心境吗？

已经深夜四点多钟了，她收起图章，和衣倒在床上，拉上被子随便地盖着，靠在枕上蒙眬睡去。醒来时，阳光已涌进窗帘，疏疏落落的花影，撒落在书桌上。她看看腕表已经七点半，吃早餐的时间也过了。宿舍里静悄悄的，她才想起今天是星期天，原答应星期六就去姑妈家的，可是这样的无情无绪，不去也罢，好在姑妈一向不勉强她的。

她正在对镜梳洗的时候，门外走廊里响起了脚步声，那是一种轻快的脚步，她分辨得出来，是彬如来了。彬如怎么这样早就来了呢？他一定又是逼她回去的。

门敲了两下，声音很柔和，显得彬彬有礼，她答应一声“进来”，彬如进来了，爽朗的笑容，关切的眼神，询问的语调：“婉姐，你这么早就起来了？”

“你这么早就来了？”她反问他，望了他一眼。他不常喊她婉姐的，当着人，他总喊她表姐，可是今天他又喊婉姐了，她听来特别亲切入耳。她感觉到自己明明很喜欢见到彬如，但两人相对时，她又躲躲闪闪的，有一种被怜悯的感觉，这是她最受不了的。彬如的英俊、洒脱、快乐，越发使她感到自己老了；他的关注，越发使她不安。

“来抓您，怕您跑了。”他顽皮地说。

“我跑哪儿去，哪儿我也不想去。”

“妈昨天等了您一下午，今天一早就要我来请您，要您一定回家。”

“我头有点痛，不想动。”

“又来啦。昨晚上一定又没睡好。”

“赶着批改作文本子。”

“您就只想把自己埋葬在工作里，不要轻松一下吗？记不记得今天是什么日子？”

“今天？是——星期天。”

彬如指着自己的鼻子尖说：“猜猜看。”

“今天。”婉若回头看看挂历，阴历二月十六，“哦，我想起来了，是你的生日。”

“对啦，我的三十五大庆，您都忘了。”

“今天是十六，昨天是十五，怪不得月亮那么圆，那么亮。”

“您昨夜一定一个人在赏月，是不是？”彬如看了下她的眼睛，微微有点肿，他向她会心地笑了一下，“妈常说十五月亮不及十六圆，今晚才是最好的。”

“哦，花好、月圆、人寿，都被你占完了。”

“谢谢您，但愿如此，您居然说这样吉利话，妈听了可高兴了。”

“怎么，难道我常说丧气话吗？”

“可不是，您常常叹气，妈就担心。”他已坐在书桌前，拿起那张盖着图章的纸：“比如说这句词，就有点——有点萧瑟。‘长沟流月去无声’。什么叫作流月呢？我就不懂，我也不喜欢。”

“我非常喜欢，我还打算命名我这小房间为流月楼呢！”

“不好不好，婉姐，还不如叫作留月楼好。”

“世上什么留得住？你真傻。”

“我傻，但我看您比我更傻。”

“算了，我不跟你咬文嚼字了，你先出去，我换件衣服就走。”

彬如点头出去了。婉若被他三言两语的，说得也不由心里轻松多了。她淡淡敷上一层脂粉，换了件紫罗兰色的旗袍，披上一件淡灰色毛衣，这是她特地为彬如穿的，因为今天是他的生日，这件毛衣是他从海外带回来送她的。

她走下楼梯，彬如站在校园里观赏花木，满院的扶桑和美人蕉开得鲜艳夺目。彬如看见婉若换了浅色衣服，披上他送的毛衣，不由得笑逐颜开，喊道：“婉姐，您实在应该穿这鲜明颜色的衣服，老是穿蓝的黑的干什么呢？”

“我喜欢那颜色，今天是为你穿的，因为是你的大寿呀，而且也让姑妈高兴点。”

“谢谢您，婉姐，您真好。”

他也说“您真好”。这是心逸说过多次的话。她的眉峰不由微微一蹙，敏感的彬如似已感觉出来了。

“又在想什么了？”

她没有回答。

“刚才我对着这明媚的春光，倒胡诌了两句不通的句子，把流月改为留月，‘小楼一角，留月待君来’。如何？”

“好得很，想不到你也作起词来了。”

“我也不知是诗还是词，反正，我是被你传染了。不过，我总觉得做这玩意儿伤神得很，还是玩玩山水的好。今天我为你安排了很好的节目，去碧潭划船拍照，晚上看电影，回家后再消夜赏月。”

“一定还有很多客人。”

“您是我唯一的客人，我和妈说好的，今天只我们一家三个人，尽一日之欢。”

“一家三个人”，彬如的语调是如此地款切、真挚、热情，使她不由得不感动。

“好，我们一定高高兴兴地玩，为你庆祝快乐生日。”

“别忘了您自己的生日就在下星期六。”

“你记得这么清楚，我自己完全忘了。”

“妈跟我都不会忘记的，下星朝六可得早点回来啊。”

她点点头，她的心像沉浸在温馨的醇酒里，昨宵一夜的凄凉寒冷都被彬如的笑语朗朗驱散了。

他们并肩走着，脚步声在光滑的柏油马路上拍打出和谐的韵律。将近家门的时候，在树荫密布的人行道上，彬如渐渐放慢脚步，眼睛款款地望着婉若，轻声地喊了声婉姐，却又不说话了。

“你要说什么？”

“我想问您，‘流’月和‘留’月，究竟哪一个字好？”

“都好。”

“那么，从今以后，我恳求您收起那颗‘长沟流月去无声’的图章，我再为您刻一颗新的‘留月待君来’。”

“你一个研究理工的，还酸溜溜地学作词，学刻图章？”

“生活的情趣原该是多方面的，我也喜欢旧诗词，偶尔玩玩可以，只不过别太伤神了。我倒很喜欢顾贞观赠吴汉槎《金缕曲》里的两句：‘词赋从今须少作，留取心魂相守。’婉姐，留取心魂相守该多好。”

婉若默然良久，抬头望望晴明的天空，青翠的树木，嫣红的花朵。十四年来，她第一次重新感觉到春光是如此明媚可爱。她脉脉地回头望着彬如，低下了头。

“婉姐，您的眼睛像碧蓝的潭水。”

“你也这么说吗？”

“有人这样赞美过您吗？”

“没有，唉！也许有，但我现在已经记不清了。”

梅花的踪迹

冰霜未尽先娇媚，芳菲欲动偏回避。原不识春愁，负他月一钩。缟衣邀共折，素袍应同惜，犹有最高枝，何妨出手迟。

——菩萨蛮

三十四年秋，抗战胜利，我随着浙江大学从龙泉回到杭州，因浙大师范学院借西湖萝苑（即哈同花园旧址）开课，我就住在临湖的水阁里，得与国文系教授丘老师晨夕晤对。丘老师是一位词人也是画梅圣手，恰巧我也是对梅花有偏爱的人，在龙泉时，就曾于课余跟他习画。回杭州以后，在那样的秀媚湖山里，更是画兴盎然了。可是丘老师很少画，也很少谈画理，他书斋壁上悬的是他十四年前的手笔，上面就题着这首《菩萨蛮》。一派高雅飘逸的神韵，使一室都浸入恬淡柔和的气氛里。我不胜钦羡地注视着它，问丘老师是什么灵感竟使他画出这样美的画，他微笑着点点头说："这确乎是一种特殊的灵感，而这灵感似乎永不能再回来了。因为那时候，我是真正接触到梅花温柔的心，做了她的知己，倾全心灵画了这幅画。”

“丘老师，这里面有故事吗？”我忍不住问。

他又是微笑着点点头，可是微笑里带一点黯然，他没有继续说下去，我也就不敢再问了。

清晨或傍晚，我陪丘老师沿着湖边散步，对着晨曦暮霭里锦绣般的西湖景色，丘老师眼神里好像冻结着一层浓重而神秘的忧郁，目光越过淡蓝色的远山，望着无垠天际的某一点，似乎在找寻什么东西。抿得紧紧的嘴角，老挂着一丝丝惆怅，看着他这副神态，我有点茫然。

冬天来了，冻结在他眼神里的那一层神秘的忧郁反而融解开来。他爱大雪，尤其爱在雪地里跑。他要我陪他在平湖秋月看湖上的雪景，又从对面的树荫道穿到孤山。孤山的梅花含苞待放了，丘老师总在花下俯仰低回，依依不忍离去，我深深感到丘老师对梅花的爱好，一定不是寻常的感情吧！

有一个下午，天气奇寒，室内的温度降到了零下，天空飘起雪来。我们从玻璃窗里望出去，粉妆玉琢的远山近水，好像缩小在一只玲珑的水晶球里。纷飞的雪片，有着梦一般的凄迷。

“大雪来了，梅花也开了，可是我看不见在一片雪光中冉冉而来的她。”丘老师忽然幽幽地自语着。

“丘老师，她是谁呢？”

丘老师把望向远处的目光收回来，看了我半晌说：“你有兴致喝酒吗？”

“好，我去暖。”我立刻高兴地回答，因为我知道丘老师将和我叙述他的故事了。

等我把酒暖了来，丘老师已经在书箧里取出一幅画与一张女孩子的照片，他先把照片递给我说：“你看看。”

接过照片，啊！那一对藏在长睫毛里的眼珠，像刚刚出现在海上蓝天的星星，是那么清明而遥远。更有那两颊上浮动着笑靥的一对酒窝，我能用什么字眼来形容呢？我只觉得在那一刹那间，上帝才真正赐予我以幸福与智慧，我才懂得什么是真正的美了。

“丘老师，就是她吗？”我问。

“嗯！美吗？”

我不能回答，因为什么话都不能说出我的感想。

“当我在之江大学任教时，她跟我学画。”

“她现在呢？”

“在一个大风雪的早晨，她失踪了。”

“失踪了！”我吃惊地喊。

“哦！为了找寻春天里第一枝开放的梅花。”是丘老师低沉的回答。

他又慢条斯理地打开那幅画，把画轴递在我手里，拉开来看，原来是一位穿紫红短袄青灰裤子的妙龄女郎，两肩垂着辫子，婷婷地站在幽静的湖边，秀媚的眸子，注视着两树压雪盛放的梅花。上面题着一行字：“红与白，娇难别，天涯影里胭脂雪。”

这幅画不完全是国画的情调，却又不是西洋写生画，那意境会使你忘却现实，忘却人间一切的不如意，而进入另一个完美天堂一般的境界里。

丘老师指着画中女郎说：“这就是照片里的女孩子。她的名字叫阿梅。”

“她是之江的学生吗？”

“不是，是我在幽谷中发现的一枝梅花，你相信吗？她就是一枝梅花。”丘老师边说边把画挂起来。

“快点告诉我吧！丘老师。”我被他的神情语调激动了。

直等到他有了几分醉意以后，才慢慢地说出以下的一段故事：

民国十九年，我在之江大学任教，那学校的环境真是太美了。我的房子，在山腰的最僻静处。每天大清早，都跑上山头看日出，遥望西子湖与钱塘江在胭脂似的朝晖里，闪烁着万点金波。然后从山背后寻着幽径回来，一路上，欣赏许许多多不知名的山花杂树，回来后便乘兴挥毫。你知道，我的画是为想写下花木的一派天真，可是我也常常笔不从心，废然搁下了。

有一个严寒的傍晚，我正在呵冻作画，画笔在纸上左右不如意，心中正是烦躁，忽见雾蒙蒙的玻璃窗外面，有一个人影在晃动，我连忙放下画笔跑去开了房门问：“是谁？进来吧！外面太冷了。”

一个女孩子一跃跳进屋子，目光像流星似的在屋子的四周画了一道圈，又落在我的画纸上。

“先生，您在画什么？”她的声音是那么清脆，像珍珠滚落在玉盘里。

“我不知道自己在画什么？我简直不能画呢！”我懊丧地回答。

“先生，您愿意和我去看看吗？”

“看什么？”

“您来！”她不等我说什么，就一把拉住我跑出屋子，我也忘其所以地随着她跑。这突如其来的小姑娘把我惊傻了。她究竟是谁，拉我到哪儿去，我都没有来得及想。我们一直跑了好长一段山径，凛冽的寒风迎面刮来，可是她愈跑愈快，双颊绯红，两片朱红的嘴唇紧闭着。

“小姑娘，你要我到哪儿去？”

她不马上回答我，却把两根乌黑的辫子甩到肩后，伸手指着山径尽头的一幢小茅屋说：“那就是我的家，先生，你看见屋那边一株梅花吗？”

我眯着眼睛望去。果真离茅屋一丈路左右，有一株婀娜多姿的梅花，在沉沉的暮霭里，显得寂寞而孤高。

“先生，您能答应为它画一幅吗？”她边走边问。

“你这样喜欢它？”

“哦！它是伴着我一起长大的。”她天真地笑了，露出玉一般的细牙。

我们已经走进茅屋，一个中年男子迎出来，惊诧地对我看看，我正不知道自己该怎么说，那姑娘抢上前去喊道：“叔叔，我找到一位画家了。”

“先生，请里面坐，您尊姓？”那男人和蔼地问。

“我姓丘，您呢？”我这才想起还没问过那姑娘的姓名。

“我姓韩，”他回头看看正在端茶出来的小姑娘说，“她是我的侄女，叫阿梅。”

“韩梅。”我低低地念着，眼睛不由得注视着她，她大约十六七岁，完全是乡村姑娘打扮，在柔和的烛光里，她那圣洁美丽的脸容，像是突然出现在你眼前的梦影，让你的思想远离尘世，而陶镕在灵的境界里。她没有一般女孩子的娇羞，却又不是狂野。眼里闪着一种似憧憬又似抑郁的光。皮肤像雪光映在梅花瓣上，透着淡粉红的亮光。这样一个女孩子，生在这样幽静的处所，是天公有意的安排吗？

我呆呆地思索着，是韩梅的叔叔唤醒了我。

“丘先生，您喝口热茶。”

“韩先生，她的父母亲呢？”我问。

“她的父亲也是一个画家，到处流浪，有一天，他把她带给了我们，托我们把他唯一的女儿抚养大，他又去流浪了。我们不知道他的母亲是谁，现在在哪里？”他叹了口气，又接着说，“这孩子的性情很古怪，她就爱天天守着那株梅花。她总想有人能把她和梅花的影子摄取在一起，今天她找到您了。”

阿梅依在叔叔身后，静静地微笑着，笑里带着对我的恳求与信托。

“好，阿梅，我一定给你画。”我感动地说，“可是要你帮着我。”

“谢谢您，丘先生，我怎么帮你呢？”阿梅跑过来蹲在我身边。

“要你常常在我面前，看见你我就能画了。”我从心底里涌上无可掩饰的喜悦。

“真的吗？”阿梅满心欢喜地大笑起来，她的叔叔也笑了，一阵暖和包围了我。

外面忽然有女人叫阿梅的声音，阿梅的笑容顿敛，却拉着我说：“丘先生，往这边走。”

她带着我从后门走到那株梅花树边，天已渐渐黑了。阿梅双手攀着花枝，感激地说：“丘先生，您真好。”

“你怎么会找到我的？”我不免好奇地问。

“我已不止一次站在你窗外看你画画，只是没有被您发觉罢了。”

“你这样喜欢画画吗？”

“我不懂，可是我喜欢看你笔尖上开出来的花朵，这些花朵，在梦里我都见过。”

“你读过书吗？”

“嗯！”她点点头，“叔叔有不少书，可是越读越使我不了解的更多了。”

“你要知道些什么？”

“我说不出来，”她微喟了一声，“比如说月亮和星星为什么不能老闪亮在天空，梅花为什么开了又谢，爸和妈的形象为什么从不曾在我心里显现过，婶婶的脸容为什么老是那么阴惨惨的……”

“阿梅，你想得太多了，那些不知道的就永远让它不知道吧！”

“可是画就不是这样，你一定懂得这大自然，懂得爱花，懂得爱草木，然后你把你所想的向他们诉说，全心全意托付给他们，不是吗！丘先生，我每次看您画的时候，您的容貌简直像神仙，丘先生，您能教我画吗？”

“你就是画，你融合在大自然里，美极了，宇宙只配为你存在……”我没有再说下去，我觉得这些歌颂都太庸俗，反而会玷污了她。

她并不理会我的赞美，仍是半梦幻似的望着黑沉沉的天幕，半晌不作一声，她又在想什么了。

“阿梅，天黑了，我先回去，明天就给你画，好吗？”我说。

她感激地点点头，又拉着送我一段路才回去。

我寻着曲折的山径回宿舍，树木在寒冷的夜风中放散着浓郁的芳香，山林的清气把我的心胸洗涤得纤尘不染。怀着一颗丰裕的心，我默默地走着，恍惚于刚才的奇遇是仙境而非人间。阿梅好像并不是我刚刚认识的女孩子，她应该是我原已蕴蓄于心灵深处的感情之泉，又好像是我相知有素、阔别多时的知己，不经意地分离，又不经意地重逢了。

我跨进房门，一眼看见刚才的纸笔还摆在桌上，画了一半的松树，慵懒地伸着笨拙的腰肢，枝上拖着几根零乱的枯藤，我一下把它团在手心里。“多么可怜，多么贫乏，这也是画吗？它也是你心灵的创作吗？”我喃喃地讥讽着自己，又像饮了醇酒似的兴奋起来，在屋里来回踱着，从那一刻起，我才恍然领悟自己原有一颗丰满的心，才懂得把心中所有的全部倾泻在画里。

整一夜，我做着断断续续的短梦，天微亮就起来，展开纸，拿起笔来，笔锋在纸上不能停留，因为那不是我的手在画，我只觉得孕育在心灵深处的一枝梅花兀自飞跃而出。挺秀中见柔媚的枝干伸展开来，疏疏密密的丰盈花朵，吐着缕缕淡绿的花蕊，使我觉得大雪纷飘的后面，正是春天的消息近了。

“丘先生！”是那么亲切地一声呼唤，阿梅不知何时已站在我后面了。

“阿梅，你来得这么早，你进来我一点也没听到。”

“您一支笔出神地飞舞着，我也看得出了神呢！”

放下笔，两手按着她的肩，再仔细地端详她，她穿着一件紫红短袄，青灰色绸裤，辫子松松地垂在两肩，天使般的笑容里，嵌着两个深深的酒窝。我凝视着她，又看看纸上的梅花，仿佛她已跃进我的画里了。

“阿梅，我这就给你画。”

“不，我要您先陪我到山上跑跑。”她娇羞地说，“我爱初升的太阳、清早的雾和在雾里开出的花朵。”

“好。”我说。

她牵着我的手臂，像一只迷失已久的小鸟，重又飞返母亲的身边，跳跃着，歌唱着，是那么地依恋亲昵、快乐天真。

我们走过一段木桥，桥下流水潺湲，她停足伫立了一会儿，若有所思地问：

“丘先生，您说这水流向哪儿？”

“流向江河，流向海洋。”

“您看钱塘江水是那样地奔腾汹涌，我常常想爸和妈一定随着滚滚的波涛而去，永不回来了。”

“你很想念爸爸和妈妈？”我问她，一面走到一座茅亭里坐下来休息。

“我想我总该有个根，我是从哪儿来的呢？您看我屋旁那株梅花，静静地长着，风霜雨雪都摧折不了她，她是属于这寂寞的深山幽谷的。”

“你也是属于这深山幽谷的，你和梅花秉承的是同一种气质呢！”

“真的，那么我一定能和梅花一样地坚贞美好了。丘先生，您高兴有我这么一个孩子吗？”

“没有法子形容我是多么喜欢你。”

“丘先生，您真像我的爸爸。”

“你记得你爸爸吗？”

“记不得，我太小了。可是我能想象，我的爸爸应该就是您这样的人。”

“你叔叔对你不错吧！”

“很好，可是他太把我看成个不懂事的任性孩子了。”

“这还不好吗？”

“我不只要求那样的爱，我有许多梦想和憧憬，他都不懂。还有婶婶，唉！别去说她了，总之，我想世界上真有美丑的话，她应该是属于丑的一面了。”

“阿梅，你懂得太多了。”我茫然找不出话来宽慰她。

她悠然叹了口气，跨出茅亭向前走去，遥远天边乌黑的云层已透出绛紫色的光，树林中的寒雾渐渐散开，太阳快出来了。我们急急爬上山头，看跳跃的金盘已自东方的山坳里冉冉上升，金光照在阿梅紫红色的衣服上，与洁白而微红的脸颊上，她露出了在热切盼望中得到十二万分安慰的笑容，恰如正在虔诚祈祷的圣女，望见了神灵的光芒。

绚灿的云彩渐渐地散开，太阳升高了，阿梅向着另一条羊肠小径指着说：“往这边下去！”她就很快地跑了。我在后面远远地跟着，跑到山脚下，她忽然停住脚喊起来：“丘先生，快来，您快来呀！”

“什么？”我诧异地问。

“您看！”她把手一指，原来在两山合抱的一块凹地嵌着一个圆圆的小湖，湖水清澈平静，令人惊喜的是湖边竟有两枝梅花，一枝兀立着，一枝弯曲到水面，在阳光里显得那样地雅淡悠远。我也不禁大喜地喊道：“太好了！我从没有发现这个好地方。”

阿梅快乐得不能说什么话了，她跑到树下，只是昂首欣赏着，半晌才和我说：

“丘先生，我们天天来这儿好吗？”

“好！”我兴奋地点点头，虽然我知道到这儿来有一大段山路，可是为了阿梅的兴致，我是绝对不辞劳苦的。

“给它取个名字好吗？”

“就称它‘梅湖’吧！这是你的地方。”

从此以后，阿梅每天都到我宿舍里来，无论是大风大雪，都没有间断过。可是梅湖却非得天晴才能去，因为山路太滑不好走。阿梅来时，就看我画画。我一口气给她画好这幅在梅湖边的画，她真是高兴极了，她对着画凝思地说：“丘先生，这地方太好，我要永远守住它。”

我教阿梅画画，她领悟得真快，运笔色调布局，经我略一指点，淡淡几笔，就画得出神入化。有时我真感到自己的指点是幼稚而多余的，且不免自惭庸俗。因为阿梅是山川灵秀之所钟，她不仅是天才，也是美的化身，除了她，没有人配歌颂美了。

冬天过去了，浓郁的春意点染了山林，梅花谢去，随着吐出了嫩绿的叶子。山中百花都抢着开放出灿烂的奇葩。我带着阿梅在附近各处游赏，因为她不愿跑得太远，不愿见外界的生人。秦望山、九溪十八涧、六和塔印下了我们重重叠叠的足迹。我们的心灵交融为一，我觉得过去没有阿梅时的生命是空洞的。我爱阿梅，像一个园丁培育他辛勤栽植的幼苗，是那么纯真恳切，像白雪不着一点尘埃。我们但愿终生相守，剖腹相示。

山中的岁月是简朴的，绝没有尘世的烦扰忧愁。我们的心也是一片安宁恬适，阿梅半幻梦似的忧伤也因我的开导而渐渐淡去，她的画更是日见进步。可是她有一个古怪脾气，就是画了画拿起来看一会儿就撕去，我总想把它抢下来，她说："何必呢？我只是为了画出内心的情绪，有时我自己都捉摸不定那瞬息万变的情绪，又何必要把画保留下来呢？"这一点，常使得我异常不快，我预感到一种不祥之兆，阿梅仿佛是雨后的一缕彩虹，她与你是那么接近，你却眼看着她在遥远的天边渐渐隐去而无法追寻。与她在一处，就好像睡梦将醒未醒之时，意识已在模糊中告诉你那是一枕将逝的短梦，而无可奈何的心情却只有恍惚与怅惘。因此我格外珍惜我们相聚的每分每刻，而每次与她分手都有着难以言喻的惜别之情。

春天、夏天、秋天，像五彩的图画，在我们眼前抽过去，整个宇宙好像都为我们增加了变幻。对于朝晖暮霭，潮落潮生，阿梅都有着不同凡人的看法与感慨，而对于因时序更换的花开花谢，她却于伤感中怀着希望地说：

"梅花是一年里最迟开放的花，所以百花虽然萎谢，我总在期待中。"

"梅花带来了第二年春天的消息，所以她应该是春天里最早开放的花。"我说。

"嗯！"她点点头，眼里露出欢愉的目光。

冬天又披着雪白的羽衣降临了。阿梅特别爱冬天，她红润的两颊、闪亮的眸子，会溶解你周身的冷气，给你更多的温暖。

有一天，下着大雪，阿梅画完画后，我捧着她冻得红肿的手问：

“冷吗？”

“不冷，”她摇摇头说，“丘先生，你怕冷吗？”

“有你做伴，我永远是暖和的。”

“那么陪我去梅湖好吗？”

“下雪，路不好走吧！”

“瞧您，都没勇气。”她噘起小嘴。

“好，去吧！”我只好依从了。

我们先是手拉着手，身子靠得紧紧的，在风雪中挣扎着走向梅湖，山径被雪遮没了，两边树枝压得低低的，身子插过去，大块的雪落在我们的头上颈里，阿梅抓起来用力扔向树梢，又纷纷撒下许多雪来。阿梅放开我的手，轻快地跑着，大笑着，我却蹒跚地追在后面喊：“阿梅，慢点走，小心滑倒啊！”

她好像没听见，只是一味依着斜坡向下飞奔，在照眼的雪光里，她好像张开翅膀的天鹅，愈飞愈远。我眯着眼望去，只见阿梅的身影缩得小小的，仿佛她将在这银色的帐幕里消失了，我心头陡然涌上一层难以形容的恐慌，好像阿梅就将如此舍我而去，永不再回来了。

等我转了个弯，才看见她已站在粉妆玉琢的梅湖畔，扬手向我招呼。我跑上前去一把拉住她的手，却又感到她的手是那么纤细，纤细得几乎会在我手心中化去，刚才那一种立刻会失去她的感觉，又不禁涌上心来。我怔怔地望着她，她像是一尊白玉的雕像，又像是一朵正开放的昙花，给予我的印象究竟是永恒还是短暂，我意识不出来，可是我的眼睛却被泪水模糊了。

“丘先生！”阿梅微微惊讶地喊。

“阿梅，你能永不离开我吗？”

“我没想过这问题，丘先生，我们既然是这样谈得来，总应该是天天见面的。”

“如果我离开这里，到别处去呢？”

“您愿意带我去吗？”她睁大了眼睛，恳切地望着我问。

“只要你肯，还有你叔叔婶婶肯。”

“他们不会来管我。”停了一下，她忽然又幽幽地说，“可是我屋旁的那株梅花，还有梅湖呢？”

“难道你永远守在这个地方吗？只要你放眼寻求，春意是充满人间的。”

她朝我微笑着点点头。

第二天，阿梅携来这幅她自己的照片，递给我说：

“丘先生，我只有这一张照片，送给您。”

“阿梅，你太美了。”我接在手里说，“可是你怎么想到送我一张照片？”

“我昨晚回去想想，你待我这样好，您又是那样愿意和我在一起，可是万一我们分离了呢？”

“我们是不应该分离的，你为什么那样想？”

“世上的事情是很难预料的。”她微喟地说。

“阿梅，我决不离开你，如果你舍不得这个地方，我就陪着你，一辈子。”

“真的？”她彗星样的眸子里闪着泪光。

我像慈父样地拥抱着她，轻轻掠开她额前的短发，无限温情地吻了她的额，我感受到一种超人间的难以言喻的安慰，甚至觉得纵使如我所预感的，阿梅一旦突然舍我而去，我也不会悲哀与失望，因为阿梅给予我的信赖与情爱，在我的生命里已倾注了永恒的幸福，上帝赐予我的已超出了寻常的爱，我再没有空虚与愿望了。

一个阴沉的下午，冻结的天空笼罩了整个山头，我正笼起火等阿梅来。阿梅忽然像幽灵似的，无声地跨进门来，脸色苍白，颊上满是泪痕。

“你怎么了？阿梅。”

“丘先生，”她竟是呜咽不能成声，半晌才说，“婶婶把我的梅花砍掉了。”

“砍掉了，为什么？”

“她不喜欢我，因而也讨厌那梅花，丘先生，那树上已满是花苞了。”

“阿梅，你不要太伤心啊！”

我紧紧抱着她，她悲切地抽噎着，又抬起迷惘的泪眼望着窗外阴暗的天空，灰色的层云在飞速地飘动，她的脸容愈加如石膏似的惨白起来。我从来没有看见阿梅如此绝望悲愤的神色，我的心不由得颤抖起来。

“阿梅。”我低低地喊，却说不出话。

“丘先生，您知道那梅花是伴着我一起长大的啊！”

“我知道，可是你现在心痛也没有用。还有梅湖呢！梅湖的梅花，一定会开得更好。”

“哦！”她忽然想起来似的抬起头，“丘先生，陪我去梅湖好吗？”

“天气这样不好，明早好吗？”我是怕她脆弱的身体受不了恶劣天气的影响。

“好，明早吧！”她微微有点失望，却没有坚持。

“阿梅，你爱梅花，梅花就活在你心里，它虽然外形萎谢了，生机是永存天地间的，一切都是如此，不只是梅花。”

“您要是眼看着它倒在雪地里那凄惨的形状，您也会伤心的，婶婶是有意砍碎我的心呢！”

她又啜泣起来，任我百般抚慰，她总是郁郁不欢。趁着天还没有黑，我陪她回家去，一路上，我挽着她的手臂，像牧人带领着他的小羔羊，慢慢儿在树林里走着，快要到她家的时候，她忽然转脸问我：

“丘先生，您说梅花是春天里最早开放的花，它是在迎接春天的来临吗？”

“是的。”

“我一定得陪着它，不能再让人戳伤它了。”

在她家门口，她又紧紧捧着我的手说：

“丘先生，明天早晨，您在家等我啊！”

我忧郁地望着她的眼睛，在黑暗里，我感到她的眼睛里放着异常的光，好像是望穿了眼前暗黝黝的一片，一直望到了另一个世界去。泪珠凝在长睫毛上，弧形的嘴角紧抿着，无限的感伤、盼望、决定都逗留在那儿，可是她没有再说什么。

“阿梅，天冷，进去吧！”我低声地说。

她依依地放开我的手，迟缓地迈步走进屋子，这异乎寻常的依恋，又使我心中一阵难受，我也想陪她进去，但因时间不早，只得转身回来。

这一夜，我被阿梅的泪眼所困扰，在断续的短梦里，我又恍惚看见阿梅憔悴的面容，有如被砍倒萎谢在雪地里的梅花，云一般的乌发披散开来，狂奔地扑向我怀里。我惊醒过来，又好几次听见房门上的剥啄声，开门出去，却什么也没有，只有刺面的寒风。

天微亮，我就起来等阿梅。风雪愈来愈大，我在屋里不安地徘徊着，时针一分一刻地过去，直到临近中午，还不见阿梅来，不祥的预感提醒着我，我心慌起来，阿梅病了吗？我披上大衣，急急忙忙地奔向阿梅的家，在半路上却见她叔叔迎面跑来。

“丘先生。”他喘着气喊，“阿梅到您那儿去了吗？”

“没有，她不在家？”

“她天没亮就跑出去了，到现在没见回来。”

我愣愣地站着。

“内人砍掉了她的梅花，又为一点小事责骂了她，她叹息哭泣了一夜，一清早竟不知上哪儿去了。丘先生，您知道她还有什么地方可去吗？”

“梅湖，一定是那儿。”我说。

“梅湖？”他茫然地问。

“随我来。”我拉起他飞跑。山中一片迷茫，扑面的风雪使人寒冷得窒息。我心里慌张，脚步踏不稳，常走的路也迷失了方向，爬过了许许多多的山涧溪流，迂回辗转地找到了梅湖。可是梅湖静穆地沉睡在风雪中，冰冻的湖水深得没有底，两枝梅花吐着蓓蕾，安详地摇摆着。阿梅是否到这儿来过，一点痕迹也没有。陡地一个可怕的意念掠过心头，我狂喊起来：“阿梅，你到哪儿去了，阿梅，你回来啊！”可是万籁无声，阿梅的音容消失在庄严的寂静里，一阵悲痛，我几乎晕倒了。

“这孩子的性情古怪，不会出什么事吧！”他叔叔也着急起来。

“等着吧！她会回来的，她总会回来的。”我颤巍巍地说，心里空洞洞的像跌在深潭里，什么也看不见，什么也想不起来。

一天、两天，一直到无数天，阿梅没有回来，她究竟到哪儿去了，谁知道呢？我早已感觉她像一缕彩虹似的在我眼前出现，又渐渐在天边隐去，我本来就抓不住她啊！我把她的照片摆在案头，挂起了梅湖的画，一年来的情景依稀都在眼前，阿梅的音容笑貌萦绕在我周围，一股凄凉的亲切之感沁透心田，我再也止不住滂沱的眼泪了。

有一个深夜，我梦见阿梅来了。

“丘先生，”她伏在我肩上柔情地低唤，“为了找寻春天里第一枝开放的梅花，我冒着风雪跑向梅湖，我赶上了。丘先生，春天已在梅湖的花枝上了，我将不分年月地守在梅湖边，再不让任何人去伤害它们了。”

次晨，我恍恍惚惚地到了梅湖，果然高高的枝头上梅花开了。阿梅梦也似的笑靥，浮动在花心，她凝睇注视着我。我抚着花枝，吻了它。清寒的冰珠沾在我的嘴唇上，又是一阵凄凉的亲切之感。

丘老师的故事说完了，他抑扬顿挫的声音把我也带入了梦境，我竟不知此身究竟在何处。停了半晌，他端起酒来慢慢地喝着，脸上泛起一丝微笑，他又接着说：

“你能说这是一场幻境吗？阿梅能是幻境里出现的仙子吗？可是这照片，这画又是哪儿来的呢？我明明听过她婉转的娇音，捏过她纤细的手，可是倏忽之间，她竟就不见了……”

我只是默默地听着，因为此时我心头的空虚恍惚之感，正不亚于丘老师呢。

“阿梅究竟来自何处，去向何方，我不知道，我也无须追寻。因为她不是从人间来，自不会久驻人间。在这宇宙太空中，应有她的栖息之处，这一处不属于过去、现在或未来，永不感染人世的悲欢离合，爱憎贪痴。那是她以爱和美交织成的永恒世界，我将寄托我的心灵在那永恒的世界里。”丘老师又继续喃喃地说。

“丘老师，回杭州以后，你去过梅湖吗？”

“去过了，”他叹息了一声，“可是我竟找不到旧址，连阿梅的家也找不到，十余年的离乱，竟使湖山也改了旧时模样，人世的沧桑，是多么令人感慨啊！”

雪花无声地飘落着，窗棂被风吹得咯咯作响，是不是阿梅冒着风雪归来了呢？我开门出去，四顾茫然，但见一片白皑皑的高山，找不到一点梅花的踪迹，我回头看丘老师神情悠然地对着梅湖画面，仿佛阿梅正从那画里姗姗而出。

七月的哀伤

一

七月里下午炎热的太阳，晒在天井中央青石板走道上。晒得青石板亮晶晶，白晃晃的，像蒙上一层薄霜。云弟却赤裸着上身，跪在中间那块最亮最宽的石板上。头发里，额角上，冒着黄豆大的汗珠，汗珠一直往下淌，滴在湿淋淋的短裤腰上。短裤贴着屁股，裤脚管撕破了一大块，挂在大腿上滴水。

我站在他旁边，轻声对他说：

“弟弟，喊一声阿娘，说下回不敢了，你就可以起来了，太阳猛，你不能晒着呀。”

他闭了下眼睛，眼泪也像黄豆大的汗珠，沿着面颊滚下来，可是他抿紧嘴唇不作声。

“说呀，身上这么湿，你会晒出病来的。”

“姐姐，不要管我，我要晒嘛。”他咬咬牙，一副视死如归的神情。

“美惠，你站在那里干什么，他不怕晒，你也不怕晒吗？”阿娘大声地喊我。

我用手背抹去泪水，走到她面前，求饶地说：“阿娘，原谅他吧，别让他跪着了，他说他下回不敢了。”

“他说啦？我怎么没听见？叫他再说一遍呀。”

我又跑到他身边，拉拉他手：“你说呀，弟弟，你说再不到小河里游水了。”

他使劲儿摔开我的手，还是咬着牙不说话。

“小心你会中暑啊，这么热的太阳晒在湿淋淋的身体上。”我拿手帕擦去他脸上一条条挂下来的汗，“她罚你也是为你好，她怕你游水淹死呀。”

“淹死就淹死！”他忽然爆炸性地大哭起来。

“好，淹死就淹死，你自己找死，你这个死东西。”阿娘也暴跳起来。

事情越发不可收拾了，我的心狂跳着，血沸腾起来，我一把拉起云弟说：“走，我们到大花厅去。”

云弟一骨碌站起来，我们拉着手不顾一切地跑了。绕过大理石屏风，跑进四面镶五彩玻璃的大花厅，这里是我小时候与小明捉迷藏、玩曹操招兵的好地方。现在却四角布满了蜘蛛网，红木镂花八角桌上蒙着厚厚一层灰。玻璃门全闭着，一股扑鼻的霉气。

我捡起墙角一只鸡毛掸子，掸了下椅子与空榻床上的灰，对云弟说："快把湿裤子脱掉，我去找干净衣服给你穿。"

"姐姐，喊玉姨，玉姨会给我拿来的。还有，要她给我偷两个烧酒泡杨梅。"

"你真是不怕挨打，刚罚了跪又要偷吃东西了。"

"烧酒杨梅去暑气的呀。"

我点点头，去喊玉姨，玉姨在厨房里忙着做晚饭，云弟为游水跪在青石板上的事，她全不知道。我告诉了她，她眼圈儿马上红了。丢下锅铲，就去打了一盆热水，拿着毛巾和短衫裤，和我偷偷从后院门绕到大花厅去。因为这样绕，坐在东厢廊下的阿娘就看不见我们了。

云弟光着身子在磨砖门花地上一二三四地跳房子。玉姨指着他生气地说："你呀，真不乖，活该挨打。"

"哼！"他抽了抽扁鼻子问，"阿娘怎么样？"

"我没看见她，也没听见她大声说话，大概气过去了，回头你去喊她一声，就没事了。"玉姨劝他。

"我不去喊她，死也不去。"

"别这样，她平时对你还蛮好的。"

"她哪里对我好，她恨我，我知道她恨我。"

玉姨无奈地看看我，苍白的脸色，忧伤的眼神，乌亮的头发上别着那朵令人看了伤心的白花，我也不由得伸手摸了下自己头上的白花，回头看看云弟说："弟弟，你以后要格外听话才好，爸爸去世了，你现在是家里唯一的男子汉了。你应该懂事点，像个大人。”

“我真巴不得你一下子就长大。”玉姨幽幽地说。

“我已经长大了，玉姨，您放心，我长大了一定孝顺您。”云弟挺起胸脯说。

玉姨笑了笑，用热水毛巾给他擦干身子，穿上衣服。

“咦，烧酒泡杨梅呢？姐姐忘记说了。”

“今儿橱门锁了，钥匙挂在阿娘纽扣上。”玉姨乌溜溜的眼珠转了一下说，“有了，跟我来。”

她拉着云弟的手，我们穿过池塘与假山石，走进暗洞洞的后书厅。这里是爸爸生前读书拜佛的地方，左手套间是爸爸的书房，四壁全是书橱，靠窗一张桃花心木嵌太湖石的书桌，桌上笔砚文具齐全，爸爸原先都坐在这儿念金刚经、吟诗、写信。可是自从他生病以后就很少来。每天倒是我坐在这儿念十遍心经，保佑爸爸病好。玉姨每天端来一碟芝兰与茉莉花，放在案头，再供一碟在左边大厅的佛堂里，焚上檀香。玉姨总是叫我再捧一碟放在爸爸病榻边的小几上。玉姨很少上楼到爸爸的卧房里，除了三餐饭和给爸爸擦身子。现在，玉姨更用不着去了，因为爸爸去世已经两年了。倒是这个书厅，玉姨却每天都来，在佛堂前与爸爸的牌位前上香。现在，长条桌上两处都供着芝兰与茉莉花，和着檀香的气息，熏得这幢幽幽的屋子，显得格外沉静、冷清。玉姨在爸爸牌位前取下供着的一碟烧酒杨梅，递给云弟说：“你吃吧，吃了爸爸会保佑你身体好、读书聪明。”她又取下佛堂前的两个对我说：“我们也吃，一人一个。”

“没关系吗？”我问。

“天天都是我来供，换上新鲜的。”

“以后天天都给我吃。”云弟说。

“吃多了上火，会流鼻血。”玉姨拿起云弟换下来的衣服说，“我要去做晚饭了，等下你从后院边门到厨房里来吃饭。”

我在爸爸书桌前坐下来，望了望靠墙壁排着的书橱，对云弟说：“弟弟，你要用功读书，不要一天到晚只知道玩，这些书将来都归你读。”

“我要念那么多书呀，谁教我呢？我现在才小学三年级。”

“慢慢来，十年以后，你就念大学了。”

“十年好长啊，姐姐，我真不愿待在家里，阿娘这么凶。”

“她是这种脾气，心肠并不坏，我小时候也被她打过很多次。”

“你不反抗吗？”

“我不反抗，反抗了爸爸生气，我妈死的时候对我说，为了爸爸什么都得忍着点儿，妈就忍了一辈子。”

“可是我不能忍，我是男孩子，我一定要反抗。况且爸爸也死了还忍什么？”他额角上冒起一条青筋，很生气的样子。

“弟弟，你真的恨阿娘吗？”

“她不让我做这样，不让我做那样，昨晚辛辛苦苦捉的萤火虫，统统被她放了，说阿弥陀佛，罪过死了。我今天索性开起苍蝇牢的盖子把苍蝇放了生，她又狠狠地打我，苍蝇不一样是生命吗？”

“你真傻，苍蝇是害虫呀。苍蝇怎么可以放生呢？”

“姐姐，看来我也是这个家里的害虫。”他感慨万千地说。

我不禁扑哧一声笑了。

我们姐弟俩在书厅里一直待到天黑，玉姨送来一盏菜油灯，黄豆似的灯花摇摇晃晃的，偌大一幢书厅显得越发幽暗阴冷了。我看看佛堂与爸爸的牌位，心里忽然害怕起来，我说：“弟弟，我们出去吧，快吃晚饭了。”

“姐姐，我们到厨房里跟玉姨一起吃，不要在饭厅里吃。”

“不行，还是在饭厅里吃吧，不然阿娘又会骂你的。”

“咳，做人真苦，一点自由没有，我考取了中学一定住在学校不回家。”

“我不为你，暑假也不回家的。”

“可是玉姨好想念你呢。”

“我知道，我也记挂她。弟弟，等我们挣钱以后，把玉姨带在一起。让她享享福。”

“对了，让阿娘一个人在家里当孤老太婆。”

“别这么说，她给你上学，给你做新衣服穿，她也是很疼你的，她打你骂你还不是为了要你好。她自己没有儿子，你长大了也一样要孝顺她。”

“好，姐姐，我总归是听你的话的。等我将来大学毕业，有了差事，在杭州盖一幢房子给阿娘住，玉姨呢！跟我住在一起好吗？”

“当然好。”

云弟细细的眼睛笑眯成一条线，我知道他的小心眼儿中是多么爱玉姨！

二

晚饭以后，大家都在院子里乘凉，阿娘的气也似乎过去了，叫玉姨切开一个大西瓜，大家分着吃。云弟是顶喜欢吃西瓜的，啃西瓜一直啃到绿皮。可是今晚他却无精打采地不想吃，我问他为什么，他说头痛怕冷。阿娘说一定是白天游水受了凉，叫他睡觉。我和玉姨就陪着他上楼去，他躺在床上，就打起哆嗦来。我用被把他包紧，玉姨去熬了一杯姜茶给他喝下去，不一会儿他又发起烧来，烧得眼睛都红了。阿娘走上来看看说，没关系，出一身汗，明天一早就好了。可是玉姨总不放心，我们一直在他床边陪着。玉姨不时抬头望着墙上爸爸戴一顶白缨军帽、挂着指挥刀的照片，微弱的菜油灯光一晃一晃的，照着她满脸满腹的心事。

“玉姨，你想爸爸吧？”

“嗯，我常常梦到他，有时穿长衫，有时穿这一身军装。”

“奇怪，我很少梦到爸爸。”

“你在读书，心都放在书本上，我在家里，一天到晚只有想以前的事。”

“别想了，玉姨，过去的事想不完。”

“嗯，真的想不完，我想起第一天到你家的情形，大太太把我从绿篷小轿里扶出来，紧紧捏着我的手，我也紧紧捏着她的手，就像她是我的长辈、我的亲人，她一定会对我很好的。”

“我妈对谁都和气，特别对你，你一进门，她就喜欢你了。她说，可怜好好的女孩子，给人做偏房，还不是为了家里日子不好过。她告诉我你比我只大五岁，虽说辈分不同，却像是姊妹，叫我要格外好好对你。”

“你对我真好，没有大太太和你，我真活不下去。可是大太太去世了，你又在外面念书，我一个人好冷清，就只有一心带大云云。云云虽说是二太太领的，却一直归我照顾，二太太是不喜欢管孩子的。”

“玉姨，你好心有好报，云弟长大了会孝顺你的。”

“将来的日子怎样谁也料不到，我想等云云大了进城读书以后，我就到庵堂里修行去。”

“别这么想，我那时书念好了，一定接你住在一起。”

“真的？”她眼睛一亮，“你会要我和你做伴，我是个没有读过书的乡下女人，跟着你是个累赘，况且你将来要结婚成家的。”

“无论怎样，我都一样看待你。妈多少次对我说过，说你性情好、心肠好，叫我永远要照顾你。”

“你真好，大小姐。”

“你怎么还这么喊我？再这样叫喊我要生气了。”

“从到你家起就这么喊，改口很难了。”

“叫我美惠吧。”

她笑笑，看看渐渐睡着的云弟，又望了眼爸爸的照片，叹一口气说：“前天是云云的生日，却是你爸爸的忌辰，他不懂，还吵着要穿新衣服，要吃面。又被二太太打了一顿。他的命跟我一样的苦。”

我听了不由得一阵心酸，勉强忍住眼泪说：

“妈妈说，命苦的孩子会有大成就，云弟将来一定很好的。”

“都靠你好好带领他了，我是个没有知识的女人，就为这样，二太太才看不起我。”

“别把她放在心上了，她对人就是这么一阵风一阵雨的。当初爸爸娶你也是她的意思，娶了你又天天给你气受，云弟也是她要领的，领来了却一概不管，统统交给了你。幸亏有你，不然恐怕他早跑了。”

“他有一次跟我说，他受不了这个气，要跑回山里找自己的亲妈，宁可吃甘薯种地。我劝他忍耐点，在这里有书念，只要长大一点，去城里念书就好了。回山里种一辈子的地有什么好呢？他才想开了，他这么点大，心眼儿可多呢。”

阿娘叫用人送上来一包翘胡子仁丹，让云弟吞下去。告诉玉姨明天别给他吃东西，饿一天准好。

我们听见她敲着拐杖，一步步上楼回自己房里睡觉了。她年纪不满五十，走路却总拿着根拐杖。咯咯咯的一声声敲在每个人心上。她随便走到哪儿，都是一个人，拐杖的声音那么单调，她的影子也是那么孤独。我时常望着她的背影发愣。她的背脊厚厚的，可是已显得有点驼，像是负荷着很重的担子。想起幼年时看她苗条的身材，雪白的皮肤，走起路来很有风姿的样子，现在竟像换了一个人。她永远不再年轻了，也不再像爸爸在世时那么威风，那么幸福了。她虽曾使我母亲半生咽下眼泪，郁郁而终。她也曾使我刻骨铭心地恨过她，但现在，这一分恨却随着岁月的飞逝而逐渐消失。相反地，却随着她的老去而对她渐生怜悯之情。她没有亲人，没有朋友，她却硬撑着要保持她的威风，人人敬而远之，连她要当作自己儿子的云弟对她也无丝毫依恋，我忽然感到一阵悲哀，由于这个家的离散而感到悲哀。我想象有一天她老了，走不动了，躺在床上哼，云弟带着玉姨过着母子相依的幸福日子，我又远在异方。她岂不是孤孤单单，无声无息地死去，她那敲着单调声音的拐杖落在床边，连拾都没有人替她拾……想到这里，我不由得长长地叹了口气。

“你在想什么？”玉姨问我。

“想阿娘。”

“你想她干什么？”

“刚才听到她爬楼梯的声音，好像很吃力的样子。”

“她再吃力也不要人扶的。”

“其实她要是对你好一点，你是会好好照顾她的。”

“她也没什么对我不好，自从你爸爸死后，她倒是从不用猫逮耗子似的眼光看我了。她只是时时在说话里透露一种意思，我一听到她那样的口气，就止不住心酸。”

“她透露什么意思？”

她迟疑了一下，慢悠悠地说：“她要我回娘家，不必在你们家守下去了，她还叫五叔婆问过我，给我三十亩田，五两金子，叫我回娘家，好好再嫁个人，说我没男没女年纪轻轻的，何苦在这里守寡。”

我听了暗暗一惊，呆了好一阵子，心里也不由得在想，玉姨这么年轻，何苦为爸守一辈子，阿娘这意思又未始不对。只是以我与玉姨的感情，和她对云弟的这种爱，我又何忍说这话，我若是也说出这意思，该叫她多伤心。于是我望着她惨淡的神情半晌才说：

“阿娘倒也没什么坏心意，只是我知道你是无论如何不会的，我和云弟也舍不得你。”

“不知怎么的，我就是舍不得他，从他一岁抱来，就一直是我带的。你爸爸还说他像我，就像是我生的。你妈也叫我好好抚养他，就当自己亲生的一样。说也奇怪，云云小时候，每回我抱着他在你爸爸面前玩的时候，我就有一种很奇怪的感觉。”她下垂的眉梢略微抬了一下，眼角露出点笑意。

“什么感觉？”

"就好像他是云云和我两个人的爸爸。"

"你觉得我爸爸像是你爸爸？"我吃惊地望着她。

"嗯，因为我和云云两个都是苦命无依的孩子，他的眼睛看看云云又看看我的时候，就叫我有这种感觉。"

"玉姨，你究竟喜不喜欢我爸爸呢？"我忍不住问他。

她茫然地抬起眼睛望着壁上的照片，苍白的两颊泛起淡淡的红晕，低声地说："我也迷迷糊糊的不大清楚。"

"你觉得他喜欢你吗？"我们虽这么知心，但这是我第一次这么问她。

"我不知道。不过有一次他狠狠地打了我。"

"他打过你？"

"他还使劲儿拧我的手臂，把我拧得一块青一块紫的。"

"为什么？"

"他说听二太太说我送表弟到后门口时，说了好半天话。他不许我跟别的男人说话。"

"爸原来这么专制，你恨他吗？"

"我不恨他，他那么拧我打我，我反倒忽然喜欢起他来，不像平常那么怕他了。我想他不准我跟旁的男人说话，一定是喜欢我的。那一夜，我伏在他胸前哭到天亮，不是委屈而是感到兴奋、幸福。我像忽然找到一样从不曾有过的东西似的。"她的双颊愈加红润起来。

"玉姨，你是很爱我爸爸的，他也很爱你，我相信。"

“我不知道。”她又淡淡地说。眼睛一直望着壁上的照片，“从那以后，他从没有再那么凶狠，也没有那么热地对过我。他拿眼睛看我的时候总是那么温和、慈爱，和看着云云时是一样的。那里面好像多了点什么，也像少了点什么，使我安心，也使我觉得虚晃晃的。后来，我也就惯了，尤其是当着二太太的面，他用那种眼神看我时，我好像有了保护，有了依靠似的，很放心。”

“还是因为我爸爸的年纪跟你相差得太远了，每回我听见他吃力的咳呛声，看着他额角的白头发，我总替你担心。”

“我也很担心，我总想，如果他死了，我就投井。因为二太太一定更不会容我。倒没有想到她反倒比以前对我好了。还有云云这样需要我，你更对我好，所以我也就想开了。”

“千万不要有那种傻念头，日子一定熬得出来的。”

“大小姐，你不知道，这个家有多冷清。打从太太去世以后，你又出门读书了。我愈加地没有诉说心事的人了。每回我看见二太太在大厅的佛堂前和你爸爸的牌位前上香，跪下去，站起来，像很吃力的样子。我只想上前扶她一把，跟她说说话儿，我想她总也想找个伴儿说说话的。可是她总是沉着脸，一声不响，心事重重的样子。我觉得这幢大房子就像一座旧庙宇，里面只住着两个尼姑。白天人来客往不觉得，晚上可真冷清，若是没有云云，我真不知怎么过日子。”

“玉姨，云弟这么爱你，你应当快乐一点。”

我看着云弟，他昏昏沉沉地睡着，脸颊绯红，嘴唇烧得干干的。微弱的菜油灯摇晃着，可是窗外却泻进银白的月色。夜已带有早秋的凉意，我劝玉姨躺下休息，我也回自己卧室睡下了。

三

云弟一连两天不退烧，只是昏昏沉沉地睡，偶然醒来就嚷着要吃西瓜。可是郎中吩咐生冷的不许吃，二娘还不准他喝稀饭，说发烧吃东西会转伤寒。我看看土郎中的药一点不管事，灌得云弟直吐，就劝二娘送他去城里爸爸的朋友张伯伯的医院。她倒也没了主意，就答应了。我和玉姨陪云弟雇了一条小乌篷船进城去。从乡下到城里有三十华里水路，小船要摇两个小时。那是下午三点钟光景，太阳正晒得热，船夫拉上乌篷，小小的船身又闷又热，云弟包着毯子躺在中舱，我与玉姨两头坐着。只听船夫用力地划着，船底的水声哗哗地响，船是那么的慢，每进一寸都很艰难似的，平时我对于满眼的青山碧水，总是尽情地欣赏，可是此时的心情却只有焦急。玉姨眉峰紧锁，不时用手摸云弟的额角。

“怎么一滴汗也没有？能出点汗就好了。”她喃喃着。云弟睁开眼睛似清醒非清醒地望着我们，又望望篷顶。

“云云，我们在船上，我和姐姐带你去城里张伯伯的医院。”玉姨附在他身边轻轻地说。

“我不要打针，我不要打针。”他喊起来。他从小就怕张伯伯打针。

“不打针，只吃点药就好了。”我安慰他。

“阿娘呢？”他问。

“她在家里，只我和玉姨陪你去。”

他烧得红红的脸颊展出了笑容。

“我们住在医院里吗？”他又问。

“哦，一直到你完全好了才回家。”

“好了也不要回家，我要在城里玩，逛公司，买好多玩具，姐姐，你有钱吗？”

“有有，等你病好了，你喜欢什么我给你买。不够可以向张伯伯借。”因为我知道张伯伯也很喜欢他。

他点点头，又闭上眼睛睡了，可是他的呼吸好像非常困难，嘴角不时流出白沫来。

我心绪烦乱地望着篷外的一角天空，天色在变了，山头上的云层逐渐堆上来，又黑又厚，倾盆大雨即将下降。船夫把两边的篷盖拉下，船舱中顿时一片黑，只从篾缝中漏进一点点微光；船划得快，船身摇晃得更厉害。霎时间雷电交加，雨点像箭似的射在篷背上，几乎要射穿那粗厚的篷壁似的。斜风把雨从一边的篷隙中扫进来，雨水沿着船舱板淌下来，我与玉姨坐的地方全湿透了。我们怕水流到舱底，浸湿了云弟的背脊会受凉。两个人把他抱起来，让他躺在我们的身上。他咳呛着，惊慌地紧紧搂住我们，他的身体火烫地压在我胸前，我用额碰碰他的额，更觉得热得炙人。究竟是什么病，烧一直不退，会不会是肺炎呢？雷雨越来越大，小船在风暴中挣扎着，摇晃着。黑黝黝一片中，就像世界上只剩下我们三个人，那么地孤弱无援。玉姨焦急得只是念佛。这时，我忽然想起了小时候涨大水，和母亲坐船逃水的情景，也是这般地风雨交加，漆黑一片。母亲紧紧搂着我说："靠紧妈，不要怕，菩萨会保佑我们的。"母亲遇到患难，或吃苦受罪时总是说菩萨会保佑我们的。她一生把命运交给菩萨，到死都毫无怨言，而且她逝世时是那么平静安详，吩咐玉姨多多念佛。如今玉姨又在念佛，我顿时感到生死边缘的那一分出奇的宁静，与冥冥中神灵的主宰。我也仿佛听到了母亲的低唤，不由捏紧云弟的手颤声地说："不要怕，大妈会保佑你的。"

"大妈？大妈呢？"高烧使云弟神志又不太清楚了。

"现在没有大妈，是玉姨和我陪着你。"

"大妈，我也要大妈。"他咳呛着，喘息着。

"他从前有病，大太太老是坐在床边陪他的，所以他想她。"玉姨说。

"我妈会保佑他的。"我喃喃地说，可是我的眼泪已滚下来了。

雨停的时候，我们的船刚刚靠埠。雨中傍晚的埠头，显得特别混乱嘈杂，熙熙攘攘的车辆行人，与上船来抢兜旅客的旅社茶房，把从未来过城里的玉姨，搅得手忙脚乱。在平时，第一次进城的云弟真不知会高兴得怎样，可是今天他只是吃力地喘息与咳呛着，疲乏地闭着眼睛。我们雇了两辆黄包车到了张伯伯家，张伯伯与张伯母看见云弟这副情形都大为吃惊，安顿他躺下后，张伯伯用听筒仔细听着云弟的胸膛，他的神情是严肃的，双眉是紧锁的。

“怎么不早点来或坐个汽船赶来呢？”

“什么病，张伯伯？”我与玉姨同声问。

他闭紧了嘴没有回答，双眉蹙得更紧了。

“是肺炎。”到外面以后，他低沉的声音告诉我们，“在风雨中又受了凉，很严重。可恨的是我们整个城市里没有这种特效药，交通不便，药进不来。”

“不要紧吧，张伯伯？”

他叹了口气说：“无论如何，我得想办法救他。”

仁慈的张伯伯与张伯母几乎陪着我们两天两夜守在云弟床边。打针、喂药、用冰囊，可是云弟的呼吸似乎愈来愈困难，鼻翼一翕一翕的，双眼紧闭。一阵狂咳，白沫流出来，白沫逐渐转为铁灰色，他似已进入昏迷状态，不省人事了。

张伯伯焦急地说：“赶紧打长途电话，叫你们阿娘来吧，情势太严重了，我的医院设备不够，马上要转公立医院。”

可是我们不及把他转公立医院，阿娘也不及赶来。深夜里，云弟的体温骤然下降，下降到四肢冰冷，脸色发白，口中吐出大量的黑水，是一种什么古怪的病呢？张伯伯说是肺炎与肠炎的并发症。战乱中的小城，没有一种药能救治他，我们就这么束手无策地眼看可怜的云弟与病魔挣扎到最后一分钟。到最后，他似乎清醒了，脚手无力地动了一下，疲倦的眼皮睁开一线线。玉姨与我啜泣着，低低地叫唤他，他枯焦的嘴唇抽动了一下，目光是呆滞的，他已经奄奄一息了。我们紧捏着他冰冷的手，企图拉住他体内游丝似的生命，可是连张伯伯都无能为力，我们只有痛哭，只有不断地呼唤。我怎么能相信四天前还活活泼泼的云弟，会一下子被死神抓去呢？我们哭倒在他的床边。在弥留中，他忽然清晰地轻喊出一声“大妈”。

“啊，云弟，你喊谁，谁来了？”

“大妈，我看见她了。”

我马上跪下来哭着祝祷：“妈，保佑云弟，别让他去，别让他去啊！”

“阿娘，阿娘也来了。”他又喃喃着，“阿娘，我听话了，我不游水了，啊，我脚手好冷啊……”

他颤抖起来，我们紧紧搂住他，好久、好久，他突然停止了发抖，一切都停止了。两颗泪水从他眼角淌下来，他永不再哭了。

“一种古怪的病状。”张伯伯捶着桌子沉痛地说，“不知是不是我误了他。”

玉姨与我不能再说一句话，我们都几乎昏厥了。这突然的变故使人难以置信。我们不能想象，我们以后怎么能没有云弟，怎么能不看见他蹦跳、顽皮，不听见他哭与笑。我们怎么能失去一个如此被我们爱着又是如此爱我们的亲人呢？我伏在云弟的身边哭着祷告："妈，云弟临终时在喊您，您真的来了吗？是您接走他的吗？难道您在另一世界里记挂他，还是您感到寂寞呢？告诉我，妈，您在哪里，爸爸在哪里，现在你们三人在一起了吗？"

这一连串的死亡，顿使我感到人世的无常，我茫茫然地望着玉姨，她痴痴地像一具苍白的石膏像。头发散乱着，发上的白花垂下来，她晃晃悠悠地问我："云云真的去了吗？他怎么会这样就死的呢？"谁能回答这个问题呢？这也许是天意，天意要使我家门庭衰落，连一个男孩子都留不住吧。

四

阿娘没有再来城里，仍旧是玉姨和我伴着云弟的棺木，乘小船回乡下。阿娘在埠头接我们，她哭得双眼红肿，脸也浮肿。她对我们没有一句盘问，只告诉我们已看好青云庵后面一块地，暂时停放云弟的棺木。我们随着她送棺木安顿在两块石凳上，烧了点纸钱。此处荒草蔓延，阒无人迹。只有寺后山边飒飒的风声，阵阵吹来。阿娘穿一身黑旗袍，头发乱蓬蓬的。她仍撑着她那根拐杖，背显得更伛偻，好像拐杖都撑不住似的，我上前扶着她说："回家吧，过几天我再来看他。"

"云云，都是我害你的，我不该一天到晚骂你，我不该罚你跪在太阳地里的青石板上。云云，我害死了你，我对不起你啊！"

她忽然大哭起来。

“别哭了，这是天数，怨不得谁的。”

“他死的时候说什么没有？”

“他喊你的，他说以后听话了。”玉姨边说边哭。

“云云啊，我怎么对得起你爸妈，你来我这里，我一天也没有对你好过啊！云云。”

“阿娘，过去的不要再提了，你对他没有不好。”我哭着劝她。

天色黑下来了，山风吹起了纸灰，飘落在云弟的棺木上，也飘落在我们的身上。我悲切地喊了声：“云弟，我们先回去了，你安心在此吧，我们会来看你的。”

我与玉姨扶着阿娘，走进青云庵休息。阿娘沉重的身躯落在一张大竹椅里，她看去是如此悲伤、困顿，再没有那副唯我独尊的倔强神情了。她这副神情是逐日逐日消失的，爸爸去世以后，她就显出独力支撑的吃力样子。然而她仍不时暴躁地责骂下人。无论做什么事，她总不认错，不认输。可是现在，云弟的死使她忏悔了，痛哭了。我相信她内心所忏悔的不止这一件事。她一生铸下了多少大错，造成了多少人的痛苦，如今这些痛苦好像都集中在她一个人身上，她看起来像不胜负荷，伛偻得要倒下去了。她握拐杖的手在颤抖，泪水从她肌肉松弛的脸颊滚下来，滴在她稀旧的黑旗袍前襟上。我在她身边劝她说：“阿娘，回家躺躺吧！时候不早了。”

扶她上轿以后，我与玉姨一路步行回去。天色已晚，稻田里阵阵秋风吹来，已带寒意。我们在狭窄的田岸路上，一前一后地走着。稻禾上不时有蚱蜢飞跃而过，发出沙沙的声音。到九月就可以收割的稻禾都已渐渐成熟，穗子迎风摇曳着，玉姨叹一口气说："又快到割稻季节了，云云是最喜欢忙割稻的。捧稻草，拾穗子，每回我做好点心，都是他送到稻田里的。"

"玉姨，别再想了，越想越难过的。我真担心我出门读书以后，你怎么办呢？"

"大小姐，我已经想好，也已经决定了。"

"你打算怎么样？"

"我想搬到那座庵堂里去住，陪伴云云。他冷冷清清地停放在庵后面，会害怕的。"

"千万不要，玉姨，住在那里太寂寞了。"

"我不是早跟你说过，从你爸爸去世以后，我就有这打算。现在云云也死了，我已经什么指望都没有了。"

"不能这样，我决不能让你去住庵堂，孤孤单单过一辈子的。等我读完书会接你住在一起的。"

"那日子太远了，大小姐，再说我也不愿拖累你。这些年，我已过惯了冷清的日子，索性让我去那儿倒好。大小姐，你替我对二太太说一声吧。"

"她不会让你去的，她也很寂寞。现在她是真正只剩下一个人了，你们要在一起做个伴才是。"

"你不知道，两个寂寞的人不一定合得来的。我没什么话好跟她说，她也不会跟我谈心事的。”

“你如果一定想去陪云弟，我和你去住一个时候，等我出门去，你就回家来。”

“不，要去就不回来了。请你跟二太太说，为我付点钱给庵堂里。我就可一直住下去了。”

“玉姨，你还这么年轻，你以后会有好日子过的。”

“没有了，云云都丢下我去了。”她凄凄切切地哭起来。

“玉姨，如果我能不出门读书一直陪你该多好。”我也呜咽不能成声了。

“你对我这么好，我会念经求菩萨保佑你的。以后寒暑假回家，只要来看看我就好了。”

我知道在玉姨极度悲伤之余，是无法劝慰她的。何况我自己的悲痛也正不减于她呢?

走到门口，在苍茫的暮色中，我看见大门上的门神画像，颜色都已一片片剥落了。门神腰带上的玻璃亮片，都缺了好几块。记得云弟曾淘气地挖下那些亮片来玩，还挨过阿娘的打。可是云弟也常常用红绿玻璃碎片与树胶把它补上去。现在这两座门神像，将要冷冷清清的，没人理会了。走进大门，就看见那一条长长的青石板走道，当中那块云弟罚跪过的大青石板，在暮色中还泛着苍白的光，可是现在不是炎热的中午，太阳早已下沉，月亮快要上升了。那是七月中旬惨白的月色，照得青石板寒冷而荒凉。

入夜以后，玉姨与我都不能入梦。菜油灯的灯花如豆，在大而幽暗的屋子里摇晃。我翻来覆去地想，如果我出门读书以后，心里将永远挂念着两个人。一个是撑着拐杖在这幢暗洞洞的老屋中，一个人摇来晃去的阿娘。一个是孤零零坐在青灯古佛前面，敲着木鱼清磬的玉姨。

阿　玉

阿玉来我家的时候，我们都还是孩子。

那是一个红日衔山的傍晚，农夫们都背着锄头回去了，我却泡在后山边水田里摸田螺，满手满脚全是泥。我把篓子里的田螺倒在石头上，一五一十地数着。抬头却见一个梳着两条粗辫子的姑娘，一声不响，睁着圆圆的眼睛朝我看。她穿着水红绣黑花的布衫，茶绿色裤子。看样子比我高一点点。我向她眨眨眼睛问：“你是谁？为什么站在这儿看我？”

“我叫阿玉，我今天到这座大房子里来了。”说着，她伸手指指我家那两扇朱红大门。

“这是我家呀，你到我家来了？”

“嗯，婶婶领我来的，说是卖给你家当丫头了。”

我听了一知半解，丫头是干什么的？我家为什么要买丫头呢？我把田螺倒回篓子里，抹了抹脸上的水珠，爬上田岸，阿玉忽然咯咯地笑起来。

“你笑什么？”我有点不高兴。

"你脸上全是泥，像个魁星。"

我也笑了，跑到溪边，双脚跳下去，捧起水来洗脸洗手。

"我有手巾。"她说着从红布衫口袋里掏出一块蓝白格子布仔细地替我擦，"这儿还有泥哩！"

"你几岁了？"我摸摸她的辫子问。

"十二岁，你呢？"

"我九岁，我得喊你姐姐哩。"

"不，你不能喊我姐姐，婶婶说，到这儿来，除了猫和狗，谁都比我大。因为我是丫头。"

"丫头？"我茫然地望着她，她的眼圈儿红了。我就知道当丫头绝不是好玩儿的，我拉着她的手亲热地说："我们就都喊名字吧，我叫小莺，妈妈一定会喜欢你的。"

她冲我笑了。她笑起来很甜，嘴巴只有一点点大，我后来常常叫她鲳鱼，因为鲳鱼的嘴很小。她的鼻子圆圆的，脸也是圆圆的。皮肤很黄，像是刚生过病的样子。我们并排儿坐在溪边石头上交谈起来了。

"婶婶为什么要把你卖到我家来呢？"我问她。

"家里穷，连白薯都吃不饱。"

"你爹妈呢？"

"早死了。"

我心里很难过，看她也想家了，就攀着她肩膀说：

"我家白米饭很多，你以后可以吃得饱饱的了，我妈待你会好的。”

她点点头。我们起身沿着田岸回家，她给我提着田螺篓子，泥水都滴在她茶绿色裤子上了。我忽然发现她走路一瘸一拐的，就奇怪地问：

“你脚疼吗？”

“刚裹了脚，又放开的。”

她穿着青布滚红绿边的尖头鞋子，前头跷得高高的，鞋底都卷上来，后跟倒下去。

“你的鞋子太小了，你看我。”我伸了伸自己的大脚丫子说，“你为什么要裹脚呢？”

“我本来天天上山帮叔叔砍柴，有一天脚给刺刺疼了，灌了脓，一步也走不动。婶婶说我偷懒不肯上山，说不去砍柴就裹上脚在家里做姑奶奶吧！姑娘家迟早要出嫁，一双大脚板有谁要？倒不如趁早给裹上。不过我裹脚已经算晚了，我婶婶的孩子七岁就裹上了，脚才秀气呢。”她看了看自己的脚，似乎还不胜惋惜的样子，她又皱了皱眉头说：

“真苦，婶婶说我脚太大，把破碗片子研碎了和着菜子油包在我脚底下，要我踩着走，我疼得直叫，幸得叔叔看见，拿起剪子给剪了。后来因为卖到你家，听说你家要大脚的好跑路，婶婶才赶紧给放开了。”

我听她说出这许多我从来也没听到过的苦事儿，她的婶婶对她这样不好，又想起自己家那个绷着脸儿的姨娘，心里不由打了个寒噤，我轻声地问她：

“你知道我家有个姨娘吗？她很凶，打扮得像只花公鸡。”

“是不是四方脸儿，鸡毛似的一撮刘海儿，挂到鼻子尖上的那个？”

“就是她，我顶不喜欢她了。”

“我就是她买的呀！婶婶说我以后就管侍候她。”

“你就侍候她？”我气得直跺脚，“真糟，为什么不侍候我妈呢？”

她惶惑的眼神望着我问：

“你妈妈是谁，她能要我吗？”

“我妈是大太太，”我跷起大拇指得意地说：“姨娘是偏房，人家说大太太可以管偏房的。可是我妈不爱管，姨娘就一天比一天威风了，一家子就只爸爸一个人喜欢她。这次我可要去求妈了，我要妈把你要过来，你不要当什么丫头，跟我一同读书。”我一路走，一路十分有把握地摇摆着身子。

回到家里，我就抱着妈的颈子喊：

“妈妈，为什么您不要丫头呢？”

“我哪儿要丫头呢？”妈说。

“您把阿玉要过来嘛！”

“傻孩子，她是姨娘出钱买的呀。”

“她侍候姨娘一定会挨打的，妈，您要了她吧！”

妈妈以怜悯的目光看看阿玉，阿玉也露出满脸恳求的神情，仰头望着妈，可是妈摇摇头说：

“不成，孩子，各人管各人的事，她要买丫头，你爸爸又许她买了，我怎么跟她去争呢？”她摸摸阿玉的头，“不要害怕，你只要好好做事，她也不会难为你的。有什么不知道的，你来问我好了，事情做完了，就跟小莺一同玩儿。”

阿玉的眼里已满是泪水，她似乎意识到不幸的命运就将来临了。我也怅怅地与她对望着，深感爱莫能助。就挽着她的手，悄悄地走向后院的果树林中去。我采下一个透红的李子递给她，她向我笑笑，塞在口袋里。

第二天清早，我一醒来就想起阿玉，赶紧起床到厢房楼下去找她，她老早起来了。红布衫茶绿裤子平平整整地折好放在枕头边，却换了一身蓝底白花的旧布衫裤，坐在床沿上发呆，看我进去，高兴地站起来问：

“小姐，您知道二太太什么时候起床吗？”

“还早得很呢？起码要太阳晒到那堵白墙。”我指指院子那边的围墙。

“那不是要吃中饭了吗？”

“可不是，阿玉，你现在别管她，我先带你玩儿去。”

“不，我不敢，我要在二太太房门口等着，她昨天吩咐我说，喊一声，就要答应，不许跑开的。”

“不会有这么早的，你放心，我带你去看一个好地方。”我不由分说，拉了她手就跑。跑出前面大院子，跑过一道边门，又穿过一条满是紫藤花的幽径，到了一座嵌满了五彩玻璃的大花厅里。

那花厅四面的门全上了锁，只有一扇小门的锁是坏了的，自从被我发现以后，就常常躲到这里来看故事书，与小朋友们捉迷藏。

阿玉似乎有点眼花缭乱，她伸手轻轻摸摸那些紫檀木桌椅，啧啧地赞叹着说：

“真滑，真光。小姐，您真得意哩。”

“有什么得意？你不知道，我一点也不快乐。”我十分烦恼地说。

“您也不快乐？”

“阿玉，我要统统告诉你的，我要跟你好。还有，你不要喊我小姐，喊我小姐，我就生气了。”

“那怎么可以呢？老爷太太听见了要骂的，我是丫头呀！”

“又是丫头丫头的，我不要你记着这个名字；你跟我不都是一样的好女孩子吗？妈妈疼我，她也会疼你，我们长大了都要孝顺她。”说着，我拉着她的手，走到一面嵌砖镜的大屏风前，并排儿站着。她穿着蓝底白花布衫裤，我穿着白底红花布衫裤，我们都梳着两条辫子，看上去真像亲姊妹呢！阿玉睁大了眼睛，对着镜子呆看了半天，又回头看着我，把我的手捏得紧紧的。

“阿玉！阿玉！”外面传来叫喊的声音。

“怎么办？在喊我呢？”阿玉惊惶地跑出花厅。

“不要紧，是长庚伯。”我仔细听了一下。

“长庚伯是谁？”

“他是老长工，他待我最好了。”

阿玉这才宽心地笑了笑。长庚伯走过来了，一看见我们，又高兴又生气地说：

“这两个小东西，我就知道你们在这儿。阿玉，二太太起来了，快去吧。”

阿玉吓得拔脚就跑，长庚伯又喊住她说：

“小心点，别滑倒了，我陪你到厨房里帮你把热水壶提上楼，你还提不动呢！”

我跟着一同出来，奇怪地问道：“长庚伯，为什么姨娘今儿起得这么早？”

“新造毛坑三天香，新来了个丫头，就得早点起来使唤。”他忽然叹了口气，“只不要过不了三天就打她才好。”

我着急地攀着他的手臂轻轻地问。

“她会打她吗？”

“谁保得了呢？从前阿香不就是给打跑的吗？那时你还小，记不得了，唉！都是苦命的孩子。”他又低声地叹息着。

到厨房里，长庚伯提了大水壶，阿玉跟在后面，战战兢兢地经过道走上楼去。我望着她的背影消失在楼梯转角，心里着实为她捏一把汗。

一直靠近吃中饭的时候，阿玉才提着空水壶下楼来，我连忙问：

“她怎么样？阿玉，事情都做啦？”

“做了！”她用袖子抹了抹额角与鼻子尖的汗珠，脸孔红扑扑的，“老爷跟二太太都起来了，二太太教我叠被子，擦水烟筒，倒痰盂，还抹了房间扫了地。”

“你都会吗？”我关心地问。

“我小心听着，一样样地做，她倒没骂我，只瞪着眼睛看我，她的眼睛好大。”

“有一道凶光。”我瘪了瘪嘴。

她扑哧笑了。

“还好，她对我笑了好几次，说我是个傻丫头，还给了这花儿，你瞧。”她指着胸前挂着的一对白兰花与一圈茉莉花。

“这是昨天的，院子里有的是。”

“她说过，叫我天天清早采了，照样儿用铁丝穿好，送到她房间去，放在床边。”

“我帮你做好了，我会，妈妈的都是我做的。”

我马上带她到花园里，一样样的花儿指给她看，许多我都叫得出名字，那都是长庚伯告诉我的。我采了朵开得正好的石榴花，插在阿玉的辫子根上，两条乌油油的辫子，衬着火红的石榴花，照得她的脸儿也丰润光泽了。我不禁羡慕地喊：“阿玉，你真好看。”

“哪有您好看，您有新衣服穿。”她指着我的花布衫。

“我请妈妈给你做。”我说。

阿玉感激地看着我说：“大太太待我真好。”

阿玉总是一天忙到晚，脸上渐渐笼罩上一层恐惧不安的阴云，我几次问她为什么，她都摇摇头不说。

妈妈给她缝了好几件新衣服，可是她都没有穿，我问她为什么不穿，她说：

“二太太不让穿，她说我是侍候她的，要什么穿的戴的，她会给，用不着大太太操心，我就不敢穿了。”她忽然握住了我的手悲切地说，“小姐，她常常打我，还拧我的手膀子，您瞧都紫了。”

“你怎么没告诉我。”我摸着她发紫的印子怜悯地问。

“我怕你难过。”她抹着眼泪。

我领了阿玉走进妈妈拜佛的经堂里，那儿静悄悄地没有一个人。我们把门窗都关上了，并肩儿坐在蒲团上，靠得紧紧的。我低声地告诉阿玉自己的种种苦处，最后我叹了口长长的气说：

“阿玉，你不要难过，我跟你差不多，我常常看见妈背着人淌眼泪，我也只有跟着哭。”

“老爷为什么要再讨二太太呢？”

“就为我哥哥死了，说我女儿家不中用，要讨个二太太来生儿子。我长大了一定要争口气，阿玉。你也要争气，长庚伯说的。现在的世界是男女平等。”

“我没读书，一个大字不认识，哪好跟您比呢！”她懊丧地说。

“从今天起，你就认字，我教你，我已经读到第四册国文了，我把第一册拿来教你。阿玉，你一定要读书，读通了书，就不会受人家欺侮了。”

“现在读还来得及吗？”她的眼睛发出了光亮，小嘴巴张得开开的。

“怎么来不及，爸爸说爷爷十五岁才认字，后来还中了秀才呢！我以后一天教你两个字，慢慢儿就会了。”

从那以后，阿玉趁着老师出去了，就伏在我旁边看我写字。起先我一天只教她两个，后来教到五个，她认得很快，也学着描红抄书，一年以后她就认了不少字了。

一天，阿玉正在高声念书，我的三叔一掀帘子进来了。他看见阿玉，吃惊地缩住了脚，阿玉更羞得绯红了脸。我叫她不要怕，说三叔还是我的学长哩。因为三叔原是乡村小学的毕业生，而这个校长就是教我的老师。阿玉低着头一眼都不朝他看就跑了，三叔望着她走远以后就回头问我：

“她也读书了！”

“嗯！是我的徒弟。”

“二嫂对她还好吗？”

我摇摇头。

“她几岁了？”

“比你小三岁。”

“这么好的姑娘给人当丫头，真可怜。”

“三叔，你也把她当丫头看？”

“我并没有。我很同情她，小莺，我们以后可以一道玩吗？”

“当然好，不过千万不能给姨娘看到，给她看到，阿玉跟我都要挨揍了。”

“我知道。我以后带你们去划船、钓鱼。”

我乐得什么似的，晚上告诉了阿玉。阿玉却连连摆手说：

“不好，我不去，我不能去。”

一个静悄悄的星期天下午，老师因事进城去了。三叔做了一根细长钓鱼竿，又掘了蚯蚓，要我赶紧做完功课，就催着阿玉去钓鱼。阿玉起先总是不肯，经不起三叔再三怂恿，才趁着姨娘睡午觉时，大着胆子和我们一同去了。我们和长庚伯约好了，姨娘的中觉可以睡上两个钟头，万一喊了，就请长庚伯把那扇朱红大门打开，我们看见门开了，就让阿玉赶紧跑回家。

我和阿玉手牵着手跟着三叔走过竹桥，到了小河边，在树荫下蹲下来。这是初秋一个清朗的好天气，蓝色天空里几朵白云在飘动，深绿的河水平静似镜，把三个人的倒影分明地摄在水底，阿玉的脸蛋儿越发显得圆润可爱，两条辫子油光发亮地垂在两肩。她今天穿的是一套枇杷襟印花布衫裤，是姨娘的旧衣服改的，我悄悄地问她：

“阿玉，你那套红布衫儿绿布裤为什么总不穿了？”

“那是我从自己家带来的一套衣服，前襟的花还是我妈给做的哩。我要收起来做个纪念，现在穿也太短了。”她忽然叹了口气，“到你家已经三年多了。”

我知道阿玉又想起自己是丫头而不快乐了，可一时又想不出话来说。回头看三叔，却见他正在呆呆地望着阿玉，阿玉被望得低下了头，拾起几片树叶子丢向水面，搭讪着说："看，鱼儿来吃饵了。"

"没那样快呢！"三叔说。

"三叔，这玩意儿太气闷了，没意思。"我说。

"哪像你野孩子就会摸田螺。"

我咯咯地笑了，阿玉也笑了。三叔在学生装口袋里取出一本儿童模范故事，递给我说：

"小莺，这本书送给阿玉，你教她读，她一定喜欢。"

阿玉从我手里接过书去，羞怯怯地说：

"我哪儿读得懂这样深的书呢？"

"你这样聪明，不要几个月就全会了。你把这一本读完了，我再给你买新的。"三叔说。

"谢谢你，三叔。"

正说着，钓丝的浮沉子一下子被拖下去两个，三叔把钓竿轻轻握在手里，斜着慢慢地抽过去，抽得钓竿头子弯下来，钓丝绷得紧紧的，然后使劲儿向上一提，一条银色跳跃的小鱼在太阳里闪着光。我高兴得直跳。阿玉帮着收回钓丝，把鱼摘下来放入水桶里。"还是鲤鱼呢！"她抬起头来说，晶莹的眼珠望着三叔。我发现三叔一对碧清的眼神正在痴痴地看着她，阿玉的双颊顿时起了一抹红晕。

我们玩得正高兴，却见长庚伯气喘吁吁地跑来，隔着河岸大声喊："你们怎么了，我把大门开了半天，不见回来，二太太起来了。”

我这才记起，原来我们玩得高兴，根本忘了去望那扇大门。阿玉吓得脸色都变了，三步并成两步地跳过竹桥飞奔回去了。

三叔看阿玉从那笔直的小径踅去，消失在朱红大门里，才卷起钓丝，无精打采地提起水桶说：“我们也回去吧！”

他又看看小鱼在水桶里孤零零地摇摆着尾巴，忽然把水桶向河心一倾，鱼又放回河里去了。

“您怎么不要它了？”我问。

“放它自由吧！为什么把活泼泼的生命关闭起来，多残忍。”

“我们自己家也有池塘，放在那里面多好？”

“那水是死的。”他的眼睛仍望着那两扇朱红大门，“小莺，记住，鱼要养在活水里，人也是一样的。”

他雪白整齐的牙齿咬着薄薄的下嘴唇。我默默地提着钓竿，随他回到家里。长庚伯在厨房里愤愤地捶着桌子，看见我们回来，带着责备的口吻告诉我说：

“小莺，你们闯祸了，阿玉给打得好惨。”

“怎么了？”三叔着急地问。

“二太太骂她越来越野，胆子也越来越大，不守在房门口，竟野到外面去了。拉起她辫子就向墙上撞，额角都青紫了一大块。现在大太太在给揉呢！”

我急得眼泪都掉下来，三叔捏着拳头一句话不说就转身出去了。

我赶紧到厢房里去看阿玉，她哭得泪人儿似的，满脸浮肿，额上一个大包，妈正在给她敷消肿油膏，妈埋怨我说："你以后不要再拖阿玉出去了，免得她挨打。"

"妈妈，难道阿玉一会儿也不能自由吗？"

"我是侍候人的丫头，有什么自由呢？"阿玉抽噎着说。

我挨着她坐下来，捧着她颤抖的手，想起刚才三叔把水桶里的小鱼放回河中时脸上的神情，止不住酸楚地说："阿玉，我以后再也不钓鱼了。"

一天，爸爸和姨娘进城去了，我趁着阿玉在收拾房间，也跑到他们房里去玩。东张张西摸摸，却不小心把一个景泰蓝小花瓶打翻了，滚落在地上，捧起看时，肚皮上已经剥落了一小块，我着急地说："怎么办呢？阿玉。"

阿玉呆了一下，忽然想起什么似的笑着说：

"小姐，不要紧，这伤疤老早有了，不是您打的。"

"是真的？"我心里像掉下一块石头，一会儿就把这事忘了。

当天下午，爸爸和姨娘就回来了。第二天，整整一个上午，都没见阿玉下楼来，中饭也没吃，直到晚上，才看见她低着头走进厨房，我赶紧上前拉着她的手问：

"阿玉，你怎么一天都没见？"

"二太太从城里买回好些东西，要我一样样给理好放好。"我看她的脸有点浮肿，走路时腿一弯一弯的。

"理东西要一天？你骗我，你又挨打了，是不是？"

“没有，只是有点不舒服。”她摸了摸额角，又摸了几下腿。

我扶她回屋子里躺下，呆呆地坐在她床边。

“你太累了。”我说。我觉得她一对疲倦的眼睛，只是看着我，那里面似有说不尽的情意。

她微笑着摇摇头说：“不累，小姐，您去吃晚饭吧！我躺一下就好了。”

我只得走出来，可是我心里有点纳闷，阿玉为什么在楼上忙一天，忙得中饭都不吃呢？上完夜课回屋时，却见长庚伯拿着那个景泰蓝花瓶走下楼来。

“小莺，”他轻轻地喊着我说，“阿玉今儿一定又挨了打。”

“你怎么知道的？”我望着他手里的花瓶，就知道事情不妙。

“老爷叫我明儿把这个带到城里去修补，说是二太太心爱的东西，阿玉给打破的，你想二太太还会饶她吗？”

“长庚伯，这是我打破的呀！阿玉还骗我说本来就是破了的，怪不得她今儿一天没下来，指不定给揍得多苦呢！”我泪水直淌下来，急急忙忙跑到阿玉房里，阿玉面向里睡了。

“阿玉，阿玉，”我摇着她的身子，她转过身来惊惶地看着我，“花瓶是我打的，你为什么自己认了？阿玉，你已经够苦了，你还要为我受罪。”

“小姐，这算不了什么。”她爬起来搂着我喃喃地说，“我已经习惯了，打得再凶点也不要紧。可是我舍不得您挨骂，您是犯不上挨她骂的。”

“阿玉，”我忍不住大哭起来，“我看你腿疼，她一定又罚你跪了半天，还不让你吃饭！”

她点点头，我们脸靠着脸，眼泪都混合在一起了。

阿玉病了，是胃痛，又发热，一定是罚跪气出来的。妈熬了浓浓的午时茶给她喝了，又为她浑身擦过生姜，出了一身汗，热慢慢地退下点了。我一上完课就跑到她房里，坐在床沿上陪着她。她呻吟着说：“小姐，您出去，二太太看见了要骂的，说你跑到下人房里来。”

“我不要她管，我妈妈还叫我来陪你呢！”

“我有病，屋子里气味大。”

“不要紧的，我要在这里嘛。我给你念书，你那本模范故事呢？三叔送给你的。”

阿玉一双手颤抖着，百般珍重地从枕头下面抽出书来递给我，含着泪水的眼睛朝我看看，笑了，那笑容既妩媚又凄楚。我翻开第一页，就是匡衡凿壁偷光的故事。我把图画先向阿玉解释了一遍，她静静地听着。我看她在不认得的字旁边已加了红圈圈，正要念给她听，她拿过去说：“小姐，让我来念，您听听错了没有？”她一个字一个字慢慢地念，一课书全念下来，一个字儿也不错。我惊奇而又高兴地问：“你怎么全认得了？这些打了红圈圈的生字谁教你的？”

“三叔教我的。”她把头偏了过去，兴奋而又含羞的样子，小嘴巴抿了几下。

“这个故事真好。”她又说，“一个人要在艰苦中努力，才有成就。他还教了我第二课铁杵磨成针的故事呢。”

我看着她红嫩像樱桃的脸儿，水汪汪的眼珠子充满了快乐，我也不由高兴地说：

“阿玉，三叔直惦记你呢！说不能进来看你，叫我问你好。”

“你们都待我这么好。”她眼圈儿一红又掉下眼泪来。

“你哭什么？”

“我命不好，侍候了二太太，往后总不得好日子过了。”

“不会的，妈说明年爸爸要带她出门，她一走你就跟我妈了。”

“真的，那真要谢天谢地。”

“那时候，我们三个人自由自在一起玩，多好！”

“三个人？”

“三叔，你，我。三叔寒暑假都要回来住的。”

阿玉捧着那本模范故事，脸蛋儿愈加红得可爱了。

我虽然还只有十二岁，却也知道阿玉与三叔一定会非常非常地要好，因为阿玉一提起三叔就笑，三叔也总告诉我他是多么喜欢阿玉。

阿玉病好以后，三叔拿了个万花筒，玩给我和阿玉看。阿玉稀奇得跳起来，翻过来倒过去地看，三叔说：

“你这样喜欢，我再给你做得漂亮点。”

于是他拆开用心地做起来，把三条玻璃裁得整整齐齐，又加进些五彩玻璃末，可是一不小心，把手指头割破，淌下好多血。

阿玉急忙去抓了一把香灰按在伤口上。又连忙把自己的花手帕撕了，小心地给他包扎起来。当阿玉在忙着的时候，我看三叔只是咧开雪白的牙齿笑着，眼睛随着阿玉满处转。包好以后，他又起劲儿地继续做。他用闪亮的香烟锡箔纸包在马粪纸外面，围成一个玲珑光滑的圆筒。做好了，双手捧着递给阿玉说：

“送给你，阿玉。”

阿玉接过来对着阳光眯起一双眼睛看，小嘴儿笑得合不拢。

“万花筒的变化这样多，你看只略微一动，花样就变了。”三叔靠近她说。

“可是再怎么转，都转不回原来的花样了。”阿玉边转边说。

“转不回来的，阿玉，世界上的事都是这样，一转眼就变了样，永久不能再回来了。”

阿玉放下万花筒，凝视了三叔半晌，若有所思地说：

“真是这样的，我现在回想起从前跟叔叔上山捎柴火的事儿，就好像一场梦呢。三叔，您说我们现在一起玩得这么好，也会是一场马上就变得没有影子的梦吗？”

三叔的脸色忽然阴暗起来，却勉强笑着说：“别想得那么多，我是说着玩的。”

我站在一旁，听他们说着这些充满大人气的话，怏怏地埋怨道：“三叔你尽会教阿玉发愁。”

三叔拍拍我的肩膀笑了。

几天以后，三叔打开包扎好的手指头，创口已完全好了，却留下了个黑黑的印子，那是阿玉按上香灰的缘故，这个印子长在肉里，再也退不掉了。

“怎么办呢？”我问。

“这不是很好吗？这是阿玉给我的纪念。”他冲我一笑。

我用手指划着脸颊羞他：“三叔，你真不害臊呢！”

阿玉看见了，伸手摸了下那印子，抿着嘴笑笑说：

“三叔，对不起，害你留下这么个难看的印子。”

“三叔说这印子才好哩，因为是你留给他的。”我俏皮地说。

阿玉打了我一下，扭过身子一溜烟跑了。三叔望着她娇小的身影，悄悄地跟我说：

“小莺，总有一天，我要让阿玉过自由快乐的日子。”

又是一年的端午节了，阿玉用五彩丝线做了各种各样的香袋给我，粽子、橘子、荔枝、鸡心。我胸前琳琅地挂了一大串。我把三叔拉到后院树林里，指指胸前说：“你瞧，阿玉给我的。”三叔伸手就摘下那个鸡心说：“这个送我。”

“你男孩子也要这个？”

“嗯，因为是阿玉亲手做的。”

我又划着脸儿羞他。阿玉也走来了，看见鸡心挂在三叔手指上，她向他一笑说：

“我这里还有一个。”说着就从里面口袋里掏出一个来，是用粉红缎子与白绸子缝的，光彩夺目，却素净得没有绣一点花，她把它放在三叔手心里，垂着眼帘，柔声地说：“这个送给您。”

“谢谢你，阿玉，你真好。”他把鸡心凑在鼻子尖上闻着。

“没有你的万花筒可爱，我一直把它放在枕头边上呢！”阿玉卷着花布衫衣角说。

“万花筒变成电筒了，可惜不会发光。”我在旁插嘴道。

“会的，它会发光。”阿玉忽然抬起头来，晶莹的眼睛望着树梢，“三叔，您送给我的东西都是那么好，那本模范故事，使我知道得比以前多了。我每天从头地念，还把它一课课抄下来，我已经都会背了。有时候晚上睡不着，我就在心里念着，觉得黑洞洞的屋子都亮了。”

三叔靠近阿玉，一手扶着她的肩膀，从树叶子缝里透进来的阳光细碎地散落在阿玉身上，像缀着钻石似的发亮。我看阿玉美丽得像仙女，三叔就像王子。我就悄悄地溜出来了。

我自以为懂得已经不少。有三叔这样一位小长辈随时给我教导，我也确实比别的女孩懂事得多。家里有一个令人心惊肉跳的姨娘，妈又是那么忧郁，复杂的家庭环境，使我对快乐与悲伤，都有特别的敏感。因而我对阿玉和三叔一天比一天要好的感情，就感到十二万分的欣喜。我甚至希望三叔快快毕业成家，把阿玉带得远远的，离开这个痛苦的家。我也希望妈妈能带我与他们毗邻而居，日子将过得多么快乐啊！可是孩子的希望只是可笑的幻想，而这个幻想的破碎又是出奇地快。

端午节后没有几天，忽然妈妈满脸泪痕地告诉我说爸爸和姨娘要带我去杭州，把阿玉也带去，妈却要在乡下收租。这消息像一个晴天霹雳，我吓得马上哭起来，只是跺着脚喊不去。可是爸爸说什么就是什么，妈都拗不过，我又有什么办法呢？我再也没想到爸爸就这么狠心地把我们母女拆开，又把阿玉与三叔拆开了。我呜呜咽咽地哭了半天，妈也只是流泪叹气。我偷偷地把不幸的消息告诉了阿玉。阿玉惊得呆愣愣的，半晌说不出话来，我又赶紧写信叫三叔快来。三叔来了，我们三个人默默地坐在悄无人声的花厅里，三叔低沉着声音说：

"我也要求大哥准我转学到杭州去。"

"他答应吗？"阿玉渺茫地问。

"爸就是答应，姨娘不准，那就吹了。"我说。

"三叔，你还是读完了高中再说，现在突然要到杭州去，老爷会疑心，尤其是二太太。"阿玉说。

三叔咬着下嘴唇，紧锁双眉，我知道他和我一样也没有办法，因为他还是个中学生，没有自立的能力啊。

商量的结果只有忍痛别离，我们固可以给三叔写信，而三叔给阿玉的信却一时没法寄，因为寄家里怕姨娘拆了看，要等我进中学住了校，他才好寄到我学校里来转给阿玉。

就这样，我们在万分悲痛的情绪下依依地分了手。妈妈把几个银洋钱用红布缝得紧紧的，放在我贴身的兜肚儿里，再三叮咛，只送我们到后门口，就抹着泪转身进去了。三叔一直送我们进城上了轮船，递给阿玉一本《爱的教育》与一本作文范文，低声说："小莺，好好教阿玉读书，多给我写信。阿玉，别难过，我相信我们不久就会见面的。”

阿玉的脸色惨淡无光，长睫毛里闪着泪珠，我也早忍不住哭了。三叔下船后，我们倚着船栏，望着熙攘的码头，望着即将带我们远离故乡的江水。我们这两个入世未深的孩子，已深深领受到人间别离之苦，与孤伶无依的悲哀了。

到杭州以后，姨娘差不多天天打牌，使阿玉忙得连晚上都没有写字的时间，她只暗暗告诉我说：

“小姐，代我写信告诉三叔，说我很好。”她话没说完，眼圈儿就红了。

“我不能骗他说你好，你明明不好嘛。”我说。

“不要告诉他，小姐。他读书会没心思的。”

我懂得阿玉想念三叔正和我想念妈妈一样的苦。

一年后我考取了初中，马上搬到学校里住宿，阿玉当然更寂寞孤单了。幸得三叔三五天总来一封信，由我转交阿玉。我为了阿玉，每星期一定回家一次，阿玉早在大门前望眼欲穿了。三叔的信虽写得浅却很长。阿玉总是兴奋地跟我一同看。看到情意缠绵之处，她的两腮微红，小嘴儿微微张开来，眼里含着泪水。

“阿玉，等三叔高中毕业，来杭州读大学就好了。”我安慰她说。

“日子还远着呢！”阿玉怅怅地说。

日子确乎太远了，希望又是那么地渺茫，就在这渺茫的盼望中，事情却起了意外的突变。

有一天，我回家来，门口却没有阿玉在等，我问用人，都说是二太太不知为什么发脾气，差人把她送回家乡了。我听了大吃一惊，又打听不出一点原因来，连晚饭也不在家吃就失魂落魄似的回到学校，立刻写信给妈妈和三叔，问阿玉到了没有。我想起五年来和阿玉相依相守，如今她竟匆匆地被送了回去，连个道别的机会都没有。我当时自是悲伤万分，我又如何想得到那会是我们的永别呢?

阿玉来信了，我看出她是在一路写一路哭的，她写道：

“小姐：二太太把我送回婶婶家了，她看了我枕头下三叔给我的信，狠狠地打了我，说我做丫头的还有这样大的胆子。小姐，我不知道是不是自己错了，我是不该跟三叔通信吗?

“我连想见您一面都不许，现在又被婶婶关在家里，不能去看大太太，更不能看三叔，我想是永远见不到他了。我把他送给我的万花筒捧在手里，想起他说的话，教我的书。他说一个人一定要忍耐刻苦，才会成功。我已经够忍耐也吃了不少苦，可是我的命运竟就像万花筒，自己一点也拿不稳，变得太多也太快了。从前的事，真像一场梦呢!

“记得我刚到你家，你叫我‘鲳鱼’，现在这条鱼已落在泥塘里，还不知能活多久哩！小姐，你我都爱哭，这以后，我哭的时候更多了。没有你和三叔给我指点，我觉得人活着真太空了。我没有法子给三叔写信，您代我告诉他，我是永远记得他的。”

我的泪水落在信纸上，和阿玉的点点泪痕混在一起。我为阿玉哭，也为三叔哭。我更担心阿玉今后的日子将怎么过。我奇怪的是，一样是女子，为什么姨娘竟有这样大的权威，操纵阿玉一生的幸福。三叔不能拯救她吗？我立刻写信给三叔，可是等我接到三叔的信，才知道阿玉回到婶婶家不及十天，就被迫嫁给一个贫苦的船夫去了。

我好像尝尽了生离死别的痛苦，不满十五岁的孩子，心头就有着如许重的负荷。阿玉的笑靥与泪眼，三叔忧戚的容颜，总是在我脑中盘转着。我不知道阿玉日后是不是会幸福，可是我相信她不会忘记三叔，三叔也会为她伤心一辈子的。

我初中毕业时，三叔已考取清华大学，去北平前来杭州看我，他高了也清瘦了，我们在落日余晖中，散步到西泠桥上。

"又到端午节了。"三叔说，"阿玉送你的香袋都还在吗？"

"我都好好收着呢！"我万分惆怅地说。

他从口袋里取出一个小小封套，打开来，里面躺着那颗粉红缎子白绸缝的小鸡心，依旧是那么娇艳洁净。

"小莺，那时你笑我男孩子也要这个，现在你该懂了。"

"我早懂了，三叔。可是阿玉……"我说不下去，早已是热泪盈眶。

"我没想到那次我说万花筒的话竟成谶语了，我没有能让阿玉过自由快乐的日子。"他沉痛地说，捧着那颗鸡心。我看他手指头上那一条香灰印子，还是一样地鲜明。我伸手默默地摸了下那印子，仿佛阿玉仍笑语轻盈地和我们在一起玩呢。

阿玉嫁给船夫后，还曾给我写了一封信来，她说她的家就是一条大乌篷船，她的心也老是那么晃晃悠悠地没有一点着落。她要我代问三叔好，也问我妈好。我把信转给三叔，可是我们都没法给她回信，因为她没有一定的家。从那以后，她就音信杳然了。

我忘不了阿玉。我们现在生活在两个完全不同的世界里，不知道阿玉的那条乌篷船是不是还能自由自在地载着她到处漂浮啊！

缮校室八小时

天刚蒙蒙亮，老工友王清发就起来了。他把行军床折叠起来放在卷橱背后，动作非常迅速。他今年已经六十九了，几根老骨头倒是越来越硬朗，这应该归功于十年来每天早晨的一套吞气功夫。他轻轻推开门，走到阳台，靠在栏杆上，睁大了眼睛向远处碧绿的树木望了好一会儿。他从报上看来的，多看绿色可以恢复视力，尤其是大清早。然后他倒退几步，四平八稳地站好，两腿分开，两手叉腰，仰起头张嘴吸了一大口气，咕嘟一下咽下肚去。眼皮下垂，眼观鼻，鼻观心，这口最补的气就直通丹田，然后再从鼻子里缓缓呼出来。如此吞吐了十次，顿觉额角与背脊汗沁沁的，肚子也咕咕地响了。做完早课，他走到阳台角把一扇木板门推开。里面是他的厨房：锅炉盘碗，一应俱全，而且收拾得井井有条，纤尘不染。他点起油炉，把一半锅绿豆稀饭搁上去热，再倒水洗脸刷牙，然后在碗橱里取出小半个锅饼啃起来。他边啃边看着栏杆上一字儿排着的三盆花木——仙人掌、针叶松和杜鹃花，都碧绿绿的欣欣向荣。这都是他一手栽培的花木，他每天都要把办公室里的剩茶卤子浇在盆里。偏着头摸着下颌欣赏，仿佛眼前是他山东老家那个大花园，黧黑多皱的脸上浮起欣慰的微笑。

喝完了绿豆稀饭，他把桶里的水倒在盆子里洗茶杯。这是他最喜欢做的工作。因为用干布擦玻璃杯子，擦得亮晶晶的，使他想起在家里擦煤油灯罩的情景——小儿子和两个孙子围在他身边看。一晃眼快十五年啦，如今他们都长大了，他把一个特别高而厚的玻璃杯仔细地擦了又擦，对着东升的太阳照了又照，看一丝儿斑点都没有了，才谨慎小心地放在一边。从罐子里撮一把香片放在里面。"这是科长的杯子，小心可别砸了。"他每天都要在心里念一遍。十年来，他砸过不少杯子，就没砸过科长的杯子。其实这也只是普通杯子，就砸了也赔得起。他只是认为砸杯子跟砸饭碗一样，是个不大好的兆头。这位科长跟他一样，一做也是十年，他人好，他就希望他当一辈子的科长，他也侍候他一辈子。

他把杯子端进来，在每张办公桌上一一放好，走到中间的长条大桌边，看躺在上面的麻金顺还呼呼地大打其鼾，他捏起拳头使劲捶了他一下说："麻子，还不起来，快八点啦！"麻金顺翻了个身，嘴里呢呢嗯嗯一阵又睡着了。王清发拿起鸡毛掸帚就在他头上一阵乱敲："快起快起，俺要抹桌了。你忘了，科长昨儿交你的一件紧急公文，你写好没有？"

"啊呀，糟糕，"麻金顺一骨碌滚下来，"昨夜写得头昏眼花的，刚写好，主办人又拿回去改，今儿还得重写。快快，马上开工。"

"俺说呢！你们这些年轻人，嘴上无毛，做事不牢。俺要不提醒你，你就统忘干净了。"

"我已经三十五了，还说我嘴上无毛。其实，我做事最牢靠，不然的话，科长怎么会把顶重要的公事交我写？要像张贯雄呀，他就不行，灌饱了黄汤，那才什么都忘干净呢。"

"他忘干净不打紧，他是有来头的，你凭什么？这年头，朝中无人莫做官，什么事都得有靠山，你看老张不是升办事员了吗？"

"办——事——员。"麻金顺细细品味着这三个字，尤其是这个"员"字，对他的意义非常之重大。他在大陆当过乡公所的指导员，乡村小学的教员，县政府的科员。来台时因证件遗失，没人替他证明，只得凭他一手的十"八"帖（这是张贯雄赞美他的，他颇引以为荣）考进这儿。八年前刚进来时是个雇员，到今天依旧是个雇员，薪水从一百二十加到三百五十五了。他把八年来一百多个薪俸袋一个不缺地留起来，作为将来升官以后的纪念品。他对他的事业前途有很美的愿景。每天兢兢业业地摊开蜡纸，往钢板上画字，或是蘸着毛笔写工楷。不论毛笔或铁笔，他的字就是一种抄写公文的标准字——匠气。"要能透出一派匠气可不容易。"他自己很得意。仿佛匠气也是从帖里下苦工临出来的。他更得意的是每年新年，几位大长官的贺年片都由他一手包办。他年年都是呵着冰冷的手，开夜车到天亮。大办公室的洋灰地，一股寒气直往上冒。他双脚冻得僵硬，空肚子咕噜咕噜地响，他也不辞辛劳。他认为这是一份光荣，是旁人争取不到的光荣。有一次，科长怕他一个人来不及写，分一半给张贯雄写，张贯雄一下子就给写错了三份，写重了五份。写重的还不要紧，那写错的就错得“岂有此理”。原来他按着通讯录写，把几个刚刚归了道山的人名也写上了贺年片。长官一检点，大为震怒，吩咐以后都由麻金顺写。这一下他得意了。他和张贯雄比，样样都吃亏，报加班费，发钱的总给他少算几班；年终工作考绩，科长明明给他打的八十分，到了人事室就变成七十九。科长说是因为八十分的名额比例有限，不得不让，但为什么年年要他让呢？看张贯雄几乎年年升级，如今已经官拜委任了。他呢？熬了八年，还是个雇员。“真惨兮兮！”他有时也不免气恼。可是再想想也只好忍着，谁叫自己命运这么不好，在台湾举目无亲，连个出名点儿的代表委员之类也搭不上一丁点儿关系。不然的话，给上面来封八行书，今日里，他说不定都当上荐任官了。“这都是时势不好。”他自解自譬地说，“只要耐心肯吃苦，总有出头之日的。古圣人有‘天之将降大任于斯人也，必先劳其筋骨、饿其体肤’的话。多少大官们不都是这么熬出来的。最近在动员月会上就听见长官说他年轻时还当过起码的缮写员。我麻金顺也是缮写员，有朝一日做了官，管理起部下来，自己样样都懂。这就叫作科班出身的有经验的主管，多有意思？”

麻金顺心里想着这些事儿，嘴唇皮就一抽一抽地念念有词。现在他又在边想边念边写字。一不小心，把纸戳穿了个大孔，前功尽弃。他恨恨地把铁笔一扔，骂道：“妈的，现在的蜡纸也不知怎么搞的，像豆腐皮似的，一碰就破。”

“先生，你别猪崽养不大埋怨糠。这是顶呱呱利百代的好牌子哟。”王清发指着滚在桌角的蜡纸筒说。

“哼，冒牌货。”麻金顺生气地咕哝着，“钢板都磨得光光的了也不添购，铁笔的头子也没了。”

“慢慢来，别急。一会儿文先生来了请他帮帮忙。”王清发端了杯冲好的脱脂奶粉给他，“先喝一杯吧，看你撑开眼睛还没沾点水呢。”

王清发看着麻金顺心眼儿实，倒是挺照顾他的，金顺也把王清发当个长辈。这时文如山手臂弯里挂着把破阳伞，捏一副报纸卷着的烧饼油条，驼着背慢吞吞地进来了。

“文先生，您早。”王清发一向很尊重文如山，说他肚子里有学问。他的字才真正有体，“是从碑里化出来的体”。

王清发提着滚烫的茶壶，上前给文如山沏了杯浓浓的绿茶。纯熟的手势把水苗射得远远的，使文如山看了不禁想起在家乡坐茶馆，幺司（堂倌）冲茶的姿势。他是最爱坐茶馆摆龙门阵的四川佬。如今上了年纪，而且拖家带眷的，太太身体又不好，他天天赶菜场、赶上班，累得连气都接不上，别说摆龙门阵，就连说话的劲儿都没有了。

“昨天我家里的又发气喘，吼了一夜。所以我没赶上交通车，走来的。”文如山上气不接下气地坐下来，拿起笔在签到簿上画了到，又指指张贯雄的名字说：“昨晚他又是通宵，天亮才回来，敲门打户的吵死人。”

“看样子上午又不会来了。”王清发摇摇头。

原来张贯雄和文如山同住在一幢房子里，楼上是眷属宿舍，楼下是单身宿舍。

文如山喝一口热茶，慢慢儿啃起烧饼油条来。他从夜里十点到现在，才算转过一口气来。太太的哮喘病到夏天里发起来真骇死人。嘴唇指甲都发紫，脸跟白纸似的。她人本来就瘦弱，这一发病好几次都使文如山以为她不中用了。病得太凶只好进医院住一阵子，稍微好点就回来。一来放心不下这个破家，二来也没这笔住院的钱。大夫说这种病第一要营养好，第二要丢下一切好好休养，最好是转地疗养。这对他们来说，简直是纸上谈兵。大小一家六口，就靠文如山一个人老牛似的拖着犁头过日子。大儿子高中毕了业，没考上大学，私立大学念不起，只好耗在家里静候“应召入营”。二儿子今年初中毕业考高中，听他自己说考得不坏，作文刚好是他准备好的，一字不漏地背上去，算术也背对了好几道题。可是运气不好，偏偏没考取。这也是文太太发气喘的主因之一。两个女儿读书倒还争气，年年拿奖学金。使二老的心总算得点安慰。“可是女儿终归是女儿。”文太太想，“毕了业还不是忙结婚。有什么用呢？我当年不也是高才生，结了婚过的是什么日子？”文如山呢？儿子也罢，女儿也罢，他反正对他们什么想头也没有。在他面前，四个孩子就像四条大虫，把他辛辛苦苦拖来的粮食都吃空了。他心中只有一个希望，就是能熬到一天回老家去。他的家乡是天府之国里最富庶的一县，吃的穿的哪样都好。他有一大批田地，一大幢房子。他父亲当年是个替地方上平争息讼的绅良，他是个有家学渊源的读书子弟，他家出来的，就连听差都受人几分敬重。“莫说是人，狗都比别家的有风度。”他总记得这句话。可是现在呢？他的额角上皱纹里都像嵌进一层土，眼睛灰蒙蒙的，头顶光秃，两鬓只剩几根稀疏的白发。他的牙时常痛，啃起烧饼来都不方便，可是他也懒得去治。反正是“齿危发落，暗里自知”。念到这两句，他不免有点心酸。

他在这儿的工作也是缮写，只因他的字有根底，因而科长就指定他写应酬东西，婚丧联对、奖状、匾额以及长官们的应酬信，他常常一天写上一大堆。若逢到有要人“老成凋谢”，办公室里白皑皑的挽联就摊满了一地，看了令人触目惊心。遇有吉庆喜事呢？这儿也就红笺锦帕，喜气洋洋起来。可是红的也好，白的也好，在文如山看来都一样。总归是提起一支扫帚笔，蘸饱了臭墨汁，哈着腰往纸上涂大字。他已经是“存亡见惯浑无事”，见了红的不喜，白的不惊了。只是一样，他希望少结几个婚，也少死几个人，因为这些事儿多了他就忙，写得腰酸背痛的。他只想坐下来歇一口气，点上根老乐园，跟坐在旁边的彭笑风聊聊，笑风能说能笑，有时也会逗得他核桃般又枯又皱的脸上，浮起一丝苦笑。

彭笑风年纪比他还大，可是精神比他好多了。他也跟王清发似的，是个单身光老头儿。住在单身宿舍里，一年到头吃那连麻金顺都说咽不下喉咙的清水煮包心菜，他却甘之如饴。一天到晚笑开了嘴，他除了跟人说笑话以外，从不谈自己的过去。其实他在大陆时当过县长、行政督察专员、省政府秘书。可是他不跟别人数他煊赫的事业，对眼前的工作——一个缮校室的股长，可算得无官一身轻。他每天早起早睡，不抽烟，不喝酒，没事就剔着牙缝吟诗作赋。替人算算命，开开药方，在走廊里打打太极拳。王清发认为彭股长的太极拳功夫跟他的气功一样深，是长生不老的不二法门。因此他也要彭笑风教他，跟气功配合上更好。

现在，彭笑风摇着把掉了毛的羽毛扇，跨着大步进来了。他块头又高又大，红喷喷的脸，冒着满头的汗珠，穿着一身崭新白色人造丝圆领的中国衫裤。像刚出笼的馒头，热气腾腾的。

“你们看我的新置项怎么样？”他一到就指着自己一身新绸衫裤，得意地问，拿起桌上的湿毛巾，脸、脖子、头皮一阵乱抹。

“很好，只怕不少钱吧！”文如山羡慕地说。

“领了薪水，扣下伙食钱就统统置了东西，这套衣服以外，还买了一张上等的台湾席子，要加薪了呀，还不舒服舒服？”

“股长，您这一身是中西合璧。”王清发说。

“我从前在大陆上就穿这样子，多舒服！我就讨厌玻璃纸似的香港衫，瘦子穿了像纸包鸡，胖子穿了像白炖蹄髈。”

麻金顺放下了铁笔就哧哧地笑。

“写好了没有，金顺，你真是慢工出细活。”彭笑风走到他面前，又把一沓长官的请客帖子给他写。

“我还有好几个速件没写呢？”麻金顺愁眉苦脸地说。

“请客帖子有时间性，那才是最速件呢！”彭笑风说。

“股长，蜡纸实在差，使重点力就破。”

“那你就少使点力嘛，你写了这么些年钢板，难道还不懂得用浮劲，这个‘浮劲’最有道理，不轻不重，恰到好处——”他又回头对文如山笑笑说，“老文，这年头，做什么事都得懂用浮劲，轻松点，别那么认真，你说对吗？”

文如山点点头说：“对，对。”他正写完了几副对子，蘸着墨汁在废纸上写诗句，他写的是：“少年意气云中鹤，乱世功名水上鸥。”

“这水上鸥不也是浮劲吗？”他调侃似的指指那张纸。

麻金顺走过去看看，茫然地问道：“这两句诗是什么意思？”

“这两句呀，对你最有用，你不是一天到晚记挂你的功名事业吗？告诉你，这功名就像从水上掠过的鸟儿，漂漂浮浮，一刹那就过去了，没什么道理的，尤其是今天这个时代。”

“我不信。”麻金顺昂起脖子说，“什么都靠自己努力，人生在世，第一是名，第二是钱，第三是一个美满的家庭。你说是不是，老王？”

“是，是。你说得对，你有这股子劲儿。”王清发专替他打气。

麻金顺看看日历，今天是二十号，下午开奖。“人无横财不富，马无夜草不肥。”发不了横财发偏财，麻金顺再怎么节省，奖券是非买不可的。这个月，他在龙山寺求了个上上签，签文上最后两句是：“清风明月两相猜，获得金鳞下钓台。”他自己想了又想，这“两相猜”一定是暗示他跟人合买，最好是异性。因此他硬要和女打字员孙玉珍拼买一张。他特地在一个清风明月的晚上，到西门町一个最大的奖券行里选了张双号的，因为“两相猜”也是双的意思。“获得金麟”不就是中特奖吗？他越想越有把握，在龙山寺大殿里抓了把香灰，包好放在枕头下求梦。闻着那股香味，他飘飘然地做了不少吉祥好梦。他梦见自己已经当了文书科长，专门有一个比王清发年轻的工友替他倒茶递毛巾。回到家里，太太侍候得他心花怒放，太太就跟孙玉珍一样年轻标致。想起那个梦，麻金顺不由得向空着的打字机盘瞟了一眼。孙玉珍还没来，她每天到的时候都跟张贯雄差不多，有时两个还一路嘻嘻哈哈地说笑着进来，看样子一定是一同吃了豆浆油条或鱼丸面来的，不免使他心里酸溜溜的。

远远听得咯咯咯高跟皮鞋响，今天孙玉珍来得稍微早一点，她袅袅婷婷地走进来了。她穿的是湖绿色大敞领旗袍裙，束一根白皮带，更显得纤腰一把。她一手挂一个大花提包，一手捏一把尼龙花阳伞，那是她表哥刚从香港带来的。弹簧啪嗒一声，曾吓了他和王清发一大跳。

她走到打字机边，把伞往椅背上一挂，挑起眉毛望望窗口照进来的大太阳，又仰起头来看看天花板说：“热死了，怎么不开电风扇？”

“开了，又关了。”麻金顺连忙凑上前轻声地说。

“为什么？”

麻金顺向文如山的背后努努嘴。

“哦，秃子怕吹风。”孙玉珍满不在乎地大声说。

文如山听见了，转过脸来冲她使劲瞪了一眼，又回过头去伏在桌上写字了。这会儿，他是在抄长官的一封信。一笔“章草”极有韵致，他自己也边写边摇头晃脑地欣赏起来。

“老王，签到簿呢？”孙玉珍大声地喊。

“几点啦，还有签到簿？”王清发也大声地回答。

“哎，小麻，你替我签了到没有？”

“真该死，今儿早上一忙给忘了。”麻金顺拍着头。

“你这个人真该死，拜托你这么点儿事都不放在心上。”她又跑到中间大长桌上翻报纸，“老王，《新生报》副刊呢？”

“谁替你保管副刊来着？”王清发没好气地道。

“我这儿有一份昨天的《大华晚报》，你看过没有？”麻金顺献宝似的从塞得饱饱的抽屉里拖出报来递给她。

“我才不要昨天的呢，我是要看电影广告，有人请我看中午的电影，我还没决定看哪一家。”

彭笑风慢条斯理地捧了一沓公文放在她面前说：“孙小姐，先打了公事再找报，都是最速件，下午要发的。”

“为什么全给我一个人打？”

“大家都一样，他们几位写的都是急件。”

“张贯雄呢？”

“他已经调了校对工作，科长吩咐别分公文给他抄了。”

“他就那么舒服呀！”她扁扁嘴。

彭笑风不作声，只瞅着她鼓起的腮帮子呵呵地笑。孙玉珍收下公文，往小几上一扔，在提包里取出一面小镜子搁在打字机架上，凑上鼻子尖照照，再抬起手来拢拢头发。她的发型是中分的，两鬓飞起，后面翘得高高的，彭笑风名之为军刀机式。她皮肤雪白，下颌短短的，扁扁的鼻子，扁扁的脸，看去像个刚削出来的嫩荸荠。

她的打字机还没响，靠门处的电话铃先响了。她连忙奔上前去说：“一定是我的电话。”

刘亚芬刚从门口进来，她丢下手里一大网袋的菜，就抢着接电话：“喂，你找哪一位，孙小姐……嗯，她今天请病假没来。”她就把电话挂上了。

“你怎么说我没来？”孙玉珍着急地问。

“我听得出声音，是那个姓赵的呀！”

“是他呀，讨厌鬼。——你怎么这时候才来呢？”

“送孩子上学，再去菜场买菜。我今儿还得提前十一点钟回去，中午有朋友来吃饭。”她用手背抹抹鼻子上的汗珠，看看壁钟已经十点差十分了。

彭笑风不等她坐定，就把一沓公文送到她桌上说：“刘小姐，跟孙小姐一样，全是最速件。”

刘亚芬把网袋高高挂在墙壁的钩子上，坐下来一件件收公文，看到其中一件公文上面批着“本件限十九日上午发出”。刘亚芬指着它笑笑说："彭股长，今天已经二十号，这件公文该十九号发出，变成过期无效了。"

"刘小姐，你是老公事了，难道还不知道这一套，以前不是也有过这种情形吗？科长已经吩咐收发室留下昨天的发文号，发文时倒填昨天的日期就行了。"

"这就叫作最——速——件。"

"还不就那么回事。办稿的、核稿的都不急，要我们急个什么呢？"彭笑风呵呵地笑着说。

"那么我赶完了这件得先回家做菜，下午早点来写其余的几件好吗？"

"好、好，我无所谓，只要你自己赶得及写。"

刘亚芬是个矮胖个子，赶了菜场又跑三楼，已经是气喘吁吁，汗流满面了。她伸手把电钮一开，吊扇就呼呼地转起来，吹得麻金顺写的请帖满天飞，孙玉珍看了咯咯地笑，麻金顺手忙脚乱地拾起请帖往抽屉里塞，看看刘亚芬，不敢作声。因为刘亚芬嗓门儿高，他怕她嚷嚷，文如山摸摸光秃的头顶，一声不响地站起来，走过去啪的一下又把电钮关上了。

"文先生，您怕风何不换个地方坐坐？"刘亚芬生气地说。

文如山只不理会，自顾拿起扫帚笔来又开始写对联。孙玉珍冲刘亚芬做个鬼脸，小声地说："糟老头子最讨厌。"

刘亚芬笑笑，拿起笔来写公文，写不到两行，转过脸去跟孙玉珍说："哎，我在一个大减价铺子里，买到一块衣料，你猜猜看多少钱？”

说着，她放下笔，在网袋里抽出一个纸包，孙玉珍打开一看，连声赞美说：“真好真好，直条子的你穿起来显得瘦，我不行，我得穿横条子的。”

“才三十五块钱，你看多便宜？”

“你真会买东西。”孙玉珍也在手提袋里掏出一个小包，“你看这对耳环好不好？”

“啊呀，太漂亮了，是不是他给你带来的，台湾买起来要两百多呢！”

“嗯，太大了，我并不太喜欢，不过可以当别针。”

“刘小姐，对不起，那件最速件请你加紧写。”彭笑风在阳台上打了一阵子太极拳，进来走到她面前不好意思催了声。

“马上好了，反正已经迟一天了，有什么关系呢？”刘亚芬说。

“我们这儿耽误可就得挨官腔哟！”

刘亚芬满不在乎地笑了笑，提起笔来继续写下去。她要是认真做起事来，眼快、笔快，工作效率极高。所以她虽然为了孩子、家务，迟到早退，可从没耽搁过公事。再说这些等因奉此的公文，她已经足足抄了七年，抄得烂熟了。无论是多么复杂的内容，潦草的字体，乱七八糟的表格、条文，她一拿到手就一目了然。就连一年一度的施政计划、施政报告等，在她看来内容也不过大同小异，只是统计数字上有点出入，文字、格式变化一下而已。俗语说：赶了三年猪，可以当风水先生了。所以她认为只要做三年缮写员，简直就可以当主任秘书了。对于一件公事的如何呈转或批复，她似乎都有了尺度。有时，她看出原稿文字错误或不妥之处，恨不得将它改正过来。可惜她是个“女流之辈”，在这儿混了这么些年，跟麻金顺一样，始终是个雇员。麻金顺天天想升官，她倒没这种野心。她分配到一间透风漏雨的破房子，一份实物配给，就心安理得了。好在她先生有分比她待遇高一丁点的工作，两口子捧着个孩子，日子也还勉强够过。她虽然嗓门儿高，性子急，可是对人最热心，别人家有什么伤心事，她就跟着哭一鼻子。因此麻金顺虽然有几分怕她，有事却总喊她一声刘大姐，找她商量。文如山也觉得刘亚芬知书明理的，尤其是医药常识，说来头头是道。因此关于他太太的病情或是自己身体不好，都爱跟她诉诉。彭笑风呢，好几次说她一张脸长得四平八稳，鼻圆而多肉，双下腭，看起来后福无穷。可惜的是目清而眉不秀，长得不够开朗，走路又太快点，所以命中主劳碌，是一种奔波命。而且她的八字“官”与“杀”一起透，有点混杂，幸得金旺调剂过来，所以还是那句话:“后福无穷。”听了这一席话，刘亚芬高兴地说:“托福托福，我的儿子才八岁，望子成龙还早着呢！”

刘亚芬抄完了最速件，看看已经快十一点，把公文递给彭笑风，就提起网袋匆匆地走了。走到楼梯口，看见张贯雄吹着口哨上来了。

“怎么这时候就走了？”张贯雄煞有介事地问。

“你自己呢，这时候才来。”刘亚芬回敬他。

“我呀，嘿，你都不知道，我在秘书室写机密件。”他把机密件三个字说得特别重而有力。

“可真了不起，升了官，常常借调出去。”

“别开玩笑，委任十级，起码官，起码官。”张贯雄扬扬手，踏着步走进办公室，看见桌上地上满是礼笺、联对。红黄蓝白，各色俱全。他就一一地念起来：“佳偶天成，寿比南山，乔木莺迁，懿范可风，哈，真热闹，新艺综合体，结婚、做寿、搬家、死人，都齐全了。”

没一个搭腔，他走到自己位置上坐下来喊：“老王，我的茶呢？”

王清发这个老头儿，压根儿就没把张贯雄放在眼里，所以就没给他倒茶，顾自咬牙切齿地摇着他的油印机。

“老王，你听见没有？”

“茶壶里有的是，你自己倒吧！”

“哼，现在的工友，架子比老爷还大。”张贯雄气呼呼地把二郎腿往麻金顺座位后面一搁。

“老张，你怎么这时候才来呀？”麻金顺问他。

“我的工作在下午，早来了干什么？要不是秘书室打电话找我办重要公事，我还不来呢。”

“秘书室找你？”

“嗯，一个机密件。”他又一次加重语气地说。他在口袋里掏出根香烟，歪起嘴衔着，又自说自话地拉开麻金顺的抽屉找火柴。点上了火，顺手把一个西药匣子拿在手里问：“什么药？”

“维他命。”麻金顺伸手想抢回来。

“维他命，这明明是荷尔蒙嘛，麻子，你怎么吃这个药？”

“你别管，你也别再麻子麻子地喊好不好？我这个姓又碍你什么事？”麻金顺最生气的是张贯雄给他起的这个外号。其实麻金顺并不麻，只是一张脸苦瓜似的，长满了重重叠叠的疙瘩。大夫说是青春疱，年纪大点自然会好，但他已经三十五了，疙瘩却越长越茂盛，他心里实在着急。自从公教保险以后，他为这病天天跑公保门诊，从皮肤科、外科、胃肠科，一直看到泌尿科，也没看出个道理来，最后大夫只好叫他吞荷尔蒙丸，也许有效。

他被张贯雄喊得实在恼火，就说：“人不可以貌相，海水不可以斗量。我麻金顺长相不好，也不见得就出不了头，何况我年纪还轻呢？”

“真是的，七十岁才是人生的开始吗！”孙玉珍在有一下没一下地敲着打字机，这时也搭腔了。

“七十岁？我倒不想那么高寿。”

“你放心，你绝死不了，好人不长寿，祸害一千年。”张贯雄从不怕麻金顺生气，越说越起劲。

“你才是天下第一个祸害。”麻金顺真的气了。

彭笑风虽爱聊天，却不大喜欢跟张贯雄搭腔，他就一直聚精会神地读他的“留美学生英语会话”。一只手剥着脚底心上的硬茧。剥掉一层茧皮，就仿佛拔掉心头一根刺似的，非常痛快。一时又丢下书，在办公桌前来回地踱着，闭起眼睛来背：“What time do you get up in the morning？ At seven o'clock.”

“彭老，你真是雄心不浅，还想游新大陆呀？”文如山看他虎虎有生气，也忍不住打趣地说。

“哪里哪里，消遣嘛。这本会话并不一定为留美学生，公教人员自修也最好，序上说的。”

“借俺看看，俺也去买一本。”王清发跑过去看。

“你还想学英文？”张贯雄轻蔑地道。

“你不用瞧不起俺，俺当年还念过两年教会中学，俺发音很准，不信俺跟你比比看，谁强？”

“当然你强。你的山东英文可以到大轮船上当茶房，比在破机关里当工友薪水多多了。”他又转身对孙玉珍说，“孙小姐，我建议你快去学英文打字，学好了进洋机关，各家由你选。”

“要你说，我已经学了一个多月，现在一分钟可以打四十个字了。”孙玉珍忍不住得意地说。

“四十个字，那还差得远，听说要打六十个字才够格。孙小姐，我看你的聪明伶俐和身段都够条件，快学吧！”

孙玉珍抽了下嘴没理他。

张贯雄从进办公室，除了抽烟聊天，就没做过点事。这时他忽然想起，从抽屉里抽出一张领物单，在上面写了一大堆：“七紫三羊毫一支，信纸一刀，信封三十个，便条纸一本，十行纸一刀，大头针一盒，红蓝铅笔一支，派克墨水一瓶，原子笔一支。”

“你当校对，一天难得写上几个大字，要领这么多纸呀、笔呀的干什么？”麻金顺不服气地说。

“干吗不领？公家规定一个月可以领这么些，不领白不领，你那么傻。”

“信封上都印了公务专用四个字，你又不能拿它当私人信封用。”

“你真死心眼儿，难道你写了邮差还不给送呀，这叫作‘公而忘私’。”他把头一摆，得意扬扬地把单子送进科长室，出来问彭笑风，“科座上午没来呀？”

“嗯，你今儿白来了。”彭笑风说。

“在宿舍里也睡不着，你不知道，我昨儿赢饱了。”他拍拍裤袋。

“你赢多少呀！”麻金顺问。

“嘿，一个月薪水。彭公，告诉你一副牌——大三元、浑一色、对子和，最后再加海底捞月，一饼自摸，你说值不值得怀念？昨儿简直是巅峰状态，巅峰状态。”

“怪不得一边打门，一边吹口哨，那么有兴头。”文如山一直就懒得搭腔，这时也忍不住说。他的文件已经写得告一段落。这时正蘸着墨汁在画马。他的马画了几十年，熟极而流，几笔一勾，就画得活灵活现，昂首而立的、俯首饮水的、脱辔奔驰的，一匹匹都雄姿挺发。尤其是奔驰的马，画得最有气势，一点也不像他自己那副委委琐琐的样子。他也觉得画画马，心头的郁闷也舒畅些了。因此他一气闷就画马，越气闷就越画得好。彭笑风就最欣赏他的画马，曾经用宣纸请他画了贴在床边墙上，举目而望，仿佛心神驰骋于辽阔的草原上。

壁钟指着十一点三刻，文如山咳呛着把画马的废纸拿起来“啪”地吐一口痰，团了往纸篓里一扔，就和彭笑风下楼去赶交通车了。张贯雄喊着麻金顺一同去食堂，说是赢了钱请他吃什锦炒饭。只有孙玉珍还在有气无力地敲着打字机。王清发拿起扫帚哗啦哗啦扫地，灰全往她身上扑。

“轻一点嘛，老王。”

“谁叫你这时候还不走？”

“我要把这几件赶完，下午晚点来。”

“下午科长开业务汇报不会来，俺看你干脆也甭来了。”

“我哪就这么拆烂污了？我不过迟到点就是了，让你这么看不顺眼。”

“快走快走，俺要吃饭了。”

“再见，老王，祝你饭吃三碗，闲事少管。”像只小麻雀似的，她拍拍翅膀嘟地飞了。

王清发回到他阳台角的小厨房里，点起油炉来哧呀哧呀地炒辣椒牛肉。他还炖了一锅黄豆芽汤下馒头，一顿饭吃得津津有味。一会儿，麻金顺拍着胀得饱饱的肚子踌躇满志地上来了，他撕张纸把油嘴一抹，又倒在大长桌睡中觉，不到五分钟就鼾声如雷了。别看王清发上了年纪，他可连个中觉都不睡的。他把几份报纸都搜来放在前面，戴上老花眼镜，慢慢地从大新闻看到分类广告，一个字一个字地啃。他听到背后的门开了，进来一个人，敲敲他的背问:“人都还没来吧？”

“别打搅俺，俺在看报。”他连头都不回。

“是我，王清发。”

王清发听出声音来了，霍地一转身，立刻垂手恭立。

“报告处长，俺不知道是您，您有什么吩咐？”他的腿直打哆嗦。

处长指指仰天而卧的麻金顺说:“等他醒了，请他到我办公室来，我私人有点东西请他写一下。”

“是，处长。”

处长一走，王清发马上推醒麻金顺:“快起来，刚才处长亲自来找你写东西。”

“什么，处长来找我？”麻金顺瞌睡懵懂的。

“可不是？”

“他听到我打鼾没有？”

“当然听到，打得响。”

“他看到我玻璃板底下的照片没有？”

“当然看到。你把这些袒胸露背的女人照片摆着干吗？”

“糟啦！玛丽莲·梦露、碧姬·巴铎，珍娜露露布莉娅妲，全是肉弹。这对我的印象有关，处座一定想我这个人……”

“不正经。”王清发笑笑，“以后你升官就难了。”

“真糟，真糟。”麻金顺敲着头皮。

“别那么急，好事儿来了。他叫你进去替他写一件东西。他要是对你印象不好，会叫你去吗？”

“真的，他就叫我去，没叫文如山，也没叫张贯雄？”

“都没有，就是指定你，你快洗把脸定定神去吧。”

麻金顺抖擞精神，拿了支新开用的七紫三羊毫，一支鸡狼毫，把香港衫扣子扣得端端正正，战战兢兢地去了。

望着他的背影，王清发忍不住扑哧一声笑了。

下午两点多钟以后，大家都陆续来了。办公室上午东晒，下午西晒，此时烈阳当空，正是闷热。四把吊扇一齐呼呼呼地开，尽管吹来的是热风，文如山仍得把他的破草帽顶在秃头上遮风。草帽边歪歪曲曲的，像秋后的残荷，晃晃荡荡地成了一屋子特别引人注目的标志。阳台外高树的蝉声吱吱地此起彼落，叫个没了结，给人一种凄凄惶惶的感觉。可是抄写的公文正多，谁也没劲说话。不一会儿，张贯雄胁下夹着几本稀烂的武侠小说，吊儿郎当地带着一股强烈的酒气进来。一坐下就点他桌上一堆早上请领的文具。他把一盒大头针倒在桌面上，一五一十地数了半天，他咕噜起来了：

“妈的，盒子上明明写的一百支，数数只有五十八，还有三支断了头的。东西也不知怎么买的。”

“又不归你验收，要你那么认真。”刘亚芬嫌恶地说。

“我是领用人，切身利害关系，怎么不认真，领一盒只半盒，回头再领又说费了。”

“啰唆什么？只要科长批准你，十盒八盒还不由你领。”彭笑风大声地说。

文如山把草帽摘下来搔搔头皮又戴回去，显得忧思重重，坐立不安的样子。他踌躇了下，在卷橱里取出一个蓝布包袱，送到刘亚芬桌上说：“刘小姐，请你看看，这磅毛线倒是道地蜜蜂牌，你想会有人要买吗？”

刘亚芬连忙打开来，拉起一根毛线用两个手指仔细搓摸着说：“东西真好，只是现在夏天里谁买毛线呢？”

“难看死了，灰扑扑的，那么老气。”孙玉珍瞟了一眼说。

“这还是在香港调景岭的时候买的，一直舍不得织，现在差钱，只好把它卖了。”文如山叹息地说。

“实在太可惜了。”刘亚芬说。

“实在没钱又有什么办法呢？”

“这样吧，”刘亚芬想了下，“毛线你还是留着，你要钱我先借你几百，以后加了薪水慢慢还好了。”

“那怎么好意思呢？”

“这有什么关系，一时差钱谁都免不了的。”

“我们刘小姐真是热心人，难得难得。文老，你要早说，我席子就不买，把钱给你。其实你不妨再来个会，每人认一股。”彭笑风说。

“麻金顺可以认两股，他认为标会是最稳当的。”孙玉珍笑得咯咯的，“他的钱不是标会就是买有奖储蓄券，最近还镶了好几颗金牙，他说这样随身带着最放心。”

麻金顺正巧从处长室回来，脸红喷喷的，大家都望着他笑。

“你们在说我什么？”他问。

“说你财星高照，额角雪亮的。”张贯雄说。他已经放下武侠小说，开始校对，却是眼观四路，耳听八方。

“小麻，真的你的八字格局很好，今年官星得令，金与木都透了出来，正生在春夏旺盛之季，看样子好像会有大喜事，发大财呢。”彭笑风一说起人家的八字，就兴致勃勃。

“谢谢你，彭股长，但愿你金口说得对。我要是中了特奖，一定买幢房子请你来同住，省得你住那破宿舍，下雨天晚上要打伞睡觉。”

“斯是漏室，唯吾德馨。”彭笑风摇晃着大脑袋忽又想起问道，“小麻，你去处长室写什么？”

“写大学的期考试题。”

“可了不得，这是真正的机密件呀！”张贯雄不胜羡慕地说。

“处长特地亲自来找我去写的。”麻金顺万分得意地说。

“我写的是人事登录簿。”张贯雄也不甘示弱地说。

“哟！”孙玉珍的娇音像打字机上的铃，叮的响了一下。

“怎么啦？”张贯雄问。

“快当主任啰！”孙玉珍损他一句。

“你不知道这件工作意义之重大。说是人事簿，其实是求职人员登录簿，我可以知道好多人的过去与未来。”张贯雄滔滔地说下去，“某人怎么个学资历，某人想调什么工作，某人又是某一位大员的面托或八行介绍的。这一点最重要，所以要在每人的头上看介绍人的关系加圈，多的有圈到四个以上的，少的只有半个圈，那就惨了。”

“你呀，才不该让你写机密件呢，你简直是个广播器。”刘亚芬不屑地说。

“你才是广播器，人家说要消息走得快就只须告诉女人，我说女人只要告诉刘亚芬女士就行了。”

“去你的，狗嘴里不长象牙。”

你一句我一句的，听得文如山心烦，把一张信的最后两个字写错了，他把笔一丢，恨恨地骂了声：“个老子，今儿真倒霉。”

“文公，怎么样了？”彭笑风关切地问。

“我想快点写完了早走一步，偏偏又写错了。我还要上街给内人买药呢！”

“我告诉你的几种偏方，你太太都试过没有？”

“也试过，不大见效，主要的是她的体质太差了。”

“对了，体质差。你昨天让我给她排过八字，她是缺水的，木与火太旺，又生于秋冬衰败之际，是一种凋零的气象。幸得有土来培养她，整个来说格局是不坏的。不过今年她走的墓库运，要能有什么冲一下才好。”

“冲？只有钱才冲得掉一切的困难！”文如山感慨万千。

“对了，我们科长也说过，公务员最缺乏的是维他命 M。”彭笑风叹了口气。Money first！真不错。

“我说彭公与文公，你两位都满肚子的‘国粹’，为什么不想办法在大专院校兼点课呢？你看我们的处长主任们不都兼课吗？一面做官，一面当教授多有意思？”张贯雄说。

“谈何容易，谁请我们呀？”文如山凄苦地笑了笑。

“还不是人事关系？教育界也一样，只要有大来头的介绍。”

“你写了两个钟头的人事簿，就满口人事人事的。”刘亚芬讥讽地说。

“不错，刘小姐。”张贯雄嬉皮笑脸地说。

文如山又埋头重抄信件，彭笑风走到阳台上教王清发打太极拳，嘴里念着：今天再教三步姿势：“抱虎归山，倒撵猴，白鹤亮翅……”

忽听孙玉珍一声尖叫：“麻金顺，我们合买的奖券中头奖啦。”

原来她在看晚报，爱国奖券开奖号码登出来了。

“什么，什么……”麻金顺耳朵嗡嗡地响。

“头奖二四三八六八，对不对，奖券在你那儿呢？”孙玉珍喊。

“我来对，我来对。”麻金顺声音都沙哑了，颤抖的手在裤袋里抽出皮夹来慌慌张张地找奖券。

张贯雄也目瞪口呆地望着他们，他无论如何不能相信麻金顺有中奖的一天。彭笑风赶紧从阳台上跑进来，连声说“恭喜”。文如山吊在嘴角的半截老乐园香烟都掉了。刘亚芬的高嗓门一迭声地连喊：“请客请客，这真是大喜事。”

麻金顺好不容易找出奖券，凑着晚报睁大了眼睛一个号码一个号码地对。头奖二四三八六八，他的奖券是二四三六八八，怎么不对嘛，六八八,八六八，差一点点，哪来头奖？连个末奖都恐怕没分呢？

孙玉珍把奖券抢在手里一看，懊丧地说：“我记错了一点点，真倒霉，我还以为中奖了呢？”

“完了，这下又完了。”麻金顺像个瘪了气的皮球。

“别灰心，再接再厉。”刘亚芬安慰他说，“我来给你对对看，可能中一百元呢？”

“小麻，我看你已经是财多身弱，药瓶子随身带了。不像我。彭公说我的八字是土厚埋金，一辈子发不了财，所以我也不买奖券，免得一个月失望两次。”张贯雄见旁人不中奖，他的兴头就来了，“我看还是我来再给你介绍个女朋友，娶个有帮夫运的太太。”

“你又来了，上次捉弄得我还不够？”麻金顺气呼呼地说。

“怎么回事？”刘亚芬边对奖券边问。

“他叫小麻在西门町一家裁缝铺门前等，等了半天不见小姐出来，原来他给介绍的就是橱窗里穿洋服的模特儿。”孙玉珍咯咯地笑弯了腰。

“小麻，你中了末奖，十块钱。”刘亚芬说，把晚报递给他。

“我不换，留着下期对上下附奖，还有五千元希望。”麻金顺说，“孙小姐，你赞不赞成？”

“算了，还是换两张，希望大些。”孙玉珍说。

麻金顺愣头愣脑地眼睛盯在报纸上，忽然在一个小框框里看到一首诗，他送到彭笑风面前问道：

“彭股长，早上您说什么‘乱世功名’，这儿又有个‘乱世功名’，您看怎么讲？”

原来这是一首律诗，当中有两句：“乱世功名鲇上竹，归田心事豹当关。”麻金顺不懂，彭笑风连连点头赞叹：“这两句好，比我早上说的更好。你想鲇鱼怎能爬上光滑的竹子。这就比方今天当个公务员，升迁不容易。小麻，你知道吗，想发财难，想升官也难。‘这正是我们的苦闷，唉，苦闷。’”

彭笑风不胜感慨系之地摇晃着脑袋，文如山更是一脸的乌烟瘴气。因为这两句诗又引起了他满腔劳怨，万斛乡愁。只有张贯雄嘴里咿呀咿呀哼着“苏三离了洪洞县”，夹起他的武侠小说，准备打道回衙了。等他走出办公室，麻金顺冲他背后下死劲吐了一口口水，仿佛他没中奖全是张贯雄给害的。

刘亚芬与孙玉珍双双手挽手，边说笑边下楼赶交通车了。文如山拿起挂在椅背的香港衫套上，提着那磅毛线，对彭笑风说：“彭老，我现在去买药，晚间希望你到我屋里跟内人谈谈，她听你说说话，好像精神也好些。”

彭笑风点点头，和他一同走了。

现在，办公室里又只剩王清发和麻金顺两个人了。王清发拿起鸡毛掸东挥西挥，看麻金顺还是一副失魂落魄的样子，王清发点着他鼻子尖说：“金顺呀，俺看你真是人善被人欺，马善被人骑，孙玉珍一定是存心逗你，叫你空欢喜一场。”

“不会的，她不会的。”麻金顺还是那副死心眼儿。

“这回咱们来合买一张，看是谁有财气？”

麻金顺的头摇得跟拨浪鼓似的，不知道他是不愿意跟王清发合买呢，还是认定自己这一辈子也中不了头奖。

关于《橘子红了》

一直想以追叙的方式，写几篇小说，以纪念逝世的亲人长辈。有一篇连题目都早已定好，就是《橘子红了》。

尽管题目喜气洋洋，而故事却非常凄悲。每一想起，就教我心酸。因此我总是逃避地写些旅居生活点滴以自遣，而把隔了半个多世纪的陈年旧事远远地推开。

可是年岁愈增长，往事的记忆愈是拂之不去，而且印象愈来愈鲜明。一晃眼，三年匆匆逝去了。我不知道上天还会赐予我几个三年？如再不写的话，我那些敬爱的亲人长辈刻骨铭心的创痛，默默认命的受苦与牺牲，岂非永不为世人所知？我又岂能甘心？又怎么对得起他们呢？

彦明去年春天来美，我们在世界贸易中心高楼的咖啡室里小聚畅谈，我曾向她提起《橘子红了》的大概，她深为感动地叹口气说："好凄凉，快写吧！"

她倦游回来后，接编联文，来信问我："橘子红了没有？"我回信说："一定要写。"她又高兴地来信说："小猪冒出头来了。"希望我完成后寄给她。由于她的催促，我才真下决心写了。

写小说本当将情节细作安排，人物用心描绘。但我记忆中的人物，跟我太亲了，而且个个都那么单纯、朴实，他们无怨无尤的善良，使我实在不忍着墨多加描绘。他们坎坷的遭遇，也由不得我做主安排。如以客观手法，着意经营，在心情上，他们就会离我好远好远，一切就会显得很不真实，反使我有一分失落感。这是我反复矛盾了很久，迟迟才下笔的原因。也是由于我平时写散文，尽管是主观的全心投入，成篇以后，却常常有散文小说模糊不清的感觉。

但无论如何，我自认为《橘子红了》是一篇小说。因为这里面的我——秀娟，不完全是我，我十六岁时还没那么通达人情，对人如此体贴。写此篇这是我对秀芬粗心大意，未能多多照顾的心理补偿。秀芬呢？则是好几个旧时代苦命女孩子的糅合。我狠心地让她承当了更多的苦难。至于文中的情节，多半是真有其事的。这也许就是这篇小说的虚虚实实吧！尽管如此，我仍是边写边多次泪水盈眶。因为大伯大妈，我的两位大恩人早已逝世。在天一涯的六叔（当然他不是排行第六，也不叫周平），亦已老态龙钟，不复当年穿中山装的英俊少年了。

特别要向读者交代的是，秀芬事实上并没有死，而是被带到外地，受尽了折磨，在大伯逝世后，被逐出家门。但我写不下去，我宁愿她因流产而死亡，一了百了。若要再写她，那又将是另一人的化身，另一篇小说的开始了，但我现在不想写。

凑巧的是，正在本文完成时，收到旅居德国一位童年时代好友的来信，告诉我前年回大陆探亲，在杭州一条冷冷清清的街道上，意外地遇见了“秀芬”。当然她已是白发苍颜，平平板板的脸上，没有一丝表情，也没有问起当年的好友“小娟”。对多年动乱中的受苦受难一句不提，只简简单单地说了一句话：“我的坟已经做好了。”对身后能预做安排，她似乎已经很安慰了。

这，与我“小说”里所写的完全不同，她的灵柩并没有厝在故乡旧宅旁的橘园里，大伯也未能回乡为她安葬，因为大伯事实上比她早逝三十年。在这荒凉的人世，她孤孤单单地挣扎了几十年。我怀疑，这样地活着，比她早早因流产而死，究竟好多少呢？

大妈的灵柩就厝在荒芜的橘园里，半个世纪的凄风苦雨，无人过问。“四人帮”倒后，我才辗转设法托乡亲代为入土安葬，葬在大伯身边，他们最后总算团圆了。大伯终于由贤妻陪伴，大妈能与好心肠的丈夫，天长地久地相依相守，应当没有遗憾了。

至于那一片橘园，当然是更加荒凉了。橘树是否整年开花、结果，橘子是否红了又一颗颗掉落？再也不会有人关心了。

也许，橘树早已一棵棵枯萎了。“树犹如此，人何以堪？”这些，我都不能再想了。

图书在版编目（CIP）数据

橘子红了 / 琦君著.—北京：现代出版社，2018.11

ISBN 978-7-5143-7049-2

Ⅰ.①橘… Ⅱ.①琦… Ⅲ.①短篇小说—小说集—中国—当代

Ⅳ.①I247.7

中国版本图书馆CIP数据核字（2018）第096704号

版权登记号：01-2018-2109

本书原书名《橘子红了》，经作者授权在中国大陆地区独家出版发行。

橘子红了

作　　者：琦　君

责任编辑：毕椿岚　赵海燕

出版发行：现代出版社

通讯地址：北京市安定门外安华里504号

邮政编码：100011

电　　话：010-64267325　64245264（传真）

网　　址：www.1980xd.com

电子邮箱：xiandai@vip.sina.com

印　　刷：三河市宏盛印务有限公司

开　　本：880mm×1230mm　1/32　　印　　张：9

版　　次：2019年1月第1版　　印　　次：2019年1月第1次印刷

字　　数：175千字

书　　号：ISBN 978-7-5143-7049-2

定　　价：39.80元